谨以此书献给

一直给予我信心的父亲

和

一直给予我鼓励的詹姆斯

"别着急,善良的人,乌云之后总有光明。"

——路易莎·梅·奥尔科特《小妇人》

**目录**

三月　　　　　　　001

四月　　　　　　　037

五月　　　　　　　061

六月　　　　　　　103

七月　　　　　　　133

八月　　　　　　　167

九月　　　　　　　199

十一月　　　　　　257

十二月　　　　　　273

致谢　　　　　　　305

三月

# 1

我插上车钥匙,打火,发动机没有反应。我只能无奈地叹息:拜托!这破车昨天好歹还能开,在我要到新入职的公司做个人发展规划报告的关键时刻,却打不着火了——是的,我又换了份工作。我爸说我在工作上总会经历"十周之痒"。其实超过四周我就烦了,但我没敢告诉他,因为我知道他一定会向妈妈告状,她会喋喋不休地教育我:"贝丝,**干工作要持之以恒,不能半途而废,要努力证明自己的能力**。"

收音机播放了一条交通路况信息:"**一辆载有牲畜的集装车发生故障,A39公路基尔克汉普顿到斯特拉顿路段行驶缓慢**。"我忍不住翻了个白眼。村里的人们总是说住在这儿是多么幸运,大城市的通勤是多么糟糕。但我想说,要是住在大城市,我还不用停车给家畜让路呢。我理解,一到夏天,地铁里满是狐臭和臭袜子的味道,但到了堆肥季节,康沃尔北部的味道也并不好闻。

我又拧了拧钥匙,"咔嗒、咔嗒、咔嗒",发动机依然没反应。

包里有一瓶水,我拧开瓶盖,大口喝光了,边喝边暗骂自己为什么昨天睡前没多喝点水。我姐姐每次"夜晚狂欢"回来后都要马上灌一瓶水,虽然我经常取笑她,两对夫妻边吃饭边讨论如何让孩子安睡和申请入学实在算不上"夜晚狂欢"。有一句话我姐姐艾美最近总挂在嘴边上:"**为你以后想想**。"我无情地嘲笑了她很久,但说实话,我觉得她说的也有一定道理。我能想象到,未来的艾美一定会对打小就眼光长远的自己感到欣慰。而未来的贝丝只会对以前的她大失所望,因为她的生活沉浸在悔恨中,总是想着"当时要是那样做就好了"。我想我的墓碑上以后会刻上:"**贝丝长眠于此,她是一位好女儿、好妹妹、好小姨、好朋友。总是想得多、做得少,是个事后诸葛。**"

昨晚我不该喝第五杯酒。我想给乔里发信息,告诉他我的车坏了,同时问问他有没有宿醉。但转念一想,他早应该开始上课了。在工作日,他并不是一个有趣的朋友。我上班无聊时,摸鱼给他发信息,他很少回复。我曾跟他抱怨,但他只是笑笑说:"我可是在工作啊,等你有一天长大了,你就懂了。"

我趴在方向盘上,思考该怎么办。爸妈都不在家,所以我不能让他们送我上班,或者求他们再把车借给我。要想借他们的车,我必须先把自己的车修好,或者我爸帮我修好。天知道上次我还欠他们多少油费呢。我还没醒,他们就已经出门去帮我姐看孩子了,我姐自然也没空来帮我的忙。如果是艾美的话,她一定不会买这辆修过好多次、快要散架的沃克斯豪尔二手车。她总说:"贝丝,这就叫便宜没好货。"我也告诉过她好几次,我没钱买新车。

虽然我不服气,但**我姐总是正确的。我应该买一辆更耐用的车**,但现在我正存钱准备从家中搬出去,我不想再和父母住在同一屋檐下了。自从我去年过了三十岁生日,与父母同住就变成一件很可悲的事情。二十多岁时,我还没有这种想法,但就在三十岁生日这天,当我从这个从小住到大的房间醒来,我意识到这不是什么好事。那天,我从外面买了一盆龟背竹和一张深黄色丝绒扶手椅,想让儿时的卧室看起来不那么幼稚。乔里帮我一起重新装潢,但我们忘了重新粉刷天花板。结果就是现在每当我躺在床上，还能看到天花板上万能胶的胶痕。那里曾经贴着一张Five组合成员J的照片。有几次我晚上熟睡时，这张照片从天花板掉到我脸上，差点给我吓出心脏病，但我还是一次次把它贴回去。这么多年过去了，照片上的J戴着前卫的眉环，一直盯着我。我上网搜索了一下，杰森·保罗·J. 布朗今年已经四十二岁了，就连七小龙乐团里的布兰得利都已经快四十了。我是时候该搬出去了。

广播里的播音员在歌曲间隙插播了时间，这提醒我要迟到了。我唯一的选择就是走去公司，这能让我的新老板知道我对工作的热情。"贝丝的车坏了，但她还是赶到了公司，你真的太棒了，贝丝！"但问题是，我坐在车里快半个小时了，此刻另一种想法萦绕在脑海里：我可以不去上班。稍微撒个小谎，不说"车坏了"，而是"身体不舒服"。这的确不是个好借口，但如果我实话实说，老板很可能开车来家里接我。我可不能让马尔科姆看到我醉醺醺的样子，光是整天坐在他对面处理财务那些破事就已经够烦的了。

就这么办。鉴于两周前，我已经假借"肚子疼"这个理由请过一天假了。虽然现在我的确快来例假了，但也不能再用这个借口了。"广而告之自己经期的女人"，世上一定有这样一个训诫，下次我要告诉艾美。

我发给马尔科姆致歉的邮件，回到家中，躺平的美好一天在等待着我。冰箱里是不是还有些比萨？我妈偶尔会在外卖比萨特价时买一些（正价的比萨就像明抢）。我应该把手机关机，这样工作上的事就不会烦我了，但首先我要先将照片墙软件上我和乔里昨晚在酒吧的动态删掉。我的同事们都没有关注过我的社交账号,毕竟我在公司工作的时间不长,没交到什么朋友。但我的账户不是私密的,如果他们先是听说我因偏头痛请假,随后又刷到我抓着台球杆跳舞的动态就太尴尬了。我自己都不敢直视这段视频,为什么我喝了酒身体就**扭**得这么丑?我当时还自我感觉良好呢,所以才会让乔里——这个比我稍微清醒一点的人来给我录像。视频最后我听到了他的笑声,我也笑了笑,随即按下了删除键。希望两百三十七个浏览者里没有赫克斯沃西金融公司的同事。

刚关了手机,我就想起来我应该发个短信给艾美,她和道格今天去申请按揭贷款,我应该祝他们顺利。唉,我才想起来这事,这也是我爸妈今天过不来的原因,他们在我姐家照顾泰德,并负责把波莉安全送上大巴车(按说波莉已经十四岁了,自己坐车不是什么难事)。我的姐姐、姐夫已经租了十五年房子,现在打算买下它,我应该对此表示关心,毕竟这是一件大事。光这周,我妈就已经说了好多遍这样的话了:"他们一直努力工作,现在终于有了回报。贝丝,你姐姐是不是很棒?"

房间里很安静。我沏了杯茶,端着茶杯来到客厅,拿起桌上的笔记本电脑。家里电话响了,但我没有理会,继续坐在沙发上,腿上盖着我爸的格子花呢毯子。他总是提醒我,这叫作"**康沃尔格子花呢**",然而这并没有让我对这个毯子多喜爱一分。爸爸总是对他出身于康沃尔感到自豪。

出于习惯,我打开电脑还是先看了眼工作上的事情。工作对我来说,只是在不断提醒我:现阶段我既无法随心所欲地活,也不能选喜欢的地儿住。是的,我不想做现在这份工作,也不想住在圣纽斯,这地方唯一吸引人的就是五月花柱舞。《晨间新闻》开始时,我已经无事可做了,只好继续刷脸书上的动态,这有点像回到了二零零六年。我外甥女那一代人，也就是现在的中学生们，是无法理解那时的我们会花很多工夫把夜不归宿的狂欢照片传到脸书上，有时一天还会建好几个相册（**当时这么做是为什么？**），还要赶在别人看到前，把自己名字的标签从丑照里删掉。

乔里出乎意料地用脸书给我发了条消息。点开前，我以为是宿醉的恶搞动画或表情包，但老实说，他的语气很生硬，像是在发号施令：

**"贝丝，你在哪里？请把你的手机开机。"**

乔里倒是个很好的倾诉对象，于是我决定冒着被老板联系的风险打开了手机。手机屏幕亮了，此起彼伏的震动给我一种不好的预感。天啊，一定是马尔科姆发来的语音留言。我点开信息，发现有未知号码的留言，估计是工作上的事吧。还有我爸和乔里发来的——乔里？他从不给我发语音留言，而且为什么要从学校给我打电话？

我刚准备听留言，就收到了一连串信息。半小时内我爸给我拨了七次电话，发了两条信息，一条是问我在哪里，另一条是叫我马上给他回电话。以前他发信息不是问我"最近过得怎么样？"，就是发"亲亲"的表情。可能是他打电话到我公司，得知我患了头痛。我爸确实很关心我，但连打七个电话让我觉得他有点反应过度，而且这样的关心并不能缓解头痛。我回拨电话，走到走廊里信号最好的地方。电话响了两声后接通了。

"贝丝，是你吗？"他的声音听起来比平常虚弱。现在我有些愧疚，我的确让他担心了。

"爸，是我，你刚才给我办公室打电话了？抱歉啊，关于头痛的事，可能有点小误会……"

我话还没说完,他就打断了我,重复了三次我的名字。他的语气让我汗毛直竖。

我的心脏快跳出来了:"爸,怎么了?我妈呢?"

他停了一下,又语速缓慢地张了口,让我胸口发紧。"你妈和我在一起,你呢?有谁和你在一块吗?你没在开车吧?"

"没有,我没开车,我在家呢。爸,到底怎么了?"我害怕得浑身颤抖。

他移开了话筒,我隐约听见他和我妈说了几句话。她的声音很难过。电话里还传来动画片《小猪佩奇》的声音,能听出来他们还在艾美家。我还听到一个男人在说话,但不是我姐夫道格。

"宝贝,待在家里别动,我马上过去。"我爸带着哭腔说。

不知道为什么,我也哭起来了。"爸,求求你先告诉我发生什么了。"

他打电话不是问候我的头痛。他之所以连打七个电话,是因为有别的事,他得亲口告诉我。他在哭,这件事一定糟糕透了。

接着,他说道:"宝贝,是你姐和道格,他们出事了。"

# 2

虽然我没有印象了,但一定是乔里赶来了,把瘫在地板上的我抱到他的车子副驾驶座。他双手捧着我的脸和我说话,我却什么都听不到。我看见他的嘴唇嗫嚅着,就像我们小时候在游泳池潜水时尝试说话那样。再浮上水面时,我们会放声大笑,边踩水边猜彼此刚才说了什么。我们认识二十多年了,我从未见过他担心成这样。

"贝丝?"

我又能听到声音了,猛然回想起让我在地板上缩成一团的原因,身体开始颤抖。

"道格死了。"我说出了实情,但希望乔里能纠正我,至少告诉我情况有所好转,但他什么也没说。"艾美也快死了,是不是?"我多么希望这一切是场误会,是人们搞错了啊!我知道木已成舟,但并不是没有一丝可能。我开始祈祷,向上帝和其他任何神灵:"**我愿意倾尽所有,来换这一切从未发生,请让我姐夫活过来吧,不要让我姐姐死去!不要发生这场事故!我再也不会抱怨我的生活了,求求了!**"我的牙齿咯咯打战。

"我们还不知道艾美怎么样,但她向来很坚强。"乔里把手放下,脱掉夹克盖在我肩膀上。有一次我的初恋男友喝醉了,跟我大吵一架后甩了我,那晚乔里也是这么安慰我的。他找到我时我也在发抖——不知是吓到了还是肾上腺素飙升,或两者皆有。我们买了汉堡车的汉堡,坐在夜店外面的路肩上吃着,他告诉我一切都会好起来的。

这次,我希望他也能告诉我一切都会好起来,但他没有。他发动了车,对我说:"我们现在去医院,先查查你的恐慌症是不是又犯了。"

"那就出发吧,去医院需要多长时间?"

"一个小时二十五分钟,"他递给我一个书包,"里面有一瓶水和一个塑料袋,我担心你身体不舒服。你说过你可能会难受。我还帮你拿了眼镜,隐形眼镜戴久了眼睛会干。我也不知道该带些什么,你刚才一直在大喊大叫……"他的声音渐渐弱下去,好像在哭。我只见乔里哭过一次，那还是我们九年级的时候，我在他家里，他为史宾格犬布兰布尔的过世而流泪。

我把他递给我的东西放到腿上，强忍住哽咽说："乔里，我不能失去她。波莉和泰德需要她，我也需要她。"

他看了我一眼，没有说话。

我开始咬指甲。"道格已经死了"，这句话一直在我脑海里挥之不去。我两天前才刚见过道格。我听说他们晚上要吃千层面，便突袭去他们家蹭饭。我姐做的千层面最好吃了，最上层是焦脆的，是我喜欢的口感。那一整晚我都在打趣道格的老爹牛仔裤和艾美的洞洞鞋。现在，他们的厨房里只剩警察，说着一些我们不愿意听到的话。道格怎么能就这么走了呢？

乔里打开广播，听到"M5公路发生一起严重交通事故"的新闻后，又马上关掉了。后半程我们无言地坐着，我感觉有什么东西堵在我的喉咙里。

医院就像无数条走廊和等待区组成的迷宫。里面禁止奔跑，我们只好用最快的速度走着。我一度小跑起来，差点撞上一个从电梯出来的坐轮椅的患者，好在乔里拉住了我。

"二层，K区，"我们问了重症监护室区的服务台，乔里嘴里重复着我姐所在的病房，"我们马上就到了。"

爸妈比我们晚来半个小时。他们要先去学校接波莉，把这坏消息告诉孩子们再来医院。泰德还小，认不出自己的爸爸，但也一起过来见妈妈了。我们希望泰德也能在场，因为还不清楚艾美的情况如何，只知道不乐观。一想到这两个可怜的孩子，我就心痛欲裂。这件事给我带来的还有身体的痛苦，胸口憋闷，喘不过气。

我们来到病区，一位护士走出来，询问我们找哪位患者。我看了一眼他身后的病房。我来医院探视过几次病人，但这个病房区和我之前见到的都不一样。以前我看到的都是患者们坐在床上，一边看悬挂式电视，一边吃着葡萄和珀西小猪糖果。现在，我只看到一间间大门紧闭的病房，走廊里寂然无声，只能听到机器发出的蜂鸣声。

"艾美，艾美莉·兰德，我是她妹妹，贝丝。"我说道。

护士点了点头，看向乔里。

"这位是乔里，是我的朋友。"不，不只是朋友。我补充道："他也可以算是我的家人。"

我们被带进来，穿过寂静的病区，来到长长的走廊里一个像是办公室的房间门前，外面摆了一排座椅。护士告诉乔里最近的咖啡机在哪里，但我现在不想喝咖啡。我坐下来，但又很快起身，紧张地走来走去。没一会儿，一位大夫走出房间。

"你是贝丝？我是哈格里夫医生。我听说你父母也快到了。"

我点点头："我能看看我姐姐吗？"

她请我坐下，我不太情愿地照做了，双手紧握，紧张得指甲都快要嵌进手掌里。难道是医生最后一次和我爸通报情况后又发生什么事了吗？

"你姐姐的**情况很不好**。"医生低声说。我琢磨着她的话，情况很不好，这意味着我姐至少还活着。虽然医生脸上满是担忧，但这让我稍微松了一口气。我妈每次患感冒或嗓子疼的时候就总说自己"情况不好"。但医生口中这个"不好"的程度肯定要更重。

她坐到我身边，我看到她耳后别了一支笔，我很难集中注意力听医生说的话。

"艾美的头部在车祸中遭到重创,医务人员到达事故现场时已经没有反应了,呼吸也很微弱。"我开始啜泣,想象着车祸现场的画面。乔里的一只手搭在我肩上,捏了捏。

"她能说话吗?她知道她在哪里或者发生了什么吗?"**她知道丈夫已经不在了吗?**

医生摇摇头:"你姐姐现在神志不清,需要呼吸机来维持生命。简单来说,她还在昏迷中,脑创伤还是很严重的。"

"那她会死吗?"我直视医生的眼睛。虽然不想听到肯定的答案,又不得不问。医生知道救活艾美对我们来说很重要吗?我想她是知道的,无数个家庭都与我感同身受,盼望她在冷冰冰的医院里帮一把他们危在旦夕的亲朋好友。虽然那些病人都不是我的姐姐。

"现在我还回答不了这个问题。艾美的病情危急,但还算是稳定;就是说她确实有生命危险,但现在生命体征都在正常值内。"哈格里大医生将手放在我的胳膊上,说道:"我会尽我所能救你姐姐,现在我们一起去看看她吧?"

我紧紧握住乔里伸来的手,我身上还穿着他的外套。如果没出事,他此时应该在给学生们上历史课。我们好像进入了平行宇宙,但我只想回到原来的世界。在那里,乔里忙着上课,没时间回复我的信息,而我翘班在家,盖着我爸的康沃尔格子花呢毯,盘算着午饭做点碳水化合物来缓解宿醉不适。这种生活多幸福啊!以前我总把这些当作理所当然,真是太愚蠢了。

我们出了办公室,在走廊尽头找到了我姐的病房,门外的姓名牌上写着"艾美莉·兰德"。我们轻手轻脚地走进去,我还用手擦了擦眼泪,这样我能好好看看她。我一看清她,便震惊地用手捂住了嘴巴:姐姐从下巴到头顶裹满绷带;原先的一头金发发黑,我想是因为头发上沾的血干了;她的嘴里插着管子,两条胳膊上也缠满了纱布,接着各种导管。我伸出手想要摸摸她,看向哈格里夫医生征求同意,她点点头。我坐到病床旁的椅子上,小心地将用双手握住她的一只手。我想起了道格——我姐姐的初恋,她此生唯一的挚爱,还是波莉和泰德的好爸爸。而他此刻正孤独地躺在别处,我甚至不知道他在哪里。我将头轻轻地靠在我姐的枕头角上。

我说道:"姐姐,我来了,乔里也在。"

乔里调整了站姿,清清嗓子说道:"艾美你好,你感觉怎么样啊?"

我姐没有反应,只听病床旁的仪器发出"哔"的声音。我问医生:"她能听到我说话吗?"

哈格里夫医生摊开双手:"我们还不清楚艾美目前昏迷的程度,但她还是有可能听到你说话的。比起陌生人的声音,她对熟悉的声音反应更大。"

我点点头,不知道接下来该说什么。这时走廊另一头有了动静,乔里探出头张望:"你爸妈到了,两位小朋友也来了。"

"好吧。"我说。但现在的情况并不好,我不希望两位小朋友直面这样的妈妈。

哈格里夫医生带我们去了一个有沙发椅的房间,我爸妈已经在里面坐着了。沙发椅上摆着靠垫,房间中央有一张咖啡桌,桌上的花瓶里插着干花。我敢说这间屋子是给生活即将发生巨变的人准备的,要是宣布好消息,也用不上靠垫和花瓶了。

小小的屋子里挤满了人。此前我在电话里听到的那个陌生男人的声音这下也有了答案，那是新派到我家的家庭联络官，此刻他正在和我爸说话。他边走出门边对我打了个招呼，对我爸妈说等调查有新进展会再过来。我爸张开双臂，我一下子扑进他的怀抱。他的肩膀开始颤抖，我也紧紧地抱住了他。我能闻到他羊毛衫上熟悉的味道。三十一年了，我爸总是在我做错事时紧紧地抱住我，告诉我天亮之后一切都会过去。

我爸松开手，清了清喉咙："你见过你姐姐了吗？她说什么了吗？"我告诉他，他们来之前我只在病房里待了几分钟，我姐也没有反应。他不断点着头，看起来十分焦虑。

我妈抱着泰德向我走来，在我额头亲了一下，随后向门外的乔里打了个招呼，示意他也进来。乔里有些不好意思，她摸了摸他的脸颊。我妈喜欢乔里，一直觉得他很不错。她对乔里说："谢谢你把贝丝送过来。"

乔里看着她说道："莫莉亚，发生了这样不幸的事情，我感到很遗憾。"

我妈悲伤地笑了笑："好在有你在这里陪着我们。"

波莉站在角落的窗户前，面色苍白，身体还在发抖。被接出学校时她正在上体育课，所以现在还扎着高高的马尾辫。从她的神情我能看出来，她已经知道父亲不在了。我看向泰德，又看了眼我妈，她懂我想问什么，摇了摇头。是的，**泰德还不知道他父亲的事**。

哈格里夫医生建议我们都坐下，波莉没有照做。医生跟所有人复述了一遍之前告诉我和乔里的话，这次我听得更明白了。我们都想去探望艾美，但医生说一次只允许两位探视者进入重症监护室，于是我们决定让爸妈先去，之后再让波莉和泰德进去。

我妈温柔地对波莉说:"宝贝,你觉得这样可以吗?让你的外公和外婆先去看妈妈,然后你再进去?"

波莉耸了耸肩,将脸背了过去。

泰德一直在咖啡桌下玩着动画片《邮递员派特叔叔》里的玩具卡车,突然抬起头说:"我的爸爸妈妈在这里。"

我们都愣住了。乔里蹲下来拿着玩具卡车对泰德说:"嘿,小家伙,想不想看救护车?前面有好多呢,你想不想看看?"乔里转向我爸妈:"我带他去外面玩,让你们几个单独待会儿,怎么样?"

大家同意地点了点头。泰德举起小手在脑袋顶上转,模仿救护车上的车灯,嘴里还发出"呜哇呜哇"的声音。乔里把泰德带走了,爸妈也跟着哈格里夫医生出去了,房间里只剩下我和波莉。

我摆弄着一个靠垫,想着该对我外甥女说些什么来打破沉默。我们的关系建立在开彼此玩笑,以及联手拿她爸妈逗乐上。我和波莉在一起时总少不了姐姐。我不是那种会带外甥女一起逛街、逛公园、喝热巧的小姨,我只帮我姐照看过几次波莉和泰德。有一次她和道格赴约晚餐,我留在家看孩子,分神和当时的男朋友亲热去了,这一幕被提前回家的两人撞个正着。他们非常愤怒,对我失望透顶,从那以后再也不找我看孩子了。我发现我经常会让别人失望。

我靠近波莉,好几次欲言又止,只好轻轻地抚摸着她的后背,这样静静站了很久。后来,她先开了口,细若蚊蝇、断断续续地说:"我无法接受这一切,贝丝小姨。"

"我懂。"我想说一些宽慰的话,让她好受一些,但她的爸爸离世,妈妈在走廊尽头的病房昏迷不醒,我不知道说什么才能真正安慰她。

她瞪大了眼睛："今天早上我爸本来该去上班的。平常工作日他们从来不外出，他今天出去了，结果就遇上了事故。"

"你不能这么想，"我告诉她，"我也不希望他们在那个时间出现在那条路上，但事情已经发生了，我们现在也改变不了什么。"

波莉摇摇头："我应该把他们留在家里。我妈会死的，是不是？"

"不，她不会的。"我语气坚定地回复她。

"她的情况看起来真的很糟糕吗？"

我本打算轻描淡写地带过刚看到艾美时的惊愕，但波莉一会儿也要见到她了，实话实说或许还能让她有个准备。我斟酌着说道："不是糟糕，只是那些绷带、管子和机器看着吓人。不要看这些，看着她的脸就好。波莉，你妈妈需要你。医生说她很可能能听到我们的声音。"

"那她知道我爸爸的情况了吗？"波莉哭了，我的心也跟着揪了起来。

"我认为她还不知道。"

"那些人，警察有说他们开车要去哪儿吗？他们为什么开上了M5公路？"

我摇了摇头："不知道，但我们知道他们预约了按揭贷款，你外婆认为他们后来想去宜家，所以才上了高速公路。毕竟这两个地方离着也不是很远。你外婆很自责，因为她建议他们好好玩一天。这不是她的错，也不是你的错，不要怪自己没阻止他们出门。你不知道会发生什么。"

我觉得波莉心里一直在琢磨这场事故，自我折磨着，因为在来的路上我也是这样。

我问她:"你想喝点热饮吗?我去买点茶什么的。"她摇了摇头。"你确定吗?反正我也要去趟卫生间,你想不想一起去?"我又问她,我不想把她一个人留在房间里。她又拒绝了,我只好告诉她我去完马上就回来。

一走出重症监护室区,我的眼泪便夺眶而出,滚烫的大颗泪珠顺着脸颊流了下来。这一次我没有去擦,而是让它们肆意流淌,我的肩膀也剧烈地颤抖起来。路过的人都盯着我看。

在卫生间,我被镜子里满脸都是泪的自己吓到了。我拿起纸巾轻擦脸颊,把发髻散落的碎发别在耳后。发生的这一切让恐惧像潮水般涌来,不禁让我担惊受怕还会有更多坏事发生。更令人恐慌的是,我对它们束手无策。每次遇到危机,我就本能地想逃离。我习惯溜之大吉,能像脱缰的野马一样跑得飞快——但这次没有逃跑这个选项,我不能在事情解决前躲起来玩消失。我振作精神,快步回到重症监护室,面对我的家人和最糟糕的噩梦。

# 3

"你点了两份麦香鸡,你是想要两份吗?"

我妈皱着眉,凑近看屏幕:"不,我只点了一份,我也没点大薯条,系统没经过我同意就放到购物车里了。"她有点不耐烦了,一遇到技术问题她就这样。我把手放在屏幕上,让她往后退了几步。

"我来点单吧,我爸还和以前一样?波莉吃什么呢?"我看向坐在桌边的爸爸,他垂着双肩,目光空洞地看着用餐的人群。泰德正用乔里的手机看动画,手上紧握着他最喜欢的大象先生玩具。乔里对上了我的目光,冲我悲伤地微笑。我也回他一个同样的笑容。波莉躲在桌边的角落里刷手机。我妈说波莉现在什么也不想吃。

我还是给波莉点了个汉堡,取了小票后拿了些吸管和纸巾,又用两个小碗盛了些番茄酱。我不知道泰德平常都吃些什么,但我想他吃薯条一定得蘸番茄酱。我把妈妈送回桌边,放下调料去取餐。快餐的味道让我有点倒胃口。此时此刻我正站在麦当劳里,想来真是荒谬至极。对我们这些成年人来说——也算上波莉——绝不会把吃看得太重,但对小孩来说,这似乎顺理成章,人毕竟还是要填饱肚子的。

现在是星期五的晚上,餐厅里坐满了人。刚帮我妈解决完自助点餐的问题,我想稍微冷静一会儿。但此刻我一个人站在这里,感觉人群快要将我包围。我不想待在这里,看着人们从门口进进出出,无忧无虑地大笑,大口喝着奶昔。他们的嬉笑声让我觉得刺耳,我很想大声质问他们:"你们在笑什么?你们难道不知道今天发生什么了吗?"他们当然不知道,即使他们知道,也不过只能说一句:"我很遗憾,这太可怕了。"然后继续嬉笑、大口喝奶昔。毕竟悲剧没有发生在他们身上,他们没有错。

我们安静地吃着食物,偶尔回应泰德几句,他已经把他的小碗番茄酱吃完了,并让外婆再给他取一些。我妈又给他拿了三小碗回来。泰德十分惊喜,埋头吃了起来。我想他也许知道今天的要求都会被满足。

波莉连汉堡的包装都没有打开,也没怎么喝饮料,坐立不安。我爸妈一言不发,看起来疲惫不堪。我不知道面对打击和悲痛,波莉的反应是否正常。也许是的,也许她才是正常人。我们其他人毫无胃口，但还是硬塞着快餐，好让泰德觉得一切如常。可怜的泰德还不知道他爸爸已经离世了，还以为妈妈在睡觉。探望他妈妈时，他是唯一没有被她头上的绷带和管子吓到的。他只是对医生说："妈咪的头被磕到了，她现在有点累。"

"我们接下来怎么办？"我小声问，又补充道："我说今晚。"对于第一个问题，现在谁也无法给出万全的答案，而且这也不是在麦当劳讨论的事。

我妈妈说："波莉和泰德应该和我们住一起。"

"我不要。"波莉的回答让我有些吃惊。

"你不要？"我妈问她。

"我不想和你们住在一起，外婆，我想回家。"

我摆弄着吸管掉下来的纸屑，说道："我可以和他们一起住在艾美家，我睡沙发就行。"我本来想留在医院，但刚才哈格里夫医生把我爸叫到一边，劝我们回家。她知道我们住在离医院一小时车程的地方，承诺如果艾美有情况会及时通知我们。我爸同意了，但我能看出来当时我妈不太赞成，她一直咬着牙。我问道："妈，你觉得呢？"

她似是而非地晃了晃头，说道："住一晚上应该也没事。""我去他们家住也可以，但我关节痛睡不了沙发，而且我会觉得怪怪的，如果睡在他们的……""他们的**床上**"几个字没有说出口。我们专注地看着泰德吃完了最后一根薯条，舔了舔手指。

我妈嘱咐了我许多注意事项，好像我是要带孩子们远征，而不是看着他们在自己床上睡一宿觉。她觉得我做不好这件事。实话讲，我的确没有独自看一宿孩子的经历，我只是假装知道流程。我以为泰德已经可以自己上厕所了，我妈却说他还要用尿布。

"我觉得他已经不用尿布了吧？"

"睡觉时还用，白天不用了。"

"好吧，我会给他穿上的。"

"明天一早我们就会过来帮你。"我妈说道。她的意思是来"**接替**"我的工作，我当然对此充满感激。

我们走向停车场时，泰德问他能不能坐乔里的车回家。我妈说不行，泰德坐在地上开始大喊大叫。他小小的身体居然能发出这么大的声音。

我妈把泰德抱起来，躲开他胡乱挥舞的四肢，说："他的精神头儿又回来了，"接着问道，"乔里，亲爱的，能让泰德搭你的车吗？"

乔里点了点头，然后跟着我爸去取儿童座椅。我对波莉说一会儿家里见，她看着我，什么都没说。

我们到艾美家时，爸妈和波莉已经到了。泰德一路上一直试图挣脱安全带，经过一番斗争后累得睡着了。我把他从座位上抱了起来。我想不起来上次抱他是什么时候了，他比我预期的沉多了。

乔里把车调了头，停在我家车旁边，摇下车窗说："你确定我不用留下来吗？我觉得你需要人陪。"

我太想让乔里留下来陪我了，但我要给波莉营造一个可以畅所欲言的氛围，尽管现在她可能不想说话。既然我今晚负责照顾她和泰德，乔里最好还是回避，以免她觉得不自在。我不想负责任何事，更何况是照顾孩子的重任。我吓得摇了摇头。

"好吧，"乔里说着，但他没有走，"我只是不想看到你一个人失落的样子。"

"我没事的，放心吧。如果你留下来的话，会违反我们二零一五年冬天制定的'黄金准则'。"

他笑了笑:"违反了也是情有可原的,不过违反就是违反。我一会儿给你发信息。"

我抱着泰德继续走,发现隔壁家的客厅有动静。我认出来那是艾美的邻居阿尔伯特,很快他又躲回窗帘后面了。艾美曾提起过阿尔伯特:"他已经八十多岁了,但还是很机警。"我希望艾美从未提起过他,因为这总让我想起几个月前我喝多吐在他家花盆这件事。艾美和道格当时可没面子了。道格帮我收拾残局后,我应该隔天就去向阿尔伯特道歉的,但我没有这么做,一是张不开口,二是那之后这件事情也就过去了。我相信他肯定不喜欢我,因为不管怎么回避他的目光,我都能感受到他直勾勾的眼神。在等我妈开门时,我意识到迄今为止,和姐姐的老邻居之间这件尴尬事是我迈不过去的坎儿了。

我妈打开门,把泰德接了过去。她准备好了他的尿布、睡衣和牙刷,这样能快速安顿泰德去睡觉。我在医院里见过的那位家庭联络官也在这里,正和我爸在客厅交谈。他之前告诉过我们,车祸是卡车司机中风发作导致的,司机现在也在医院接受康复治疗。我不想再听到与调查有关的事了,于是坐在楼梯上,呆呆地看着墙上挂的家庭合影。

艾美之前花了很多工夫来挑选照片和相框,想模仿照片墙软件上的投稿。我因此狠狠嘲笑过她,以前她跟风网红时我总这么做,但我必须承认这些照片布置得还不错。她用的都是亮色的相框,我尤其喜欢一个橘色的,里面是一张他们一家四口在沙滩上的黑白照片。我好像以前没看过这张照片,站起来想仔细看看。但一凑过去,我的眼泪就又止不住了。照片中,泰德靠在艾美的屁股上,道格站在波莉后面,手臂环抱着他的女儿。拍照时一定是有什么逗乐了泰德,他笑得前仰后合,他的爸妈、姐姐都转身看他。波莉也捂着嘴咯咯笑,道格像是在说些什么,艾美的卷发被风吹起,遮住了她的脸,他们都没看向镜头。光是看到这张相片,我就能想象出他们的声音——四个人开心地大笑,艾美假装不耐烦地说:"妈咪只是想要一张完美的家庭合照,这很难吗?"

爸爸从客厅来到我身边说:"这张照片是我拍的。"

我将头靠在他肩膀上:"这是威德茅斯湾吗?"我试图辨认出来他们身后的那个沙丘。

"是的,"他悲伤地说,"那是去年的母亲节,我们早上出去散步,回来吃的烤肉,你还记得吗?"

我记得那顿烤肉。前一晚我和乔里去了酒吧,所以我早上没去成海滩,只能赖在床上看《好莱坞女孩》的重播。我想起来姐夫道格那天给我发了个信息,不禁笑了出来,我爸疑惑地看着我。我指着照片向他解释:"那天我没去散步,道格在海滩给我发了张他四肢伸展跳起来的照片,还起了个标题'宿醉的人可做不到',我给他回了个竖中指的表情。"

我爸"啧"了一声,但还是笑了。这时,波莉愤怒地从客厅冲了出来,气得五官拧成一团,我们的笑声也戛然而止。"**你们怎么还笑得出来?**"

我和爸爸四目相对,张口结舌。那是关于道格的美好回忆,我们只是想分享出来,稍微缓和一下这悲伤的氛围。我看起来不那么悲伤,我突然为此感到愧疚。我妈也来到楼下,示意我们声音小一点,泰德刚刚睡着。

"亲爱的波莉……"我爸努力思索如何回答,想让波莉回到客厅,但她站在楼梯下一动也不动。

我也不知道该说些什么。我指向照片，想给波莉解释，也希望她能过来一起看看照片。"我刚才正告诉你外公，拍这张照片那天，你爸爸给我发了条好玩的信息。他在取笑我，因为——"

"**不要再说了。**"

我闭上了嘴。波莉使劲地摇头，我都担心她伤到自己。站在我面前的这个少女，眼睛睁得大大的，肩膀紧绷，和照片中沙滩上那无忧无虑的形象相差甚远，我差点认不出她了。波莉正承受着巨大的痛苦。我这才意识到，虽然我们其他人也都十分悲痛，但波莉和泰德的人生从此天翻地覆了。

"波莉，很抱歉我刚才笑了，我们不想让你难受。你想谈谈吗？"我看向爸爸求助。

我爸告诉她："亲爱的，你的爸爸以你为荣。"我向波莉伸出双手，想着她能让我抱抱，或者至少握住她的手。但她依旧还是摇头，她外公的话让她情绪更激动了。"不，他才不是这么想的。"她推开我们，跑上楼了。我想去追她，但我爸说让她一个人静静。随后，她房间传来重重的摔门声，我们也就此打住了。家庭联络官端着一杯茶走来，把茶杯递给了我。他不好意思地对我爸笑笑："抱歉，吉姆，我只有一杯。莫莉亚说你们很快就回去了。"

我爸告诉他没关系，他们马上就要走了。我开始感到恐慌，不想让他们离开，想告诉我妈，我要跟他们一起回家。我无法代管孩子们，我从来没承担过任何责任。

"悲剧总是以人们预想不到的方式到来。"家庭联络官说，向楼上点了点头。

"她正在气头上，我不知道该和她说些什么，"我喝了口茶说道,"明天我们要告诉泰德他父亲的情况,他会不会也……"

我爸捏了捏我的肩膀:"今天大家都累了,贝丝,明天我们再考虑这些吧,好吗?"

"好吧。"我答应了,但还是忍不住去想。

爸妈起身要离开了,我紧紧地抱住他们,抓住他们的大衣不放。我想告诉他们,我不知道该怎么和波莉相处,也不知道如果泰德夜里醒了我该怎么办,但还是忍住什么都没说。我松开手时,我妈用我读不懂的眼神看了爸爸一眼。

她说:"亲爱的,我可以留下来照顾孩子们,你和你爸回家吧,好吗?"

我告诉她:"我没事的,再说,明天一早你们就又过来了。"后来家庭联络官也离开了,他希望我们今晚都好好休息一下。

我关上家门,听到楼上传来的微弱的哭声。我循声找到了波莉,她在她父母的卧室里,靠床坐在地上,膝盖上盖着道格的毛衣。我也挨着她坐下。

"他真的去世了吗?"她转头看着我的脸。

我点了点头:"波莉,我也很难过。"我环抱住她的肩膀,她靠着我,将脸埋在了毛衣里。

我们就这么坐了好久,直到我们都哭累了,大脑一片空白。波莉爬上床准备睡觉,我提议和她在一个房间里睡,但她说她没事,明天一早会来找我的。下楼前我又去看了眼泰德,他正睡得香甜,发出轻微的鼾声,还把被子踢到了床尾。一想到要将坏消息告诉泰德,我的心就紧了一下,恐惧又一次涌上心头。我给他盖好了被子,试着不去想其他的事情,专注于他平静的鼾声。

"小家伙,晚安,"我轻声说,"我也很难过。"

# 4

现实比我预想的更糟糕。泰德不理解我们在说什么,他越不懂,我们就要对他说得越直白。最后还是我妈——此刻比我们都要坚强的人——跪到泰德面前,握住他的小手,用最赤裸裸的话语告诉泰德,他的父亲没有在工作,也没有在医院接受治疗。"**他不会回来了,亲爱的,但他不想离开你和你姐姐。他非常爱你们。**"泰德静静坐了很久,问起了他妈妈,这又引出一段痛苦的对话。他重复问:"妈妈很快就会回来吗?她不累了就会回来的,是吧?"我从未如此努力地憋住眼泪。

我们回到了医院,但没有把泰德带过来,艾美的朋友凯特负责照顾他。我妈认为,与其让泰德和大人一起往返医院,不如多和同龄的小朋友一起玩,凯特的女儿就是个很好的玩伴。我本想问她,是不是应该让泰德见见他妈妈,或者让艾美再听听他的声音,但是我妈已经安排好了。她今天早上七点刚过就到了艾美家,因为昨晚失眠,表现得稍微暴躁,但不影响指挥我们。她首先让我给泰德挑一套衣服,但到出门时,我发现泰德穿的衣服不是我给他挑的那套,所以我也不懂开始她为什么要让我去做。我做过的事情她都会再重复做一次,一直都是这样。

波莉不怎么开口讲话,有些疲惫且紧张不安。看来昨晚只有我还稍微睡了会儿觉,我想这是因为昨天我还处于宿醉状态。白天我都把这事忘了,但晚上躺在沙发上关灯时,这熟悉的感觉又回来了。早上起来我落枕了，听到泰德在楼上喊着找爸爸妈妈的时候，我才又恢复了记忆。

哈格里夫医生把我们又请进了"坏消息"室。她今天显得很忙乱，但还是很仔细向我们汇报了艾美的情况。她说目前没有什么好消息，但目前为止也没有什么更需要担心的。我们不知道该如何消化她所说的内容。我想"**情况可能会更坏**"，但这想法其实很可笑，因为情况又能再坏到哪儿去呢？发生了这么严重的事故，艾美还活着，这已经是不幸中的万幸。与此同时，我们还是有点失望，因为艾美还没有醒来，也不能说话。

哈格里夫医生问我们："各位还有什么问题吗？"

"她再也不会好起来了，是不是？"我们惊讶地把目光转向波莉，她已经沉默很久了。然后我们又看向医生，医生显然在思考怎么讲最合适。波莉今年十四岁，虽然不能算是成年人，但也不能把她当小孩子对待。

"实话说，我们也不清楚。过去二十四小时里我们给艾美做了许多项检查，接下来还有一些检查。我们会对照格拉斯哥昏迷指数给你的妈妈评分，来衡量她的意识清醒程度。之后还持续观察并且评分，这样能看出来她究竟是有好转的迹象，还是有恶化的可能。脑损伤是不可预知的，因此它的发展情况也是未知的。我无法保证你的妈妈是否会完全康复，但我认为是有希望的。"

我点了点头，她用了"有希望"这个词，这让我也有了信心。我们其他人也会说"有希望"，但口说无凭。医生口中的"有希望"才是最有分量的，不是吗？

由于一次只能两个人去探视，我妈决定她和波莉先去，一个小时后再换我和爸爸，我们同意了。后来我们被礼貌地请出"坏消息"室，还有其他家庭要接受"传送带"运来的坏消息。我们也不想一直坐在这里，一起出去走了走。

我爸语速飞快地说了好多话，我看到他眼睛下方的黑眼圈还有下巴、脖子上的胡茬。他向来都会把胡子刮得干干净净的，只有以前在我们去野营的夏日里，他才会这么邋遢。假期是我人生中最快乐的一段时光，但去年夏天艾美和道格邀我和他们一家去波尔齐思露营时，我却找理由拒绝了。我要是去了就好了。我总是理所当然地认为以后还有大把时间一起出去玩。

我们坐电梯下来到了接待处，走出医院呼吸新鲜空气，坐在了一张湿漉漉的长凳上。我爸提起有关遗嘱的事情。

"现在就要考虑这些事情了吗？"长凳上的潮气穿透了我的裤子，我觉得有点冷，便把大衣拉下来盖住了屁股。

我爸叹了口气："很遗憾，但我的确需要开始考虑了。你的姐姐和道格让我来当他们的遗嘱执行人。艾美现在状况这么不好，我有责任为道格打理他的后事。他也没有别的亲属了，是不是？"

我说："是的，我还没有想过这些。"道格不知道自己的父亲是谁，他与母亲的关系也不好，自从母亲搬去爱尔兰后，他们之间就不怎么联系了。我记得多年前在一次尴尬的家庭聚会上，他母亲与我妈为了抢着抱小波莉而大吵一架。我印象中他母亲都没有见过泰德。对道格来说，我爸妈是他最亲近的家人了，我应该也可以算一个。他对我说过好多次，我就像是一个招人烦的妹妹。

"还是不敢相信他已经走了。"我拾起牛仔裤破洞上的磨毛。

爸爸摇了摇头："我也是。我想起他们把遗嘱交给我保管的那一天，我把它放在你妈一张旧写字台的抽屉里，我还对你姐说：'但愿我永远用不到这玩意儿！'说完我们大笑了起来，当时都觉得这不过是为了以防万一，**不会真的用到这遗嘱的**。你姐说这样就有双重保障了，提前把遗嘱写下来她就安心了，我也没想到……"他的声音越来越小。我们就这么安静地坐了一会儿，我将头枕在他的肩膀上，他把手搭在我的胳膊上。"他们选择了你，宝贝。遗嘱里写着**如果他们都不在了**，你将作为波莉和泰德的监护人。你知道这事，对吧？"

我点了点头，我知道遗嘱这件事，但现在想起来还是很吃惊。"如果他们都不在了"，他们是这么说的，但现在艾美还没有死。

"你妈开始有点担心了。"

"这话是什么意思？我们不都是在为艾美担心吗？"我知道他想说什么，我妈认为我不够格做监护人。那还是在一次晚饭时，艾美提出了这个想法，当时我妈就不太赞同。一阵闷闷不乐的沉默之后，我妈端上了布丁，说道："你认为**贝丝能照顾好孩子吗？她用什么来照顾孩子？只有爱就够了吗？她连照顾自己都做不到，又怎么能照顾孩子呢？**"听到这话的我耸了耸肩，埋头吃着芝士蛋糕，试图不去理会她对我的种种挑剔，不想为不可能发生的事烦心。接下来她又说我工作上没有常性，身上还背着贷款，找对象眼光极差，驾照上还有分没有销。最后，到了喝咖啡的时间她做了总结："艾美，我希望你能选择一个更有责任心的人、一个**成熟的人**，来做孩子们的监护人。"后来，艾美说我已经年纪不小了，她生波莉时都还没我现在岁数大呢。

我爸慢慢说道："你妈只是担心你应付不过来，这对你来说可不是儿戏。你知道，我是相信你的，你下定心思去做的事一定能做成。但你现在还不是个有责任心、值得信赖的人。"

我告诉他："我也担心自己无法应对这一切，但艾美和道格对我更有信心。"

"是的,也许吧。"

"真是见鬼,爸,你就不能装作对我有点信心吗?"我很少和他吵架,但我感觉这回他是向着我妈的。

"抱歉宝贝。"我没有问他为什么道歉,是因为刚才所说并非他本意,还是因为他不能装作对我有信心?我希望是后者。事实上,对于艾美和道格选我做监护人一事,我也感到很不可思议。尤其是道格,他曾说我像一个困在成年人身体里的小孩,就像电影《女孩梦三十》里演的一样。不知道他是真的也赞同这一决定,还是只是为了安抚我姐的情绪。或许是由于母爱和荷尔蒙作祟,艾美在生下泰德之后的几个月里总是害怕死亡。他们一起讨论了很多不太可能发生的事情。也许道格没太把这些当回事。只有他俩才知道为什么会做出这个决定,但谁也无法告诉我们这背后的原因了。

我们看着医院门口的人们从出租车里上上下下。一位和我妈差不多年纪的女士坐在轮椅里,摘下氧气面罩吸烟,而她头上就挂着一块"禁止吸烟"的警告牌。

"你妈认为这段时间波莉和泰德应该和我们住在一起,她想亲自照顾孩子们。"尽管没有对艾美和道格的遗嘱表示赞成,但我爸的语气透漏出他也不认为我妈的这个想法是个好主意。

"但波莉**不想**和你们住在一起,她想住在自己家里。我们也不知道现在这种状况会持续多久,我妈现在年纪也大了,不是吗?我知道她的关节炎更严重了,我见过她的手犯关节炎。"我妈从来不在我面前抱怨病痛,但我能从她紧握、伸展手指的动作上看出来。

我爸转向我:"你绝对不能当着你妈的面说这些。"

"为什么?"

"你知道她是个什么样的人,她很要强,不喜欢别人小题大做,不想让别人可怜她。"

我爸是对的。我妈总是对自己的病痛轻描淡写,要是她知道我们注意到了她手指不舒服,会很难过的。我向爸爸保证我不会当着我妈的面说这些,但希望他能劝劝她,全天候照顾孩子对身体是个不小的挑战。我知道,在照顾孩子这件事上,我妈比我更能胜任,但我不会承认。不管最后是由谁来照顾孩子,都不是最好的解决办法。孩子们最需要的还是他们的爸爸妈妈。

我们又坐着看了会儿人来人往。最后我爸拍了拍大腿说:"好了。"他的意思是我们该走了,但我没有动。

"贝丝宝贝,你还好吗?"

"不,我不好。我不想面对这一切。"

"我知道,宝贝,但是你必须要面对。你的姐姐需要你,波莉和泰德也需要你。"

"爸,如果我真的做不到怎么办?"**如果我妈是对的,我该怎么办**?

爸爸捏了捏我的手,说道:"这世上你最看重谁的想法呢?"看我有些疑惑,他接着说道:"这个人应该和乔里是同样重要的吧?"

"是艾美。"

我爸说:"我也是这么想的。那是谁做出的这个决定,认为你可以做到呢?"

我用大衣的袖子擦了擦鼻子:"是艾美。"

他露出了我熟悉的表情,意思是"现在你应该明白了"。他站起来,伸出手拉我起来。我的姐姐相信我能做好孩子们的监护人，我希望能用实际行动证明她的选择没有错。

隔壁的邻居再次急匆匆地把窗帘拉上了。经历了一天的情绪起伏，又在回家路上碰上道路施工，让我想把脸压在他家窗户上大喊："你要不要来拍张照片看清楚啊？"但我还是提醒自己阿尔伯特已经八十多岁了，他盯着我看让我如此歇斯底里，是因为我对之前吐在他家花盆里却没有道歉感到愧疚。

我们到凯特家把泰德接回来，我妈把泰德送到门口，问我："贝丝，你希望我们也进来吗？帮你们做点饭，把孩子们安顿好？"

"哦，我无所谓，你们决定。"我其实希望他们能进来帮我，我从未想过不需要他们的帮助。

我妈看起来累坏了。这时我想起了与爸爸在医院里的交谈。我妈竟然会想先征求我的意见，看来是爸爸和她说过了。

爸爸将手放到她的肩膀上："我们直接回家吧，好吗，亲爱的？贝丝知道我们随叫随到，明天一早我们还会过来。"

我妈有点犹豫，但她很快点头答应了，并将泰德交给我："他在凯特家已经吃过了。早上我往冰箱里放了些比萨和沙拉，你和波莉可以吃一点。我觉得你不会亲自下厨做饭的，一会儿我会再给你打电话。"

"好的。"我说。波莉已经径直上楼回到她的卧室了。

爸妈朝车的方向走去，泰德向他们喊道："外公，要记得按喇叭喔！"我爸竖起了大拇指。我把泰德抱起来，目送爸妈坐上了车。泰德激动地向他们摆手告别，我感觉自己又要掉眼泪了。爸爸按了喇叭，泰德开心地咯咯笑。

"贝丝小姨，你也学一下喇叭的声音。"

我学了一声，但从泰德皱眉的反应中我知道我的模仿毫无生气。于是我又带着感情模仿了一次，这回他对我的表现很满意，又凑近仔细看着我的脸问："你是不是有点伤心？"我都没意识到我哭了，现在被泰德指出来，眼泪更是止不住。他用胳膊环住我的脖子对我说："你想喝点果汁吗？"这让我笑了一下，接下来哭得更厉害了。

我帮泰德打开了电视，并大声问二楼的波莉是否需要我做些什么。她嘟囔着回了句什么，听起来像是在说"不用"。我又大喊说我先带泰德洗漱睡觉，然后热我俩的比萨。她没有再回答。我来到楼上帮泰德准备睡衣，听到门铃响了，又急匆匆地跑下楼。没准是我妈不放心，又折返回来了。

"你好。"是隔壁的阿尔伯特。他穿着一件厚厚的米黄色羊毛衫，一只手调试着他的助听器——它正发出尖锐的"哗哗"声，另一只手上拿着一束白色的鲜花。

"抱歉打扰到你了，是贝丝对吧？我们以前应该没见过。"

"是的，我是贝丝，我们是第一回见，"我能感受到自己脸红了，"很高兴见到你。"**抱歉之前我吐在了你家的薰衣草上。**

一段尴尬的静默。我礼貌地笑着，等着他开口解释为什么来敲门。

"抱歉，你现在很忙吧。我只是想把这个送给你。"他递给了我鲜花。

"呃，谢谢你。"

"这是雪花莲。"他说道。好像他说了我就认识了一样。

**"真好看。"现在送花真的合适吗？**

他端详着我的脸，说："这是你姐姐最喜欢的花。"

"哦是的，没错。"这唤起了我一些记忆。他说的可能没错。但我从未留意过之前在花园里的闲聊。他看起来有点不好意思，我则感觉有些愧疚。艾美会很感激他的善意。"谢谢你，阿尔伯特，你太好了，艾美提起过你很多次。"

他笑了笑："这是今年第一次开花，这就预示着冬天要结束了。每年二月我都会送给艾美一两束，但今年开花晚……"他停了一下，"我对道格的事感到很难过，他是个好人。对你们来说这是个不小的打击。我希望艾美能早日康复。"

看着他朝门外走去，我没能鼓起勇气告诉他艾美可能不会好起来了，只能说明天我会将雪花莲带去医院。看到他的脸上又恢复了生气，我决定不要提之前我吐过这个事了，以免破坏这个气氛。下次再见到他我会道歉的。

客厅里，泰德正开心地看着儿童台。我打断了他，帮他准备上床睡觉，他不太高兴。波莉走下楼来喝水，指出我把泰德的尿布穿反了。她的脸上长了点疹子，我问她有没有事，她说没事，但我知道她在说谎。

我帮泰德把尿布穿正，给他换上睡衣，这睡衣好大，得把腰带卷几折。

"不是我的衣服。"他用严肃的语气说。

"这肯定是你的，是从你衣柜抽屉里拿出来的。"我说道。

"如果衣服很大的话，那你就是从'大一号'抽屉拿出来的，那是过段时间穿的，"波莉一边说一边上楼了，"妈妈会在打折的时候提前把大一号的衣服买出来。"

我看着波莉的背影。这的确是艾美会做的事。我一点也不奇怪她有一个专门的抽屉用来放大一号的衣服，我知道她会将夏天不穿的衣服抽真空保存，还会特意在网上看"叠衣服小技巧"的视频。

我认真看了比萨盒背面的烹饪方法，尴尬地研究了半天该按烤箱上的哪个按钮来加热。我想让波莉下楼帮我，但这就太可悲了。烤箱好像开始加热了，但愿我操作对了。

屋子里除了电视儿童台播放的睡前故事，再也没有其他声音了。我该把泰德抱到床上去，但我就这么静静地站了一会儿，感受着艾美和道格在屋子里留下的印记。冰箱上贴着手写备忘录，提示看牙医时间和波莉的游泳盛会。厨房沥干台上的植物刚刚浇过水。道格的一件羊毛衫搭在餐边椅上。我看向墙上挂着的调料架，才发现这些瓶瓶罐罐是按照字母顺序排列的。我以前怎么就没有发现呢？我笑出了声，好想告诉道格，这样我们就能一起打趣艾美总是喜欢分类整理物品，还把所有东西都贴上标签。还记得上次我们这么笑话她时，她气冲冲地冲出了家门，然后带着她的标签机回来了，打印了两个写着"混蛋"的标签贴在我们的茶杯上。我只好端着这个茶杯失望地坐在沙发上，看着她忙活着做饭、准备让泰德睡觉。我不应该这么做，从头到尾都错了。

我问泰德想不想喝热牛奶，他疑惑地看着我，说了"好的"。我不知道他睡前有没有喝热牛奶的习惯，在成长的某一个阶段他肯定喝过。照顾外甥和外甥女是小姨应该做的，这不是什么奇怪的事，不是吗？但这些不是我该做的事，我是那种啥也不管的小姨——至少以前是。

泰德喝完牛奶后，我们一起上了楼。我将他房间里的窗帘拉上，关上灯，突如其来的黑暗把他吓得大叫，于是我把灯又打开了。他指了指星星形状的夜灯，于是我把夜灯打开，再关上大灯。他用奇怪的表情看着我,好像是不明白为什么我会在这里。我帮他盖好了被子。

"我想要妈妈。"他说道。我料想到他会这么说,但这话还是给了我一记重击。

"妈妈不在这里,泰德,她在医院,你想起来了吗?我们昨天去看过她。"

"我想要爸爸。"他嘟着小嘴,眼泪顺着脸颊流了下来,落到他印有动物图案的枕头上。

"我们读个故事吧,好吗?"我试着转移话题。

他点了点头,抽着鼻子说:"我要听泰德在动物园碰到蛇的那个故事。"

这个故事是他爸爸现编的,这有点超出我的能力范围了。我有点想打退堂鼓,但我看到他把大象先生玩具抱到身边,做好了听故事的准备,只好笑了笑,准备硬着头皮即兴发挥了。希望他能觉得我讲的故事还不错。

"很久以前有一个小男孩叫泰德,他来到了动物园。"他将大拇指含到了嘴里,这应该是个好兆头。我继续编这个故事,感觉也不是很难嘛,直到讲到故事的结尾处。

"消防员山姆没有来!"他哭了起来,用他的小拳头拍打着被子。每次他爸爸讲故事时,泰德都会听到消防员山姆的名字,故事结尾他总会出现。我讲错了,大错特错。过了一会儿,泰德哭累了,又把手指头放回了嘴里,迷迷糊糊地快要睡着了。我静坐在他的床边,我知道这样并不会有助于他入睡,但又不想留他一个人。他的呼吸渐渐平缓,我刚想躺在他身旁,就听到波莉在她卧室里大喊:

"贝丝小姨,这是什么味儿啊?"她从房间走了出来,正站在楼梯转角处。

我跑向泰德的门边,手指举到嘴边:"嘘,小点声,他刚要睡着。"

"是有什么东西着了吗?"她轻声说道。

"**该死**,不好了。"我跑下楼,厨房里烟雾弥漫,我马上关掉了烤箱。打开烤箱门时冒出了更多的烟雾,里面的比萨饼完全烤焦了。波莉也随着我一起下了楼,我不好意思地看着她说:"比萨饼应该能吃了。"

"呸,才不是呢。"我应该提醒她用词要得当,但我自己刚刚也说了**脏字**。

我告诉她:"我忘了里面烤着比萨呢,真不好意思,我再做点别的吃吧。"

"不用了,我反正也不饿。"

"但你也要吃东西。"我在橱柜里翻找着,不希望她又跑回到她的房间,只有做点东西吃才能让她留在这里。"吐司和豆子怎么样?我不会再搞砸了。"

她耸了耸肩,坐在餐桌前,我马上开始准备做饭。

"你外婆如果知道了我把比萨烤焦了会气死的。"

"我想也是。"波莉说道,盯着自己的手看。我继续聊着刚才比萨的事,她有一搭无一搭地回着话。

我们一言不发地吃着自己的食物,空气中都弥漫着尴尬,餐具发出的叮当声听起来是那么刺耳。我不想再继续尴尬下去。波莉没怎么吃,一直用叉子把吐司上的豆子拨来拨去。

"唉,真是安静啊。"我开口了,说了一个陈述句而不是一个问句。

她把盘子推向一边:"谢谢你的食物。"

"波……"我欲言又止,她看向我,等待我说些什么,然后她就可以回到房间里了。"我知道你现在状态不太好,所以我也不会多问你,但我很担心你。你想聊聊吗?聊什么都行。"

她避开了我的目光,用微弱的声音说道:"我无法接受发生的一切。"

我也把盘子推到一边,说道:"我懂你的感受。"

"我希望那个周五能和平常一样。"她说道。

"这是什么意思呢?"她在医院也说过同样的话。

"昨天,如果像平常的**每个**周五一样,爸爸去上班,妈妈陪泰德整天待在家,就不会发生后面的一切了。"她的脸上写满了恐慌。

我将手搭在她的胳膊上,想着她可能会把我的手推开,但她没有这么做。我说道:"相信我,得知这件事后我也有过同样的想法。如果他们那天取消了办贷款的预约,如果他们改日再去,如果他们中途在休息区停车,或者遇上道路施工……哪怕只是慢几分钟甚至几秒钟,让他们偏离出事的路,可能一切就会不一样了。但你不能这么想。"

她的身体在颤抖,我感到她的胳膊抖个不停:"他们不应该出事的。"

"但事情**的确**就这么发生了,波莉,对此我们无能为力。"

她擦掉脸上的眼泪,对我说:"我现在能回屋了吗?"

我同意了:"我就待在这里,如果你想聊聊的话就来找我吧,虽然我也起不到什么作用,但是……"

我话还没说完,她已经转头上了楼梯。

四月

# 5

泰德一直在我身上跳来跳去,他拿我的大腿当蹦床,手搭在我的脖子上来保持平衡,偶尔还会扯到我马尾辫上散落下来的头发。我越是发出痛苦的叫声,他越觉得这很好笑。我将头探出来说道:

"泰德,我觉得你玩的时间已经挺久的了。"

"再玩五分钟嘛!"泰德龇牙咧嘴地笑着。我算是知道了,"**再玩五分钟**"是泰德惯用的回答,五分钟之后他会要求再玩五分钟的。

为了让自己清醒起来,我给了自己一记耳光,打完之后我马上便后悔了。泰德抬头学着我的动作,哈哈大笑。

"贝丝小姨累了,泰德,我需要清醒一点。"

"**快醒来!**"泰德对着我的耳朵大喊,"这样管用吗?"

"好吧,感觉好多了。"我拍拍他的腿。最近我总在想着我妈对我的那些评价,这让我身心俱疲:总是喝多,睡眠不足,喜欢瘫坐着看电视,不出去呼吸新鲜空气。社交媒体上人们总是鼓吹自律的重要性,但如果你习惯了去健身房、快跑十公里、起床后对镜子说自我鼓励的话,或者是一个"创业妈妈"(发抖),好好休息一天才是时尚。艾美在出事前就开始对正能量"鸡汤"着迷了。她受一位博主的影响,买了一副写满激励话语的卡片,贴在家里各处。卡片是白底黑字,这对艾美来说不是什么好事,因为这给了我"便利"：我可以轻松地用一支黑笔和涂改带把卡片上的内容改掉。有一次我将"我就是成功的吸铁石"改成了"我就是成功的绊脚石"，艾美大声念出来才发现这个恶作剧，她从楼上下来告诉道格，道格听到后笑得眼泪都要出来了。

我和泰德今天不去看艾美了。我妈下午会带波莉去，明天我可能和爸爸或者和泰德去。泰德觉得坐在病床边看着妈妈"睡觉"是件很无聊的事情，于是便会调皮捣蛋（这也不能怪他，但对于病房这样一个严肃的环境来讲，他还是太吵闹了）。住在艾美隔壁病房的那位女士上周过世了，是她的父母同意将她的生命维持设备关掉的。我们经常看到他们，碰到后还会点头打个招呼，现在看到她的病床空了，我们也感到很悲伤。那天从医院回来的路上，我和爸爸都没有再说什么。

厨房传来东西掉落的声音，波莉正在橱柜里找东西。

"波莉，你还好吗？"我问道。

"还好。"她说道。我们每天都会重复同样的对话。我知道她其实并不好，而她也知道我知道这一点，但我们还是不拆穿对方。

"我们泡点茶喝吧，好吗？"

"不用了，谢谢。"

"热巧克力呢？"

"我家里没有热巧克力。"

"好吧，培根三明治怎么样？"我的语气也有点不耐烦了。

"家里没有培根，"她打开冰箱门，里面几乎是空的，"面包也没有。"

"冰箱里有面包。"我反驳道。

"并没有,我昨天给拿出去了。新面包不会自己出现的。"

"好吧,我需要购物了。我的确拖了好几天没买东西。我想从网上下单线下自提,但没订上。"我感觉她在责备我。

她眯起眼睛问:"为什么你不直接去超市买呢?"

我现在希望这段对话从未发生过,关于面包的争吵让气氛降至冰点。"我可以去,我会去的。你的外公外婆马上就要到了,我看看一会儿你们去医院的时候,能不能让外公照顾泰德,然后我自己去趟超市。"

她小声嘟囔了什么。

"你在说什么?"

她用力关上了橱柜门,发出的巨响让我有些跳脚。"**我说的是,带着泰德一起去购物,我妈平常就是这么做的。**"

"你说得对。"我说道。我经常去村子里的那个小商店,或让我妈帮忙买东西。和爸妈同住三十年了,我还从未大采购过,无论是自己还是带个小孩一起。我还不够格做这些,不是指购物或者是带小孩,是指做一个情绪稳定的、能正常生活的成年人。确切地说,我是一事无成的。

我拿起吸在冰箱边上的记事本和笔写下:**番茄酱**、**面包**、**热巧克力**。

"我不是让你现在就去。"波莉拿出来一袋薯片。

"没必要再往后拖了,"我又写上了"**薯片**","还需要买什么吗?"

她说:"平常吃的那些就行。"

"好的。"我说道,虽然并不知道"平常吃的"指的是什么。"你想和我们一起去吗?出家门换换环境?你想买什么就买什么。"

"我可不是五岁小孩。"

"你当然不是,我就是想咱们三个一起去买,就不会少东西嘛。"越说我越没底气,我应该很难说动她了。

"不用了,你把我留在家里一个人待着就好了。我爸妈就是这么做的。"

我挑起一只眉毛,的确她曾被一个人留在家里,但都是偶尔他爸妈着急出门才不得已这样。我看了眼表,她外公外婆应该马上就到了,她也只会躲在卧室里,所以把她留在家里问题不大。

我在厨房里翻找购物袋。还剩下一个抽屉没找过,它好像被卡住了,我用了很大力气才打开。就在事故发生一周前,艾美逼着我看一个视频,视频里一位女士将她的购物袋叠成小三角形,然后再把这些袋子整齐地放在另一个大袋子里。视频标题叫作"适合忙碌妈妈的购物技巧",我对艾美说,这是我看过的最可悲的视频。

波莉一直盯着抽屉看。正是这些小事情才最让人烦躁,它们提醒着我们艾美不在这里,她还在医院。与艾美有关的事情还好,因为我们还抱有希望,相信她还会回来。但道格的痕迹是最让人难受的。我不得不把道格的拖鞋藏在扶手椅下,希望有人能告诉我该怎么处理它们。艾美应该知道怎么做,但她并不在这儿。如果她在的话,她会希望道格穿着这拖鞋,而不是考虑该把它丢掉还是捐出去。

我拿出来五个叠成三角形的购物袋,把它们放在操作台上。我也不知道采购一周的食材用这些袋子够不够,但我决定就带这些了。我想要关上抽屉时,它又卡住了,拉不开也推不动。我把手伸向了放工具的抽屉。

"你在做什么呢?"波莉向我走近了一步。

"我觉得有东西掉在抽屉后面了,它卡住了。我想用夹子什么的把东西取出来。"我一边说一边翻找。

"我来吧。"波莉拿起一把调色刀,把刀插进抽屉缝隙里撬,但是不起作用。

"我也试一试,"我伸出手想接过调色刀,但波莉没有松手,"波莉,能不能让我试一试?"

她不情愿地把调色刀交给了我。我把刀插进缝隙深处,先是晃动着小刀,接着轻轻地试图撬动抽屉。这回抽屉开了,但从滑轨上掉了下来。这时波莉俯身向前,伸手把我推向一边。

"天呢,波莉,你怎么了?"

"没怎么。"

"那你为什么这么在意这些抽屉?"

"我只是想要帮你。"她的声音听起来怪怪的。她把什么东西藏在了自己身后,看起来像是个信封。她看向抽屉说:"你可以把抽屉放回去了。"

"我知道,你拿着什么呢?"

"什么也没有。"

"能让我看看吗?"我靠近她,看到了信封上的字迹,那是我姐的字迹。我不顾波莉的反抗把信封抢了过来。这封信看起来很正式,而且已经开封了。信封背面印着回信地址,最上方写着"亲爱的兰德一家"。我打开了信封,发现这是一封银行的来信,是用来确认我姐和姐夫的贷款申请,同时列出来他们办理手续需要的文件。这封信看起来很正常,没有什么特别的地方,但波莉脸上看起来没了神。

"你为什么要攥着这封信?"我问她,"还是抽屉后面还藏着什么东西?"

波莉摇摇头,她的目光还定在信上写的预约办理时间。我又仔细看了一遍,这回我注意到了信封上艾美潦草的字迹,她用圆珠笔写下了一个日期和时间,又用粉色荧光笔在外面画了个圈。"三月二十三日,星期六,上午十一点。"我反复确认她写的这个日期与信里写的时间是否一致。她没有写错,但是这日期很奇怪。三月十五日星期五是他们预约办理贷款的时间,也是他们出事的那天,这一天我会永远记得。三月二十三日星期六应该是他们与银行会面的八天后了。为什么日期会对不上呢?是写错了,还是改了日期?但这封信为什么会藏在抽屉后面呢?

"波莉,发生了什么?"

"没什么,我只是想帮你把抽屉弄好。"她的眼睛大张着,一直在摇头。

"我有点不懂,"我把信又读了一遍,又检查了一次信封,"日期对不上,是不是?"

"我不知道他们办贷款的事。"她说道。

"但是你知道抽屉里有一封信?"

"信上的日期又是怎么回事呢?那天本来没有什么贷款预约的,是不是?"她提高了音量,引起了泰德的注意。我给了他一个大大的微笑,想告诉他没事,于是他便继续玩他的玩具了。我们还没说完话,波莉便气哄哄地回到了楼上。也可能我们的对话已经结束了,我意识到波莉有权决定是否终止对话。

我思索着为什么日期对应不上,以及为什么波莉的反应这么大。不过是一封信而已,为什么会这样呢?我把抽屉装回到滑轨上,但还是无法顺利地关上。艾美**绝对**和我说过,那天他们要去办理贷款。这也是为什么道格那周五要请假,爸妈过来帮他们带孩子。如果他们说得没错,波莉为什么会对这封印有错误日期的信有这么大反应呢?反过来想,如果他们那天不是去办理贷款,又为什么要说谎?

装好购物袋后,我让泰德马上去上个卫生间,然后穿好鞋子,我们就要去超市了。他冲我皱眉,我告诉他会给他买零食,巧克力什么的都行,听到后他高兴地冲向门口。

波莉在撒谎。我在找鞋的时候突然意识到了这一点。过去几周她表现得很烦躁,她心里一定装着别的事情。她的表现既不像是在为父亲感到悲伤,也不像是在为母亲担忧。现在我终于意识到了这一点。

# 6

来参加吊唁的人很多,座位不够,道格的朋友们顺着屋子边站成一排。他们穿着浅色衬衫,戴花哨的领带,和严肃的神情很不协调。我妈俯下身,捡起掉在地上的大象先生玩具递给泰德,他正坐在我爸的大腿上来回扭动。波莉面无表情,目光呆滞地看向前方。我惊讶地发现她很像艾美年轻时的样子,以前我不觉得,现在越看越像。恍惚中我好像回到了一九九九年,我姐姐正因为我未经同意就穿了她的衣服而跟我生气。

乔里在向我点头示意,好像想要向我传达什么信息。我刚才的一系列举动——长时间发呆、揉眼睛、用袖子擤鼻涕,显然让他以为我情绪上有了波动。我也向他点头示意,想告诉他:"**我没事,我能应付得来。**"我对道格有所亏欠,这么多年来他对我很宽容。我无法照顾好自己,总来他家蹭饭,掺和他们的周末计划,他却很少因此而抱怨。

大家的目光都汇聚到了我身上。我想起了艾美曾教给我的呼吸调节法,她在生泰德的时候曾用过这个方法。她说这也适用于每当她压力大喘不过气的时候。应该是**吸四秒、呼八秒**,还是**吸八秒、呼四秒**?在知道我姐花了大价钱去学习呼吸课程的那天,我笑到不能自已。我嘲笑她说:"那些人一定是觉得你好骗。"她朝我翻了个白眼:"你个醉鬼,这叫作**催眠分娩法**,这个真的管用。"今天,因为艾美躺在病床上无法出席,我站在这里替她追忆亡夫的往事,用我嘲笑了好几年的方法缓解紧张。我面前是一屋子的吊唁者,他们是来向道格告别的。

我从未承担过这么重要的事情,虽然过去几周我也担起了许多责任,但跟现在比都显得微不足道了。我读完了道格学生时期的趣事,现在要来介绍他和我姐姐的故事了,我已经无法冷静了。

我深深地呼了一口气,将纸上写的内容大声地读了出来。这是道格拉斯·兰德和我姐姐的故事,从他们在布德黑文学校的初识,讲到他们一家四口的幸福生活。我讲到他们刚二十岁就发现怀了波莉,开心得不得了。之后十一年里他们一直想给波莉生个弟弟妹妹,后来通过试管技术迎来了泰德。我讲到道格对生活充满感激,他唯一的梦想就是和艾美拥有属于自己的房子,并办一场盛大的聚会弥补婚礼的遗憾。他们结婚时波莉还小,因此只办了一场小型婚礼。我讲到结婚那天道格发表了一番讲话，他说自己很幸运能娶到艾美。那一天，登记处门外一位街头艺人正弹奏着鲍勃·迪伦的音乐，这对新人就随着音乐翩翩起舞。我撸了下鼻子，读到了最后一段话。纸上的墨水有些花了，但不影响我辨认文字。

"道格认为他的一生是平凡的，但我认为他错了。他善于从平凡的生活中寻找乐趣，他对家人充满爱心和关心，他喜欢在家穿着拖鞋——他在家永远穿着他的拖鞋，这就是他不平凡的地方。他从未对生活感到厌倦，每次我对他抱怨我生活中的不如意时，他都会对我说：'贝丝，**生活还是很美好的，生活很美**。'我们之间的相处模式就是这样，我总是抱怨杯中水只剩一半了，而他会善良地告诉我想要把杯子填满有很多种办法。在我认识他的这十七年里，我总是嘲笑他心理老成。但现在，命运向我们开了个玩笑……"吸四秒、呼八秒。"但现在，命运向我们开了个玩笑，道格再也不会变老了。我们要提前和他告别了。我听说你们希望筹款为道格在他喜欢的那片沙滩上建一条长凳，用来纪念他，我觉得这是个不错的想法。但我认为我们对道格最好的纪念，就是像他一样继续从平凡的生活中寻找乐趣，继续保持乐观的心态，以及学会欣赏拖鞋的价值。如果我们做不到这些的话，到头来只会给自己留下遗憾。"

回到自己的座位后，爸爸握住我的手。我俯身向前去看波莉，但她没有回看我。

"给她一些时间吧。"乔里对我小声说道，我点头表示"**我知道了**"，但还是盯着波莉看。我不知道自己在期待什么，没能得到她的认可让我觉得很受伤，这种想法很愚蠢，也很自私，我对自己感到生气。波莉不欠我什么，她谁也不欠，但过去几周她的一言一行让我很苦恼，我期待着今天能有所改变。我从神父的讲话中游离出来，突然听到一阵电吉他的声音。我想马上冲过去把音乐关掉，绿洲乐队的《摇滚明星》毕竟不太适合现在这个场合。我看向后面的人群，他们的表情让我想起了我妈曾说的：**"贝丝，这是场葬礼，不是舞会。"** 我妈是对的。但我又看到了道格的朋友们脸上的笑容，也许这音乐并没有放错。我妈也开始跟着音乐用脚打拍子。我想起道格之前在客厅打扫卫生的时候，一边收拾一边唱歌，活脱脱一个摇滚明星。道格说自己做过最"摇滚"的事就是一次饭后喝了两杯浓缩咖啡，这使得他那晚睡觉时心跳飞快。**"贝丝，我的心跳慢不下来了，我感受到肾上腺素喷涌而出。"**

泰德也在随着音乐拍手，他脸上快乐的表情仿佛在说：**"谢天谢地，大人们安排的这无聊的部分终于结束了。"** 我妈今早过来帮泰德换衣服的时候，他挺起胸脯对我说，他今天穿的是聚会才穿的衬衫。这是一件格子衬衫，配有领带，是艾美为他买的，只有在"特殊场合"才穿。今天就是这个"特殊场合"。人们告诉泰德他的父亲已经离世了，今天是他的葬礼，但我认为泰德还不懂这两件事之间的联系，也不明白今天究竟意味着什么。当灵车将他父亲的棺材运出去的时候，泰德还在开心地和外婆聊着天。

歌曲结束了，棺材也消失在帘子后面。波莉倒在了外婆的怀抱里，我听到我爸轻声说道："儿子，再见了。"他的声音难掩悲伤。

仪式结束后，人们一一起身走出门迎接四月的暖阳。艾美不在这里，道格的母亲负责招待她那边的家人，我们这边主要由爸妈、波莉和我来向参加的人们告别致谢。泰德躲在我妈的怀抱里，吵着问蛋糕在哪里。人们向他投去同情的目光。在我们排队随着人群慢慢穿过一道双开门的时候，我忽然觉得异常燥热，是我的幽闭恐惧症又发作了。我感觉不太舒服，想马上出去。

泰德告诉我妈他想上厕所，这帮了我大忙。我急忙把泰德拉过来。

"抱歉插下队，小朋友需要上卫生间。谢谢啦。"我穿过人群进了无障碍卫生间。

"是小便吗？"泰德点点头，我把他带进去之后来到水池边。我的心跳很快，后背发烫，有刺痛感。好像这一秒我才意识到，我们和道格永远地说了再见，还在等待医院的姐姐从昏迷中苏醒，也可能她永远不会醒来，而我要帮他们照顾好孩子们。我帮泰德穿好了裤子。我的双腿在抖，于是我坐在了坐便器上，试着冷静下来。泰德将烘干机打开又关上、打开又关上，吹出的热风将他的头发吹向脑后。我想我又要犯焦虑症了。我好想马上回到家，回到爸妈家，这样我能躺在我儿时的房间里看着天花板上没有清理干净的胶痕，想着一些不值得焦虑的事情。我不想回到艾美和道格的家，那是他们应该待的地方。

我沉浸在自己的世界里，一心想着尽快镇静下来，没注意到泰德已经玩腻了烘干机，他把卫生间的门打开了。外面路过的人看到了坐在卫生间里面的我。

"贝丝小姨在穿着衣服尿尿。"泰德告诉人们。

"泰德！"我做出"嘘"的手势，跳起来把门关上。我的双腿还在抖。我往脸上泼了凉水，试图洗掉尴尬。开门前我把脸上蹭脏的睫毛膏清理好了，希望外面的人没有留意到卫生间里发生的一切。我只不过是因为情绪崩溃，用外甥要上厕所作为借口来喘口气。但愿人们没听到泰德刚才说了什么。

乔里的笑容验证了我这个想法有多天真。他笑嘻嘻地小声对我说:"穿着衣服尿尿。"但看到我的脸色之后他马上就收回了笑容:"你还好吗?"

"不太好。"我说着扶住了他的胳膊,其实走出卫生间之后我已经感觉舒服了很多。"你觉得如果我不去守灵的话,会有人发现吗?"我只是在做假设,但我真的不知道自己是否能面对。泰德跑在我们前面去找外公外婆。守灵的话只会面对更多的哭泣和拥抱,我无处可躲。

"嗯,人们会发现的。但守灵很快就会结束的。我会一直握着你的手,如果你需要帮忙,就向我做个挠耳朵的动作。"

我用手挠着双耳:"快来救我,快来救我。"

"放轻松去面对吧,守灵也不是什么难事,你已经经历过最难的部分了。"

"好吧。"我说道,但我觉得最难的部分还没有来到。


"**贝丝小姨!**"泰德又在叫我。自从把他抱到床上后,我已经来回上下楼四次了,但他依然还没有入睡。从守灵回来后泰德累坏了,说实话我还以为他会马上睡着,但每次他刚要睡,过不了一会儿就又开始哭闹,我猜他可能在做同一个噩梦。

我赶紧跑回楼上坐在他的床边:"我在这儿呢。"

"我刚才没看到你。"他用猜疑的眼光看着我。

"我刚去卫生间了。"我在说谎。他为什么这么在意我是否在旁边呢?也许今晚我应该在他房间的地板上凑合睡一觉,这样能整晚守着他,毕竟今天一天发生了这么多事情。

"妈妈晚安。"他坐起身来说道。

"泰德，你妈妈还……"

"爸爸晚安。"

我咬了下嘴唇，对他说道："爸爸妈妈不能跟你说晚安了。"

他摇着头疑惑地看着我。自从事故发生那天起，我们已经有过许多次类似的对话了，今晚似乎他想听到不同的答案。我于是说道："我们今天已经和爸爸说过再见了，对吗？"

"晚安妈妈，晚安爸爸，"他说道，好像艾美和道格就在面前，又好像他们是在通电话，"你也要说一遍。"

"晚安妈妈，晚安爸爸。"我照做了，这时我想到一个办法："小家伙等我一下，我马上就回来。"

楼下的照片墙上有一张艾美和道格在罗马拍的照片，装在一个黄色相框里，我跑下楼把相框取下来。我不小心刮坏了下面的象牙白色壁纸，在心里对艾美说了声对不起。艾美之前花了**好长时间**来决定走廊墙面的颜色，她挑选颜色的时候我也在场。我说他们选的颜色不是象牙白而是犀牛灰，惹得艾美一路上都在生我的气。我好怀念她生我气的时候。

我拿着相框回到了泰德的房间，在门口犹豫了一下，在想这是不是个好办法。把相框后面粘着的胶带撕掉后，我把相片拿给了泰德。

"是爸爸和妈妈！"他指着照片中他们的脸，开心地笑着。我松了一口气。

"对的，这照片很好看，是不是？那是你爸爸妈妈去罗马竞技场拍的照片。"

"竞技场？"泰德仔细地看着照片，把大象先生玩具抱过来，让它也看着照片。

"是的,你看爸妈身后的那个巨大的东西就是罗马竞技场,这是个有名的景点。"

"哇喔!"他吃惊地瞪大了眼睛。

"你想不想把这张照片放在你的房间里?这样你就能在睡前和爸爸妈妈说晚安了。"

他点头答应了:"晚安,竞技场。"

"没错,还要和竞技场说晚安。"

泰德亲吻着照片,我看着他窗台边排成一排的泰迪熊玩偶,用力憋回眼泪。泰德好不容易情绪稳定下来了,我不想再吓到他。泰德按顺序说着晚安:"晚安妈妈,晚安爸爸,晚安竞技场。"然后他把照片交给我,我小心翼翼地把它放在床头柜上的彼得兔闹钟旁边,面朝他枕头的方向。这样当泰德盖好被子入睡时,照片里晒得黝黑的艾美和道格可以冲他微笑。

# 7

乔里打电话问我想不想出去待一会儿,我告诉他我出不去。我们有好久没有好好坐下来聊天了,但我还有很多事情要做。要做家务,照顾好孩子们,还要花三个小时往返于家和医院,我真是找不出空闲时间。而且我马上要回去上班了,我一直是在勉强撑着。

我出发去医院看艾美之前爸妈过来了。今天下午我们要去医院见哈格里夫医生,她会每两周向我们说明一次我姐的身体状况，我们都不愿意错过，虽然知道她不会带来太多新消息。我们都期待着奇迹发生，艾美会有恢复的迹象。老天已经把道格带走了，所以艾美一定能活下来，这是它欠我们的。老天不会因为你曾遭遇过不幸，就对你有特殊照顾，我们深知这一点，但抱有希望是支撑我们继续走下去的动力。

"是乔里吗？"我爸一定是听到我刚在打电话，所以过来问了一句，"你为什么不给他回个电话？出去走走对你有好处。"

水池边的脏盘子叠得像小山一样高，最上面的茶杯掉了下来，我妈嘟囔了些什么。虽然我没听清她在说什么，但我知道她是在抱怨。我现在最需要的是洗一个痛快的热水澡，然后好好睡上一觉，但最后我还是发信息给乔里，告诉他来家里接我出去走走。我想见到他，远离我妈无休止的唠叨。她可能没有意识到，一天当中她一半时间在干活，另一半时间在指责我这也不行、那也不行。乔里曾说过，每当有教育标准办公室的巡视员旁听他的历史课时，他都感到特别不自在，这和我妈在我身边时我的感受是一样的。她不需要说话，但我就是能感觉到她在我身边，默默地记下我的"罪行"。我这周犯下的错就有没有做好垃圾回收，以及养坏了一颗琴叶榕。"这颗琴叶榕艾美可养了好多年啊，贝丝，**好多年啊**。"我从不觉得忘记给植物浇水是件大事，也从不为对垃圾分类一无所知而感到羞愧，毕竟在家是我妈负责。为什么默认我知道要把垃圾分类扔到艾美收在水池下方不同颜色的垃圾袋里？垃圾分类回收让人一刻也不能放松，我想对这种官僚主义竖起两根手指。我通常只是把垃圾直接丢到垃圾桶里，虽然我也为此没少受罚。我妈就像是位垃圾回收检查员，总在考核我的垃圾分类工作成果，尽管我并没有想要主动承担这项"工作"。

门铃响了，乔里给了我一个拥抱。我在他耳边悄悄说："快把我从莫莉亚王国解救出来。"

他笑了笑："我带了两套防寒泳衣，以防万一，你再装一条毛巾吧。"

我推开他，拿手指了指天空，空中乌云密布。

他对我翻了个白眼："你就快去拿上毛巾上车吧。"

我们把车停在救生船服务站的一侧，乔里去售票处买票了。我从车中出来，头发被风吹得凌乱，我有点后悔出发前没有把头发梳起来。我姐姐的头发又厚又卷，我的头发则相反，又薄又直。我总说想让发量多一些。

"车里有一个。"乔里说道，把票放在仪表盘上。

"一个什么？"我将嘴里的头发吐了出来。

"发带。"

"太好了，借我用一下——不对，你车里为什么会有发带？是谁的发带？"

"这有必要问吗？"他拉上衣服拉锁，把我的外套和一个发带递给我。这发带是我的。

我耸耸肩："我又不知道你车里曾载过什么人，希望这些人从你车上出来时都是完好无损的。我总是觉得你有点可疑，为什么开卡车，而不是普通的小轿车？你又不是送货的。"

"贝丝，我们现在在布德，开卡车是为了装冲浪板，看看你周围的车。"他指指周围，停车场大多数都是卡车。

"**好吧**，但这些人是经常来冲浪的。你只是从商店里买了一套装备就过来了。"他不喜欢我嘲笑他的穿着，他衣柜里全是从本地冲浪用品商店买的衣服。我用手肘轻推了他一下，意思是我只是在开玩笑。"后备厢里是不是还有牛皮胶带和尼龙扎带？"

他笑了笑："如果你非要知道的话，这个发带属于一个有点烦人的姑娘，她经常搭我的车，但最近我没怎么见过她。她总是把发带绑在手腕上，但一喝醉就把它们乱丢，所以我把这些发带收在仪表盘上的小盒子里。一到刮风天她的头发就乱飞，像个野人，这时候发带就派上用场了。"

"听起来你像是一个有收藏癖的杀手，和泰德·邦迪一样。"

我们下车向海边走去。波涛汹涌，天空比我们出发时还要阴沉。乔里一副跃跃欲试的样子，这通常意味着他要开始讲好玩的事情。我打了个寒战，把衣领拉到嘴边。他刚开始讲话，我的脸上就浮现了一抹笑容。

"邦迪在杀人的时候开的是甲壳虫汽车，不是卡车。他的车是棕褐色的，但后来他又偷了一辆橙色的甲壳虫车。那时候人们就知道他是个坏人了。"

"我认为'**坏人**'都是委婉的说法，"我说道，"法官当时形容他是'**极端邪恶**'。"乔里吃惊地看着我，没想到我会知道这些，但我马上告诉他我是从哪儿知道的这个词："这是即将上映的扎克·埃夫隆的电影名，你想看吗？"

他听到后笑了笑："不太想，但如果你问我愿不愿意陪你一起去，我会陪你去看的。对了，你家里最近怎么样？你爸妈还是每天都过来吗？"

"是啊，"我把手插进衣服口袋里，"我刚出家门时，我妈正忙着往笔记本上写一些注意事项。这个笔记本是她特意买给我的，第一页写着'**贝丝职责书**'，去她的贝丝职责书。"

"不会吧。"乔里说道，但他对我妈的所作所为并不感到惊讶，他非常了解她。我把过去几周的事情都告诉了乔里。

我告诉他，波莉还是不愿与人交流，现在她想退出游泳队，多年来她一直热爱游泳。我告诉他，我还没有研究出来银行那封信到底是怎么回事，除了我，大家都没觉得信上的日期不对劲，或者觉察出来它是被藏在抽屉里的。我告诉他，每晚我都看着泰德对照片中的爸爸妈妈说晚安，然后才拖着疲惫的身体走下楼，累到直接瘫睡在沙发上，好在沙发够大够舒服，我还不想睡在艾美和道格的床上。我告诉他，上一周我有五天都没洗头，乔里听到后大笑一声说道："天哪，贝丝！"有时候我不太喜欢别人笑着对我说："天哪，贝丝！"听起来我好像一个一岁的小孩，而不是一个三十一岁的成年人。但乔里这么说我不介意，因为他是我最好的朋友，他永远都支持我。

我把事故发生后我的生活状况一五一十地分享给了乔里，他听完之后问我："你现在感受如何？我是说，**真实的感受**。"这个问题问住了我。我想告诉他，手头繁重的事和糟糕的心理状况都让我措手不及。有时我会停下来回忆事故发生前我的生活，变化之大真是难以置信。我现在过的日子是那么不真实。

我们在海边停了下来，我脱掉鞋子把袜子放进去，眼睛看向乔里的涉水鞋。

"你没开玩笑吧，现在这么冷，不适合下水。"他指了指灰蒙蒙的天空。

我耸耸肩："没关系，不下水我们也会觉得冷。"

他小声说我就是个疯女人，还是不情愿地解开了他的鞋带。我们静静地站了一会儿，把脚指头埋进沙子里。我趾甲上一个月前涂的指甲油已经都掉没了。之前和父母同住时，每周日晚上我都给自己安排一段护理时间：敷个面膜，泡个澡，涂个美黑霜，等它干的时候再做个美甲，就这样度过一两个小时只属于自己的**无忧无虑**的时光。这些放在现在是我想都不敢想的，因此我又回到了像"鬼马小精灵"一样苍白的肤色。我现在一点也不关心肤色和指甲了。

"听到你说泰德每晚都对着照片说晚安，真令人伤心。他真是个可怜的小孩儿。"乔里想把裤腿挽起来，但裤子太紧了，他只能把裤腿提到小腿的位置。

"是啊，但奇怪的是，他说完晚安之后就会放松下来，所以我也就顺着他这么做了。他好像很喜欢重复这套动作，也要求我每天晚上给他讲同一个睡前故事。道格之前给他讲蛇与消防员山姆的故事，我花了一周时间才把故事讲对，但泰德好像不太喜欢我讲故事时的嗓音。"

乔里笑了笑："我愿意花**重金**来听你模仿消防员山姆的声音，快来学给我听听。"

"去你的吧。"我说道，但还是用威尔士口音模仿了一句："称职的消防员是从来不休息的。"乔里说这比他预想的要好多了。

"你应该告诉你妈你学会了新的技能，这也许能抵消你在做饭和垃圾分类上犯的错误。"他斜视着我，我叹了口气。

"实话说，乔里，我压力好大。我妈像是一直在等着我犯错误，这样她就能说出'我早和你说过吧'这样的话，然后把波莉和泰德带回她自己家，给他们做好多好吃的，不像我只会做青酱意面配香肠。"

乔里假装吃惊地说道："你用**香肠**配着青酱意面吃？你

变了。"

"我还会做煎蛋卷了,泰德最喜欢吃的芝士奶酪卷我**也**能做得很好,我喜欢用番茄酱蘸着吃。"

我们又往前走了几步,浪拍打着我们的脚面。能和我爸之外的人一起谈论我妈,这让我感到很放松。之前,我只向艾美抱怨过我和我妈之间的事,艾美总会对我说:"你们只不过是不对付罢了,你知道妈是爱你的。"而我会回她:"我知道,但她更爱你。"然后艾美会给我一个白眼。

雨下大了。我抬起头,让雨滴落在脸上,整个人也振奋了起来。"你知道昨天,她问了我一连串问题,好像在考我似的。"

"什么样的问题?"乔里问我,难掩笑容。

"比如,管道的开关在哪儿,泰德如果突然抽搐怎么办。**拜托**,泰德之前从没抽搐过。她这样问搞得我紧张兮兮的。"

"无论你怎么做,都不能让莫莉亚·帕斯科满意,是不是?在这方面,艾美倒是很像你妈,喜欢把一切都打理得井然有序。"乔里说道。

他说的是对的,艾美喜欢干净、有条理的生活。她和妈比还是差一些,但比我强太多了。虽然我不想承认,但我不得不说我妈担心我是有道理的。

"我不会做饭,乔里,"我说道,"我不知道怎么照顾小朋友,不知道波莉脑子里在想什么,也不明白她为什么要把那封信藏起来。我不会读电表,看不懂账单。好在有我爸负责这些事情,要不然我们就更像热锅上的蚂蚁了。"

一股浪打过来,吓了我们一跳。这浪打到了我的膝盖,我卷起的裤腿也湿了。乔里的裤子更是湿透了,他很不喜欢这样。他往后退了几步，假装淡定地对我说："如果你需要帮助的话就告诉我，你一直都不善于向别人求助。但现在你需要穿上大人的职业装了。"

我拍了一下他的胳膊："我一直都穿职业装，我才不装小女生呢。"他挑了挑眉毛。"总之，我需要艾美，这也是为什么我希望她能尽快出院。我希望她能催着我快点去上班，还清信用卡，然后买一瓶带有维A成分的面霜。"

"我的意思是，这世上有人也在关心你。"他低头看向裤子，大腿部分也已经被浪打湿了。

"我知道，但我不觉得你能给我关于购买面霜的建议。话说回来，我很抱歉，最近我不算是个称职的朋友。我们好久没去酒吧了，这是自从学生时代起最久的一次'空窗期'了吧。我妈说我该想想办法让泰德晚上不尿床，这也可以算作是'控床期'吧。"

乔里严肃地看着我，想必他在教课时就是这副表情："贝丝，你刚失去了你的姐夫，你姐姐还在医院里。你正处在人生的低谷。所以你晚上不能再到黑马酒吧喝酒、用台球杆跳舞、和托尼调情了。顺便说一句，托尼早就已经结婚了。"

"啊？他**早就**已经结婚了？真讨厌，我还以为他才新婚呢。再说了，我在清醒的时候也从不和他调情。"

"你就没有清醒的时候。"

"我现在就很清醒。"我们又静静地站了一会儿。过去几周我和波莉相处时，我们俩总是沉默，尴尬的沉默。现在我和乔里站在一起，虽然也是沉默，但是一点也不觉得尴尬，这样真好。现在在下雨，但我已经适应了寒冷和大风，当然也有可能是我的双腿已经冻得失去了知觉。突然我产生了一股从未有过的冲动，我跑回放鞋的地方，把牛仔裤脱掉了。

乔里吃惊地看着我："你要干什么？现在多冷啊！"

"我们到海里去吧！"我说着，指向奔涌的海水。

"但我把泳衣放在车上了，刚才看你并不想要游泳啊。我回去取一下吧。"他看向沙滩，那边已经弥漫海雾了。

我已经脱掉了外套，又把卫衣和背心脱下来拿在手上。雨滴直接打在我的背上，我开心地发出了尖叫。"我刚才不想游泳，但现在改主意了，你也来加入我吧，活在当下！"

他摇摇头，但还是脱下了衣服，把手抱在胸前。"今天多冷啊。"他说道，我听到后笑了笑。我看向波涛起伏的大海突然失去了勇气。乔里是对的，现在太冷了。他靠近我，带来了些许热量。我们颤抖着，用胳膊紧紧地抱住自己。

我想起来以前我和艾美经常来这里游泳。在我们还是小孩的时候，会把冲浪板绑在手上，我妈在附近看着，确保我们不会溺水。我们长成少女之后，会为了给救生员留下好印象而特意穿上新的比基尼泳衣并挑染头发。事故发生前，我们每次来海滩都带着泰德，他会紧紧抓住他妈妈的手，在海浪中跳来跳去、高兴地尖叫。我一般都是坐在岸边看包、玩手机，享受着无所事事的平静时光，从来没有和他们一起玩耍过。

"数到三一起？"我说道。乔里低着头，耸着肩，摆出的姿势好像一幅画。他嘟囔着什么，我没听清，只是提醒他一开始可是他提议来海边的。

他伸出一只手示意我们一块跑向海里，但我已经出发了，他在后面一边追我一边骂："数到二就跑是作弊。"他还一直惦记着要去取泳衣穿，我朝他的方向泼水，冻得他也连连尖叫。潜入水中前，海水冰冷的冲击将我肺中的空气都挤了出去。我的眼睛有一股灼痛感，一时间我竟边哭边笑。

这正是我想要的感觉。释放心中的压力，告诉别人我也会害怕，倾泻自己的眼泪和心中的恐惧。之后再回艾美家告诉我妈：我不会，我不知道开关在哪里，我也不知道如果泰德发生抽搐我该怎么办，但我愿意从头学起，只要她给我机会。今晚，当我们从医院看完艾美回到家里，我会给波莉和泰德做饭，但不会再是青酱意面配香肠。我要证明我妈对我的看法是错的。

我和乔里从海里走回沙滩。我脑子里想着橱柜里还有什么食材，也许今天还是只能做青酱意面配香肠。没关系，慢慢来吧。

五月

# 8

"你平常是自己熨衣服,还是爸妈帮你熨?"我其实应该能猜到答案。

波莉在沙发上玩着手机,头也不抬地回答我:"是我爸熨。"

"好吧,今天我来帮你熨,"我想着反正我回去上班前也要熨衣服,"你确定你准备好回去上学了吗?我可以跟学校说让你再休息一段时间。"

"我明天就去上学。"波莉说。

"好,你说了算。"我站在艾美和道格家的客厅里,啃着已经被啃得很短的指甲。这里曾经是干净整洁的,但现在到处乱糟糟的。脏衣服胡乱地搭在椅子和暖气片上,半干的毛巾闻起来都馊了;餐桌的一角还留有残余的果酱和花生酱(但愿是花生酱),另一角杂乱地堆着一摞杂志和信件,看起来马上就要从桌上掉下来了;垃圾桶里的垃圾散落了出来,我还没去收拾。我不知道该把垃圾放到哪里,我忘了这周前两天是扔垃圾的日子,所以门外的大垃圾桶里已经存了三周,而不是两周的垃圾了。

客厅里,两个柳条篮被翻得乱七八糟,里面的玩具散落在地上。泰德把一个小篮子套到自己的头上,从地上站起来向壁炉的方向走去。我赶忙冲过去,预计两秒后他就会开始哭喊,但让我意外的是他没有哭,而是躲在他的"头盔"里自娱自乐笑着。他又坐回到地毯上,用双手铲起地上的玩具。有些玩具掉到了沙发下面，而沙发下还有一根吃了一半的香蕉，用手还够不到。我妈如果看到了会发疯的。我想把这些玩具都藏到沙发下面，这样就能眼不见心不烦了，但转念一想还是算了，我可不想让香蕉糊沾得到处都是。

最终我决定还是什么都不做，这是每当有许多事要做的时候我一贯的做法。我妈不得不接受我这个状态。我知道她不会太开心，但她也不会特别吃惊。最近她和我爸经常偷偷交换眼神，还发出不耐烦的咂嘴声。星期三，我发信息问她艾美家有没有锡纸或者保鲜膜，我想把她之前做给我们的辣椒装盘留着以后再吃。她马上就惊慌地打电话提醒我反复热剩米饭吃不健康，会要了我们的命。"我觉得你有些夸张了。"我对她说。但挂了电话我就上网搜索"米饭中毒而死"，结果发现她说的也没有什么错。说实话，我不知道怎么才能**懂**这些知识。学校里教我的是如何从披头士的歌曲中识别出拟声词，以及记下来《雅克兄弟》的钢琴谱，但我却不知道加热米饭会致死，这谁能相信呢？我又该去哪学这些**生活知识**呢？多学习一些实务课程就能解决我现在面临的大部分问题。如果在三十一岁前从父母家搬出来自己生活，我也不至于现在这样，但事已至此，我也没办法。

我和泰德已经换好衣服了，波莉还穿着睡衣一直在玩手机。我知道我没什么资格说她有手机依赖症，因为我之前也总是看着看着手机就睡着了。但自从事故发生后，我就很少盯着手机看了。我有点想念不断刷新社交软件动态的日子。但这其实很蠢，因为社交软件上的"新闻"不过是一个同学早午饭吃了水煮蛋、牛油果配面包，然后就拍张照片发到网上，还配有"#早午餐目标达成"的标签，照片的标题是"一小份早午餐"。我真是受不了现在大家都喜欢这么说话："喝杯小酒""吃块小饼干""一条小裙子"。乔里曾说我有点反应过度了，然后为了惹我生气，他也开始这么说话。一想到以前我和乔里会花好长时间聊这些无关紧要的事情，我就又感到一阵苦闷。也许我想念的不是不断刷新社交软件动态，而是有大把时间无所事事。

"波莉，你想喝杯茶吗？"

她头也不抬回复我她不想。我总是得到同样的回复：**她不饿**、**她不想说话**、**她不需要我帮忙**。坦白讲，之前我们之间的关系也没有很密切，但我们就是喜欢待在一起。现在，她爸妈不在身边了，我们之间仿佛出现了一道鸿沟。每次我想和她说点吃喝以外的话，我都会犹豫很久，然后把话咽回肚子里。我担心我说出的话只会加宽这道鸿沟。

泰德还坐在地上玩着玩具，但我发现他有点闹情绪了。他想把一队玩具小人从玩具消防车的一侧门里放进去，但小人总会从车的另一侧门里掉出来。他把整辆车都摔在地板上，车门都掉了，我看他小脸都气红了。"我怎么就做不到。"他说道，把最后一个音节拖得好长。他向我走过来，一只手拿着消防车，另一只手握着两扇红色的车门。"贝丝小姨帮帮我。"他说着，摇晃着我的手，我手中的茶洒到了衣服上。我放下茶杯，从他手中接过消防车，心里想着待会儿要把桌上洒的茶擦干净。我把车门装好，又放回他手中。他使劲拉拽车门，结果车门又掉了。"车**又**坏了。"

"所以你要**轻拿轻放**，看看我是怎么做的。"我蹲下来又把车门装好了，向他演示如何轻点开车门再关上。他蹒跚地走过来从我手中把玩具抢走，然后生气地坐在地上。我觉得有点好笑。

我深吸了一口气："泰德，别犯傻，我只是向你演示怎么打开车门。我是在帮你，你为什么要生气啊？"

"**是我的！**"他突然朝我大喊，声调非常高，震得我脑壳疼。他能在几秒之内就从和颜悦色转换到大发脾气，我到现在还不能适应这一点。我也想不明白为什么小小的身体能发出这么大的声音。他的尖叫让我也难掩怒火。

"好，那你就自己去装那个该死的车门吧！"话一说出来我就后悔了。

"你没必要对他说脏字。"沙发上的波莉对我闷闷不乐地说道。她能忍到现在才出声已经很不容易了。

"我没对他说脏字。"我不认为"该死的"是句脏话，而且我是在对玩具车发火，不是对泰德。好吧，我对泰德也有一点生气。

泰德哭了，在胸口前紧握着消防车和车门。小孩都是这样。他们大喊大叫，惹你生气，然后马上就摆出可怜的小表情，有时还会含住手指，让你觉得自己是个无法控制情绪的怪物。

我举起双手："你是对的，我不该说脏字，对不起。波莉，泰德，我对不起你们。应该有方法把门固定在车上，我会让吉姆外公来帮忙解决的。现在咱们先玩点别的好不好？"我指向地板上的其他玩具，泰德爬过去拿起其中一个。"波莉，请你现在去换衣服好吗？外公外婆马上就到了。"

"到了又怎样？"她的语气里充满了不耐烦，和她脸上的表情倒是很搭。她捂住了鼻子，就好像我在客厅拉肚子了。

"马上到午饭时间了，你还穿着睡衣。所以请你快去收拾一下吧。"她听得出来我用了请求的口吻。我觉得自己很卑微。

"你只关心我是否收拾好了，因为如果我不照做的话你的脸上会挂不住。我也不知道你为什么会这么在意我还穿着睡衣，你先看看这乱七八糟的客厅吧，也看看**你自己**，"她转过头看向窗外，"不过现在也来不及了。"我这才留意起我自己，还穿着沾着茶渍的上衣和运动裤。我不想过分解读她的话，但她刚才所说的很明显就是针对我。

我妈先是把钥匙插进锁眼里，然后才在门上敲了几声。她的敲门声是用来通知我们她来了，而不是一种请示。不管我们是否愿意她都会进来的。泰德跑过去迎接她，我希望他不会向我妈告状贝丝小姨刚才说了脏话。

"宝贝们，早上好啊，"我妈抱住了波莉和泰德，我得到的只是紧皱的眉头，"这是什么味道啊？这么臭。"

"是垃圾桶，没事的，我正准备要收拾垃圾呢。"

我爸跟在她后面，拿着一个袋子，看起来是午饭。他亲了亲我的脸颊，对我说："亲爱的，你还好吗？"他的目光掠过我的肩膀，扫视房间里的一片混乱。我妈系上了垃圾袋，从后门拿了出去。她到家不过才刚三十秒，就已经开始着急收拾了。

"我一会儿就去收拾。妈，你想喝茶还是咖啡？"我勉强挤出一抹微笑。

"喝茶就行，"她说着，从水池下面拿出一包垃圾袋，"应该用漂白剂或者消毒湿巾擦擦这个垃圾桶。"

"我说了，我一会儿就去收拾。"我又重复了一遍。这时我妈已经戴上了橡胶手套。

"我知道你会去的，我只是提醒你垃圾桶有点臭了，应该经常用布擦擦的。"

"垃圾桶臭了，我知道了，"我说道，"波莉正准备去换衣服，是不是啊？"波莉瞪了我一眼，但还是从沙发上站起来了。

橱柜里没有干净的马克杯了，我也还没开过洗碗机，只好从操作台上拿了两个脏杯子，把它们放到水池里。我妈放下了手中的垃圾桶，正一脸担心地看着我。

"我正准备刷碗收拾呢，"我说，不敢与她对视，"早上有点犯懒了。"

"我看得出来。"她说。又是一阵尴尬的沉默。我用勺子搅拌着茶包，妈这时拍了拍手说："好，那我开始准备午饭。我在家已经做好了一些，所以应该很快就能开饭了。正好喝完茶后我们还有时间把屋子收拾一下。"

"太好了。"我把茶杯放到餐桌上，带着讽刺意味地向我妈竖起了两个大拇指。

我爸把一道看起来像是水果派的菜放进了冰箱，一只手搂住我。他选择无视家中的混乱，这让我感觉他是站在我这一边的。"宝贝你怎么样？准备好明天回去上班了？"

我将头靠在他的肩膀上，说道："我还好。"

"还好是什么意思？你妈每次说'还好'，我就知道她其实并不好。"我爸看向我妈，但她听不到我们在说什么，因为她正拿着吸尘器打扫，抱怨玩具丢得到处都是。她把吸起来的一坨毛发举到眼前看："好像里面有玻璃碎片？是玻璃！你没有打碎什么东西吧？"**我打碎东西**？在她眼中，永远都是我的错。

我爸的目光移回到我身上，我忽然有种想哭的冲动。我其实感觉并不好，但我不想告诉他，因为说出来会让我憋不住眼泪。每次大哭之后我都觉得精疲力竭，想睡一整周觉来恢复体力。但我不能这样，我现在连一整晚觉都睡不好。昨天半夜泰德做了个噩梦，他大喊："别让长颈鹿进来！"我来到他床前将他额头的汗擦掉，不知道他到底梦到了什么。后来他又呜咽着说着什么"把门都关上"，我才意识到是他误会了我之前说的"别让穿堂风进来"。如果今晚我还睡不好觉的话，不知道明天该怎么去工作。

波莉换好衣服下来了，比她刚才穿的衣服看起来要干净一些。艾美之前给我看过一个视频，是波莉和她的两个朋友模仿抖音上的舞蹈，她们穿着露脐装和运动短裤，看着就像辣妹组合里的运动辣妹，只是眉毛更粗一些。波莉竟不知道我说的运动辣妹玫兰妮·切斯霍姆是谁，我们之间的代沟让我觉得自己好像一个老年人。

波莉来到我和她外公面前说："贝丝小姨，下周五我能去萝西家住一晚吗？"

我皱了皱眉。虽然她可能是在刚才换衣服时才收到萝西的邀请，但更可能是她等外公外婆来了，才向我开口征求同意。这对我来说又是一项考验。青春期少女请求到朋友家过夜，这问题的标准答案是什么来着？波莉已经十四岁了，应该可以放心让她去，但是我又没接受过如何带俩娃的培训，我不知道自己想的答案是否正确。

"这不好说。"

"迈琪拉也去，还有萨曼。当然了，是萨曼莎。"她笑了，脸上的表情也不那么凝重了，看到她的脸，我想不管她说什么我都会答应她的。她可能也知道，摆出一张笑脸比臭脸对我更管用。

"好吧，去吧，但你把萝西父母的电话告诉我，我和他们简单说两句。不过应该问题不大。"

她高兴地把手挥向空中："给萝西妈妈发信息吧，不要打电话，好像多大事儿似的。我只是去住一晚。"

"好吧，我只是想对你负责。"这话是说给我妈听的，这种话可不是我平常随便就能说出来的。

波莉还是请求我："你给她发信息就行了，好不好？我把她母亲的电话号码发你了，她叫苏西，今天就给她发吧。"

"好。"

"现在就发？"

"你可真够催命的，好，我**现在**就发。"我拿起手机，编了一条信息，内容是波莉过去住一晚会不会给她家带来不便。我还没把手机放下就收到了回信。

一点也不麻烦，我会照顾她们好好睡觉的。

苏西

我把信息拿给波莉看。这时我妈放下了吸尘器，准备去做肉汁，她走过来将波莉脸上挡在眼睛上的两绺头发拨开，"你怎么能忍受有头发挡在眼前呢？我看着都觉得好难受。去朋友家留宿听上去很有趣，你出去放松放松和朋友一起玩耍是件好事。"

泰德跑过来瞪大了眼睛说道："留宿！"

我抱起他，他身上有一股呼啦圈和橙汁的味道。"你的姐姐下周末去朋友家留宿，咱俩也做点好玩的事，好不好？"我也不知道能做点什么好玩的事。

他摇摇头："泰德也要留宿。"唉，泰德又要对我失望了，我不知道该怎么满足他这个愿望。

妈妈递给我一块海绵擦，示意我去水池边继续收拾。她真是厉害，不管在哪儿都能立刻掌管大权。她把洗碗机重新整理了一下，显然之前我的摆法是错误的。池子里放着其他要洗的餐具，已经洗好的都翻过来放在了沥水架上。虽然我不喜欢她这种专横的样子，但看到她都收拾好了，我还是感到如释重负。我平常不太会因屋子乱而焦虑，但现在家里的状态有点让我抓狂。

"泰德下周五可以来我们家留宿。"我妈说道，这是一个陈述句，而不是个问句。

"可以，我觉得行。"我不敢想象晚上家里只有我一个人。我爸又说了些什么，但我没听清。

"爸，你刚才说什么？"

我爸坐在道格的扶手椅上，泰德坐在他的脚边，正拿着消防车和车门"折磨"着他。

"我说你应该约乔里一起，刚来的路上我还和你妈说，你俩最近都没怎么见面。"

"是啊，最近我都没有时间去酒吧了。生活中有这么多事要面对。"我指向了泰德。

很难想象，之前每周日中午，我都是在艾美家快要做好饭时不请自来。艾美做的烤肉再加上一罐可乐对我来说是最有用的解酒良方。道格会问问我一团糟的爱情生活，嘲笑前一晚我在照片墙软件发的动态。那真是一段美好的时光啊。

我妈从后门探出头，对我说道："我觉得你爸说的对，你应该多和乔里聚一聚，但你不怎么去酒吧了，这倒是个好事。但看得出来你在家也没少喝酒，你也是错过了回收玻璃垃圾的日期了吗？"

"没有啊。"

"那这些酒瓶**都**是你这一周喝光的?"

我没必要撒谎:"是的,母亲大人,如果我知道你们要来视察,我会提前收拾好的。"不过才三个酒瓶,而且我都是在泰德睡着之后才喝的。除了有一天晚上,泰德想听两遍消防员山姆与蛇的故事。我没必要告诉我妈我把红酒带到楼上喝了,因为她只会担心地毯有没有弄脏。

"稍微收拾一下不会耽误你多少时间的,"我妈继续说,"你爸是提醒你,不要让你们之间的友谊受到影响。"她特意强调了"**友谊**"这两个字。"像乔里这么好的男孩可不多。"在我妈眼中,乔里还是个学生,而不是一个教学生历史的老师。

"好,我明白了。为了让你们不再对我啰唆,这周五我会问问他有没有空。"

我爸笑了笑:"这就对了嘛,我挺喜欢乔里的。每次你喝趴下,他都会把你安全地送回家。"

"是喝醉。"

"差不多这意思。但我其实很意外,他到现在都还没有女朋友,或者男朋友。不知道他是什么性取向,没准是双性恋,现在挺多这样的人,是吧?"

我没有回答,不想与他们谈论乔里到底是同性恋还是私下早已有一个女朋友——再或者像他们一直猜测的,乔里其实是在等我。这是胡扯,过去二十多年我反复声明。其实我和乔里之前差点成为一对儿,但我永远不会告诉他们。我怕说了只是火上浇油,而且我们之间连小火星都没有。我们一笑了之化解了尴尬,约定好再也不要让这种情况发生,以免影响友谊。现在只有一方(通常是我)喝多的时候才会偶尔提起"二零一五年冬天的那件事"。我倒是经常回想起那个朦胧的夜晚，它是如此鲜活，我开始怀疑这是一个梦。

"需要我帮忙摆餐具吗？"我问，但其实希望我妈能拒绝。

她摇摇头："我先把菜热一热，你可以先洗衣服。洗衣机里的已经洗好了吗？"

"洗好了。"其实洗衣机里的衣服两天前就洗好了，只是我没有晾。

"那就拿出来晾吧，今天的天气适合晾衣服。"

"好的。"我打开洗衣机，抱起湿乎乎的衣服。

"晾衣篮在哪儿？"

"我不知道。"

"没有篮子怎么晾啊？"她一脸不可置信地看着我。

"就这样晾啊。"我一边说一边抱着衣服小心翼翼地朝后门走去，心里希望袜子们能乖乖地待在衣服堆里不要掉出去，这样就能证明我的这个方法切实可行了。

我妈在身后嘲笑我："她总是把简单的事情搞复杂，吉姆，我说的没错吧？晾衣服**不用晾衣篮**，不知道她接下来还会做出什么事来！"

"衣服怎么样都能干，"我爸说，"就随她去吧。"

# 9

我刚走到花园没几步，就发现泰德的一条裤子掉到了地上，我弯下腰来捡，结果另一条裤子也掉了。我大骂了一声，希望我妈没看到。

"哦,亲爱的,今天就是不顺心,是不是?"

篱笆外传来的声音吓到了我,是隔壁的阿尔伯特。

"天啊,阿尔伯特,你吓着我了。"

"抱歉,我声音很大吗?我把助听器音量调小了,"他鼓捣了一下,助听器发出了"哔"的一声,"这挺奇怪的,我听电视声音挺清楚的,但听人说话就不一样了。我不知道自己说话声很大。"

他这么说我倒不觉得奇怪,其实我也能听清他家电视的声音。我把裤子捡起来,把衣服堆放在花园的长凳上,然后在草坪上把晾衣绳展开。就这么一会儿工夫,袜子和短裤又从长凳的缝隙掉到了地上。好吧,我不得不承认我妈说的是对的,我的确需要一个晾衣篮。

我能察觉到他在看我。以前他从不会跟我搭话,我想主动跟他说点什么,但不知道该聊些什么。他透过眼镜打量我,还是先开口了:"你们最近相处得怎么样?"

"我们相处得挺好的,谢谢,您怎么样?"我握在手中的晾衣夹断了,一块小塑料碎片落在了草坪上。

他耸耸肩:"我还行。实话和你说,这一周我肠胃不太好,但像你这样的年轻姑娘是不会想了解一个老年人的肠胃活动——或者不活动的状况的。"

我大笑着摆了摆手,意思是我不介意。我喜欢被人称呼为年轻姑娘,而且我觉得听他聊老年人肠胃的事,比在家听我妈的唠叨要强多了。"很抱歉,但有没有什么能帮您改善肠胃的状况呢?"

"有的,应该从饮食入手。周三我点了一些速冻食物,这些食物不利于我消化。我的膝盖也不舒服,去年是另一只膝盖疼,今年换了一只,应该把我这只老古董拉到屠宰场去。"

"胡说,我觉得速冻食物可好吃了,我应该给波莉和泰德也买一些。"

"的确很好吃,不过我打电话向厂家反映过不要在周一做素食餐了,除此以外它们真的还不错,又方便又简单。每天都要构思晚上吃什么是件令人头疼的事。"

我点头表示赞同,虽然我没怎么正经做过饭。又一个晾衣夹掉到了地上,阿尔伯特看到了,但没有说什么。"孩子们怎么样?是不是还处在受惊的状态里?艾美的身体状况有没有好转?抱歉啊,我不该问这么多问题,你估计没时间搭理我这个怪老头。"

我摆弄着折断的晾衣夹钉子,小小的弹簧从亮粉色塑料上脱落了,我把它按在手掌上。我和妈妈上次去医院看望艾美的时候,激动地发现艾美的眼睛有了颤动。但哈格里夫医生告诉我们这是无意识的动作,不代表艾美在试图与我们交流。在昏迷指数评分中她是最低分。我摇了摇头:"艾美那儿没有什么新进展,泰德表现得比想象中要好,虽然他很想他的爸爸妈妈,但像他这个年纪的小朋友总是很快就能恢复活力。他姐姐就不好说了,毕竟是青春期嘛,你懂的。"

阿尔伯特看向他花园里的玫瑰花丛:"我不太了解青春期的小孩,我和我妻子梅薇思没生过孩子。"

"啊,"我顿了顿,不知道怎么回复他更合适,"阿尔伯特,我也许该说声抱歉,你们想要孩子吗?"

他点点头:"我们是想要孩子的。1956年夏天,我们的孩子还未出生就离开了我们,是个小男孩,我们本打算给他取名叫托马斯。自那之后梅薇思就再没能怀上孩子。"

"真遗憾，你们一定很伤心吧。"

"是的，但我们后来生活得很开心。自从她去世之后，我才变成了一个怪老头。但这些对于你姐姐和道格的遭遇来讲不值一提。我不信教，但我还是一直在为艾美祈祷。"

听到他提起梅薇思，我才想起来艾美和我说过住在她隔壁的那位女士去世了，阿尔伯特自此一个人生活。她和我提过他们孩子离世的事情吗？可能讲过吧。当时她和我说起隔壁我不认识的老太太去世了，以及她很担心阿尔伯特时，我并没有很难过，现在想来我感到十分羞愧。在我当时的认知里，阿尔伯特不过是经常会透过窗帘偷窥我们的邻居。那次我在他家门口撒酒疯，我猜他会在心中批判我一番。我从未和他说过话，直到前阵子他拿着一束雪花莲来拜访。现在是时候面对之前我犯下的错了。

"阿尔伯特，很抱歉之前我吐在你的花盆里。"

他大笑了一声，表情都变得明朗了，眼睛在花镜下眯成一条缝。我妈也听到了他的笑声，从屋里探出头来看外面到底发生了什么。她向阿尔伯特打了个招呼，他擦掉笑出的眼泪也向我妈招了招手。我妈在露台上问我：

"贝丝，衣服晾得怎么样了？马上就要开饭了。"

"就快完成了。"我说着，从长凳上拿起一条牛仔裤准备挂起来。我又转过头来对阿尔伯特说："阿尔伯特，这并不好笑，我觉得很丢人。"虽然这么说着，我的脸上也挂上了一丝笑容。

"亲爱的，你没必要道歉，我刚才笑是因为，自从那件事之后，你就一直在回避我。我还在想你是不是打算再也不提起这事了呢。"

"我想要告诉你的，但不知道该如何提起。艾美和道格因为这件事对我很生气，说我非常没有礼貌。我的解释是，那天我刚经历了一次非常失败的约会，一下子喝高了。我没想吐在你的花盆里，但事情就是这么发生了。"

"我的薰衣草估计是毁了。"他眨了眨眼，露出了一个调皮的表情，和我印象里那个躲在窗帘后的人截然不同。

我又说道："真的，我是打算第二天一早登门拜访向你道歉的，但我还在宿醉，又感到十分羞愧，所以就没去。后来，我以为事情已经过去了，也的确是想躲着你。"

他认真地打量我，脸上露出疑惑的神情。

"怎么了？"我问他。

"你和你姐姐是完全不同的两个人，但又有相似的地方。这很有趣。"

我点点头："大家都这么说，但其实我们截然不同。我姐还是比我要优秀很多的。"

"她对你的评价也很高。"

"你撒谎，我打赌她肯定老是跟你抱怨我。"

他摇摇头："并没有，虽然在呕吐事件后她就不怎么念你的好了，但大多数时候她还是经常夸你的。她希望你能找一个好对象，然后安定下来。"

"唉，这是不太可能了，"我抓紧把最后一件衣服也晾好，这时第三个晾衣夹也坏了，真倒霉，"我得回去吃饭了，省得我妈待会儿又来说我。"

他笑了笑："嗯，我不该再耽误你的时间了，今天和你聊得很开心。"

"我也很开心,再次为薰衣草事件向你道歉。"

"你需要一个放晾衣夹的袋子。"他说道。

"什么东西?"

"放晾衣夹的袋子,防水的那种,这样夹子就不容易坏了。梅薇思教给我的。"看得出来他对此很自豪。

"你说得对,多谢啦。周日你也吃速冻食品吗?"

我其实是在开玩笑,但他还是点点头:"今天吃的是牛肉,还不错,配菜是烤土豆,虽然土豆看起来快坏了。放在微波炉里转五分钟就好了。"

"听起来不错,祝你用餐愉快,我先回去啦。"我走回家中,爸妈、波莉、泰德都已经坐在餐桌旁了。我在泰德旁边坐下,发现他把蔬菜都挑了出来,偷偷藏在桌布下。这桌布是哪儿来的?一定是我妈买的。我起身去夹胡萝卜,不明白为什么要铺上桌布。吃完饭擦桌子多省事啊,桌布早晚都会沾满菜汤的。而且我平常都是坐在沙发上捧着碗吃饭,所以我显然不是桌布厂的目标客户。

我妈告诉波莉吃饭时不要看手机,波莉欣然接受了她外婆的要求。

"妈,菜看起来很好吃。"我说,我爸和波莉也表示赞同。

我妈有些不好意思地说道:"我做得还是太多了,调整分量有点困难……你懂的。"

我懂她的意思,她习惯了做七人份。艾美买的餐桌是可延长的,平常是个六人桌,接上中间的桌板就可以坐八个人。道格以前总是开玩笑地说,这个接出来的桌板是专门为我准备的,因为一到周日宿醉的我就会来他家蹭饭。他家四口,加上我爸妈和我，正好七个人。现在看来我们是不需要桌子的这个延长功能了。吃饭的只有五个人，就算等我们心心念念的艾美回来了，也用不上延长的桌板了。

我们还没吃完第一盘，我妈就想给我们添菜。我举起手告诉她我不需要了，但她还是给我盛了一大份奶酪花椰菜。

"泰德能好好吃饭，我真欣慰啊。"我妈说。

我觉得这个逻辑是有问题的。泰德除了布丁什么也没吃，但他的空盘让我妈很高兴。泰德已经把盘子里的豌豆和胡萝卜都藏到了桌布下面。

"爸，你给银行打电话了吗？"我问道，桌上的气氛突然间变得沉重了。我有些后悔挑起这个话题。

我妈对我摇摇头，意思是现在**不是**问这个问题的时候。"他不需要给银行打电话，我们已经都打理好了。你要再来点肉汁吗？"她在试图转移话题。

"那封信是怎么回事呢？"

我爸耸耸肩，他也不知道。"我没给银行打电话，我觉得没必要打。我已经向银行要求暂停贷款申请了，这封信可能是以前的，也可能日期写错了，现在已经不重要了，对吗？"

"但是那封信——"

我妈打断了我："我们知道他们要去哪儿，他们告诉过我们了。"她又对波莉说："你爸爸特意请了一天假，对吗？所以一定是有很重要的事情。"

波莉点点头，但没有说话，把餐盘里的食物拨来拨去。

"我知道他们说了什么，但这不能解释为什么这封信被藏在了抽屉深处。"我说道。

"并没有被藏起来,宝贝,你别太激动了。可能是艾美收购物袋的时候顺手就放进去了,说实话,我觉得你在故意制造悬念。"

"我在故意制造悬念?"

波莉站起来说道:"我待会儿再吃布丁,外婆,我有点累了。"

我妈担心地看着她:"你的确看起来有点憔悴,去躺一会儿吧,我会给你留一个大布丁。"

"泰德也要大布丁!"泰德已经吃了很多布丁了,但还想要一份大的。我看着波莉拿起手机向楼上走去。为什么全家只有我觉得波莉很反常呢?每次一提到这封信,她都会找借口离开。

我爸看向我,又看向波莉。他一只手搭在我肩上,一边帮我妈腾出盘子,给布丁留出空间:"这封信总在提醒她,为什么父母那天会出现在那里,她不愿意想起那天的事。这样能解释得通吧?"

"说得通,但是——唉,算了吧。"

"对,算了吧。作为道格的遗嘱执行人,我已经认真研究过这事了,费了好大工夫,所以还是别再给自己出难题了。来吃布丁吧。"

泰德用勺子敲了敲桌面说:"我爸就叫道格。"他好像以为我们刚才提到的道格是另一个同名的人,"他已经死了"。

我妈手里端着两份布丁,听到泰德的话愣住了。泰德最近总会说出一些奇怪的话,就好像是在消化他父亲已经不在了这个事实,但他说的也不过是"我想爸爸"或者"他去了天上"。"**他已经死了**"是我们迄今为止听到的最直白的表述。

"宝贝,你想要奶油还是奶冻?"我妈问泰德。

泰德皱皱眉。

"这个问题很傻是不是?"她又说。

"外婆好傻!"他说道,我们都笑了出来。这的确是个愚蠢的问题,因为他父亲吃布丁的时候通常既加奶油又加奶冻,泰德想和他一样。

我妈告诉我,她已经给波莉留出了一些,但还有富余,我们可以留着明天吃,或者我复工带去公司吃。我刚想问她,加热布丁是否也会像加热剩饭一样致命,但我脑海里突然闪过一个想法。

"家里还有土豆吗?"我问道。

"有,你明天要土豆干吗用?"

我放下了布丁,把装有土豆的碗抱在手中,土豆还是热的。真好。"我不是明天吃。"

我妈疑惑地看着我,但没说什么。我把剩下的布丁和土豆用锡纸包好,端着碗走出了门。不应该让阿尔伯特吃坏土豆凑合。

# 10

"第一天复工感觉怎么样?"乔里问我。

"太棒了!比我想象中还要好。"

他大笑一声。午休时我提前溜出来和乔里打电话。我离开办公室的时候特意压低了声音,这样马尔科姆就偷听不了了。马尔科姆不相信异性之间有纯友谊,我曾告诉他我经常和乔里一起去酒吧,他调侃道:"这真是个奇迹,你们竟然对自己心里有谱。"我之前在路上碰到过马尔科姆,他开车来接隔壁公司的前台小姐贝芙，但我没和他提过这事。我心里好奇他三十年的发妻是否也**心里有谱**。不过这都不关我的事。

现在比早上暖和了些，我把手机夹在肩膀和耳朵之间，腾出手把身上的羊毛衫脱下来。乔里不回我电话这事很常见，但今天早上一起床，我就给他发了条信息，威胁他如果在我复工的第一天不表示支持的话，我就不再跟他做朋友了。毕竟我刚经历了重大家庭变故，我亲爱的姐姐又还在昏迷中。我这么一说，他就找不到拒绝我的理由了。

"很开心你又重新爱上了你的工作，"他说，"为了表示欢迎，马尔科姆有没有和你拥抱啊？"

我皱起鼻子："当然没有，我觉得他不怎么喜欢我。自从天空体育新闻换了主播之后，他最近总在感慨女性想要掌控世界。我发誓，他要是再说什么关于政治正确的话，我就——"我碰到了一个正要进楼的同事，就咳嗽了一声，转移了话题："你今天过得怎么样？学校里有没有什么八卦可以分享？"

"没什么劲爆的事，"听起来乔里有点心不在焉，好像他在赶路，"我十分钟就到，贝丝抱歉啊，你刚才在说什么？"

我扬起了眉毛："没什么重要的事，只是这是我们这周第一次有时间闲聊。"

办公楼前的长凳上晒不到太阳，于是我走到楼后面，靠在一堵干砌墙上。这堵墙把"乡村商业园区"（总共只有三个办公室）和一个农场隔开了。乔里的语气里流露出惭愧，我一边笑一边打开了一盒洋葱牛肉味薯片，继续听着他的道歉。

"抱歉，我一直在听你说话，但就是希望我们能找个晚上或者周末再好好聊，工作日时间比较紧张。我也希望咱俩能尽快再见一面，但我是不会再穿裤子去游泳了，上次我的裤子晾了三天才干。"

"从你口中听到这话真令人惊讶啊，你不是个有经验的冲浪手吗？我也很想和你好好聊天的，希望我们还能像上次在沙滩上那样边走边聊。我很想你。只是最近家里发生了好多事。"

"我明白，波莉今早怎么样？"

"问这个干吗？"我突然有些紧张。

他压低了声音："她父亲不是去世了嘛，她母亲又还在医院里，今天她第一天回去上学，再加上她的贝丝小姨还要负责给她做饭……"

我松了口气："抱歉啊，你不是在学校工作嘛，我以为你刚才的问题有别的意思呢。如果你在学校听到什么关于波莉的事，你要告诉我，好吗？"

"不好，因为我没资格这么做。如果有问题的话，她的班主任珊德福女士或者年级组长会联系你的，你要相信学校。"

我生气地噘起了嘴，但是乔里看不到。"你为什么不能在老师之间稍微打探一下消息，然后告诉我呢？我又不会告发你。"我是认真的，我不太相信学校。

"贝丝，如果你真的担心波莉的话，可以给学校打电话，和老师预约个时间见面聊一聊。我不教波莉的课，也不会帮你做间谍去打听消息，这样既不道德也违反师德。"

"去你的师德。"我小声嘟囔着。

"尊重你的职业没有什么不对，你也应该学着点。"

"你说得对，我今天这不就回来工作了吗？"

"这倒是，我没想到你这么快就能回来上班，就算你多休息一段时间，大家也是能理解的。"他说话的语气越来越像我爸了。

"嗯，我就是觉得该来上班了，二十四小时待在道格和艾美家让我感到很**不自在**。再说了，目前我也不算完全回归工作。"考虑到泰德要适应幼儿园的生活，我们家里还要排班轮流照看艾美，马尔科姆答应我这段时间一周只需要到岗三天。每天早上我妈决定今天谁去医院探班，到了晚上探班的人要向全家汇报艾美的情况。大家都认为"没有消息就是好消息"，但我越发觉得没有消息也不是什么好事，这代表着艾美还没有恢复意识。

"今天早上你准时把泰德送去了幼儿园吗？"乔里在调侃我，他知道我从来就没准时过。

"当然没有，做好出门准备对我和泰德来说都跟打仗一般。我现在考虑以后还是晚上洗头吧，真不知道以前我都是**怎么起床出门**的。早上明明没什么事，但时间就是不够用。我这是怎么了？"

"我觉得是因为你总赖床，你是那种听到闹钟响，会把它按掉然后接着睡的人。"

我们再一次就这件事情争辩了一番："**正常人是不会一听到闹钟响就精神饱满地跳下床的，正常的做法是拿枕头捂住耳朵，心中祈祷今天要是周末就好了**。"我意识到以前的我就是这样，但现在我已经有好几周没这么做了。

"今天早上是什么事耽误了时间？"

**每件事**，我心里想着。但我不指望乔里能懂我。我要帮一个上幼儿园的小孩洗漱打扮，还要对这一个青春期少女大喊大叫，她似乎对和我住在一个屋檐下感到很委屈。外人可能都不相信我说的这些。我从未想过一个美好的早晨会瞬间变糟，就因为泰德面包上的果酱涂错了方向，或者他不想穿裤子，再或者阳光太足了。

我告诉乔里他不懂我,他反驳我说:"你讲出来试试就知道了。"但我没有这个力气和他讲这些琐事,于是便岔开话题问他今天中午打算吃什么。泰德在幼儿园吃午饭,这让我小小地解放了,不用日复一日地给他做芝士奶酪卷了。世道真是变了,以前我总是想方设法地翘班,现在上班对我来说是解脱。今天,我一直在对着金融方案上的核对列表一项项检查所有的账目是否都齐全。这几个小时里我不用为我姐的事焦虑,不用担心波莉的行为举止,也不用担心家里出现突发状况。我告诉乔里,波莉整天都对着手机玩个不停。

"这倒不是什么反常的事,我有个高二的学生上周边走路边看视频,结果走着走着撞到了玻璃门上。你调查清楚银行那封信是怎么回事了吗?"

"没有,而且家里没有人在意这件事。我请求我爸再给银行打个电话核实一下情况,结果被我妈给拦住了,她认为是我在无理取闹、无中生有。艾美告诉我爸妈,出事那天他们和银行预约了去做贷款申请,所以请他们来照看孩子。艾美和我也是这么说的,所以看起来一切都解释得通。"

"但可能事情没这么简单?"

我听到电话里还有别人的声音,所以推测乔里应该是在办公室。

"也许吧,我也不清楚。"乔里应该是挡住了话筒,或者把电话拿远了,他的声音变得含糊不清。我还隐约听到他和别人说"一会儿就过去"。

"你听上去很忙,要不咱们先不聊了?"

"我的确要去忙了，抱歉贝丝，我还没吃午饭呢，但听到你今天顺利复工，我很高兴。"

"好吧，我听到有人在约你吃三明治，是吗？是谁啊？"

"是的，那先这样。"

"什么就先这样？是谁啊？"我又问了一遍。他的声音变得怪怪的，这意味着有人在听他打电话。我忽然想起来了，我们上次去酒吧的时候，在我断片儿之前，我记得乔里和我说他觉得学校里有个老师对他很感兴趣。这个猜测后来得到了波莉的证实，她曾漫不经心地说过："格林纳维小姐喜欢克拉克先生，学校里**所有人都知道**。"

"是莎蒂·格林纳维吧？你们是在一起吃三明治吗？真可爱。"我不该嘲笑他的，因为他一害羞就会满脸通红。"我就不耽误你啦，我们晚点再联系。别把菜塞到牙缝里，还有记得饭后要吃口香糖喔。"

"拜拜，贝丝。"乔里挂掉了电话。一想到"**格林纳维小姐喜欢克拉克先生**"，我就像泄了气一样。至少乔里能找到和他一起共进午餐的人。我可以选择回到楼上的办公室厨房里和同事们闲聊，但我并不想这样做，尤其是今天，我回归工作的第一天。大家见到我无非就是说"听到你的消息我很遗憾"（我们甚至都不会有眼神接触），或者干脆什么也不说。但我敢打包票，我不在公司的这段时间里，他们一定已经八卦过我的家事了。那场车祸在当地算是个大新闻，大家就喜欢添油加醋聊这些。我不怪他们，如果这事发生在别的同事身上，我也会这么做的。

我把吃了一半的车轮饼干放回包装袋里，转身看向我身后的田地。在孩童时代，我们经常来这附近看羊下崽。在我妈的相册里有一张照片，照片上的艾美大概九到十岁，穿着粗布工装，抱着一只小羊羔，对着镜头开心地笑着。我站在她身后，六七岁左右，正闷闷不乐地把双臂交叉抱在胸前。那时的我对小羊羔并不感兴趣，只想上街舞班，学跳TLC组合的歌曲，但那时候我们这个地方还不兴街舞（也许现在也这样），所以我不得不随家里一起参与这项无聊的活动。

我看了眼手机，好奇乔里是不是还在办公室里和莎蒂一起享用午饭，于是编了一条信息想发给他。但编好后我又看了一遍，觉得这好像显得我在吃醋似的，于是便删了。因为我一点儿也没有吃醋。我晚点再问他吧，也可能不会再问他了。反正跟我也没什么关系。

下午的工作时间过得飞快，我打了无数个电话，做了无数张报表，还喝了好多咖啡。准备下班的时候，马尔科姆叫住了我，显然他认为五点是一个适合对我传授业务知识的好时间。"贝丝，你看，这样风险小。如果一切顺利的话，我们还有一笔价值不菲的资产。"我没有告诉他，他讲的这些我已经在线上入职培训学过并通过了考试。因为如果他觉得他在教我新知识——即便这不是新知识，我能早点下班。但这通啰唆还是让我迟到了。

我到幼儿园的时候，停车场已经停满了车，我只好将艾美的车停到唯一的空位上。车位一侧停放着一辆小型面包车，另一侧放着一块告示牌，上面写着："请小心！小朋友们会乱跑！"

我浑身是汗，慌慌张张地按了门铃。门上贴了一张通知，上面写着这周五是化装舞会日。幸好泰德周五不去幼儿园，光是给他搭配平常的衣服就够费心思的了，更不用说为他特意准备什么戏服了。我把泰德现在穿的衣服和"大一号"抽屉里的衣服混放到了一起，每天早上能不能从抽屉里拿出大小合适的衣服全凭手气。我妈说她要过来把衣服重新整理一遍。

一位穿着黄色小鸡图案T恤的幼儿园工作人员打开了门：

"您好，请问您是来接哪位小朋友？"

"泰德·兰德。"我尽量把呼吸调顺，从容地说道。

"密码是？"

糟糕。"我不记得密码了。"我往边上靠了靠，给从里面出来的家长和小朋友们让路。

她回头看看，有些慌张："没有密码，我不能让你进来。希望您能理解。我是这周才开始工作，还没能记得所有人长什么样子。"

我回她一个微笑，表示我能理解。在孩子的安全问题上，谨慎一点是应该的，她按规定行事我是完全能理解的。我绞尽脑汁想密码到底是什么。有人告诉过我吗？"我完全理解，别担心，您要不问问其他同事？我今早送泰德过来时，他们应该对我有印象。"

工作人员回屋去找她的同事，今天早上见过我的那位工作人员来了。"罗伦，有什么问题吗？"

罗伦点点头，看向了我。"泰德的妈妈来了，但她不记得密码。"

我们尴尬地交换了眼神，罗伦这时意识到她对我产生了误会。但接下来她又抛出一个让人更尴尬的问题："实在抱歉，我刚才是猜的，那请问您是他的继母吗？"

我想要不就这么承认了吧，我是他的继母，然后尽快结束这段痛苦的对话。但接下来几周里我应该还会和她打照面，所以还是选择了实话实说。"我不是继母,我是泰德的小姨,自从三月份他父亲离世后我就一直负责照顾泰德。他的妈妈还躺在医院里,情况也不太好。"我通过了安保,小心翼翼地朝楼里走去。

"天哪,我真的很抱歉。"她睁大了双眼,我看得出来她很难为情,恨不得想在地上挖个洞钻进去。我想安慰她一下,因为我也有过类似说错话的经历。我记得有一次做视力检查前,我问验光师她是否知道肚子里的宝宝是什么性别。医生回答我是个男孩,因为她十三个月前就已经生产了。我尴尬得不行,不得不如坐针毡地完成了检查。

我向她摆摆手,想消除她的顾虑:"没事的,你又不知道这件事。而且泰德和她妈妈长得很像,我和他妈长得也很像,所以很容易认错。别放在心上。"

她挤出来一个微笑,看得出还是很难为情,好在这短暂的沉默被一抹金色卷发打断了。泰德从楼下的彩虹小屋跑出来,主管他的幼儿园老师娜塔莉跟在他身后。她帮我们制定了帮助泰德重返幼儿园的计划。

"贝丝,见到你很高兴。泰德刚才突然站起来跑到门口,把玩具火车的轨道都踢翻了,吓了我们一跳。"她笑着告诉我,然后突然又收起了笑容。

泰德正躲在我身后,眼睛看向门的方向。然后又抬起头,高兴地对娜塔莉说:"我妈妈来了!"

"泰德,我……"娜塔莉欲言又止,想等我先开口。

我蹲下来,对泰德说:"泰德,是贝丝小姨来了,我来带你回家吧。"我向泰德伸出手,但他没有回应我。他仍然看向门的方向。

"我妈妈来了。"他说，皱了皱眉，脸上的兴奋变成了困惑。

"你妈妈不在这里，泰德。"我说。

他还是小声嘀咕："泰德的妈妈来了。"

他刚才在屋子里玩游戏时听到了"泰德的妈妈来了"这句话，信以为真，抛下了手中的玩具跑到门口准备迎接妈妈的到来。结果却发现出现的人是我。这比刚才走廊外几个成年人之间的误会更糟。他是在生我的气，我看得出来，他想看到的人不是我。

我将手搭在他的肩膀上，也让他往边上靠了靠，给从楼里面出来的下一拨家长和小朋友们让路。娜塔莉、罗伦和另一位老师统一穿着黄色小鸡图案的衣服，因刚才发生的事情而难过。她们的目光汇聚在我身上，指望我来缓和气氛，但我做不到。泰德哭了，但和之前的号啕大哭不一样，他在默默地流泪，这更让人难受。

"能帮我把他的书包和外套递给我吗？"娜塔莉跑着去取泰德的东西。"还有纸巾。"我冲着她的背影说道。

泰德用印着托马斯火车头图案的套衫袖子擦掉了脸上的鼻涕。我张开双臂将他拥入怀中，泰德低着头，肩膀不停抖动。娜塔莉回来了，我将书包和衣服接了过来，然后把泰德抱了起来，这样我们能尽快离开这里。

"和老师们说再见吧，好吗？"泰德没有说话，脸还埋在我的肩膀上。我转向三位老师，她们都看着我，但不敢直视我的眼睛。

"我们周四再过来，你们能将密码发信息告诉我吗？或者告诉我怎么设置一个新的？他外婆也需要。"

她们点头答应了，显然不希望以后还发生今天这样的状况。

我将泰德抱到车上,给他系上安全带。他已经不哭了,直勾勾地看向前方,嘴里吸吮着大拇指,食指摸着鼻子。

"想不想和大象先生一起玩?它都想你了。"我从前座上把玩具拿过来,用一种傻傻的、深沉的声音模仿着大象的声音:"我想你了,泰德。"泰德面无表情地把玩具接了过来。

开始下雨了。我在车里坐了一会儿,看着雨滴落在挡风玻璃上,然后才启动汽车。我抽出一张娜塔莉给泰德的纸巾,擤了下鼻子,然后看向镜子,我的睫毛膏又花了。车里播放着泰德最喜欢的儿童台音乐,但我知道今天他应该没有心情跟着音乐一起唱了。

"小家伙,咱们出发啦,准备回家。"

我将车驶出了停车场,心里想着这个所谓的"家"既不是我家,也不是泰德的家。因为家里已经没有了爸爸妈妈。

## 11

现在是星期五的傍晚,我妈激动地打电话告诉我,哈格里夫医生带来了新的消息。两位护士分别在看护时发现艾美的右手小指动了。"贝丝,艾美的手动了!护士说不像是抽搐,更像是微微地抽动。"哈格里夫医生告诉我妈,我们没必要太激动,但我们还是很开心,打算马上到医院亲眼见证这一奇迹。

波莉从学校回来没一会儿,我爸的车就到了。波莉飞快地跑进家门,准备换衣服去萝西家过夜,我们把艾美的好消息告诉了她,她便发消息告诉萝西,她看望完母亲后就会过去。我也给乔里发了条信息,告诉他我可能会晚点到酒吧,随时和他保持联系。

我们坐上车出发了,车里的气氛好久都没有这么轻松过了。

"这不意味她的情况有好转,"我爸说,"我们要知道这一点。"

"是的,但这是一个好兆头,对吧,吉姆?"我妈转过来看向他。

"这的确是个好兆头。"我爸说。我妈紧紧握住了他伸出来的手。"谁想点歌?"

"我!"泰德向我投来一个眼神,然后飞快地说出他所有知道的歌名。我和泰德、波莉一起坐在车的后座,波莉也发出了点歌申请,但她点的是一首关于枪杀、毒品和嫖娼的歌曲,我只好让她换一首。

我妈疑惑地看着车载音响:"吉姆,怎么播放歌曲啊?"

我爸指向车上的小盒子:"你要先把音乐软件打开,盒子里有一根线。"

我妈兴奋地看着他:"你怎么知道的?"

"因为贝丝之前会帮我放一些音乐,只要有手机就可以操作,很神奇。"我爸通过后视镜看向我,"宝贝,你能来操作一下歌表吗?"

"是**歌单**,我和你说过无数次了。好吧,我来。"我从母亲手中接过线,播放的第一首歌曲是泰德喜欢听的。贾斯汀·弗莱切用《马卡丽娜》的曲调唱着一首关于汉堡包的歌,虽然听起来很蠢,我也还是乐在其中。

到了医院,我爸让我们先上楼去看艾美,他在停车场继续找停车位。我们带着笑容轻快地跑上楼来到护士站,发现护士们并没有我们想象中兴奋。苏菲是其中一位见证了艾美手指动了的护士，她向我们走了过来。

"艾美的手指做出了什么样的动作？你能演示给我们看吗？"我妈激动地看着她的手指。

"可以的，就像这样。"苏菲伸出一只手，她的小指抬起来又放下，就像用小指轻敲键盘那样。

"还有人也看到了是吗？"

"是的，在我看到后没一会儿，珍妮也看到了。"

"太不可思议了，"我妈说，"真是个好消息，我们简直不敢相信！"

苏菲浅浅笑了一下，担忧地看向我妈。这表情背后的意思大概是："**你们太心急了，手指不过是轻微抽动了一下，别抱太大希望。**"

我妈带着泰德先进病房看艾美了，我和波莉坐在"坏消息"室外走廊的座椅上。波莉虽然没有说什么，但她显然也注意到了护士担忧的表情，情绪也比在车上时平静了。我爸这时也过来了，我听到他在路上和别人说"手指的事情真让人激动啊"，这让我心里又咯噔了一下。

泰德叹着气从病房里走了出来，告诉我们他妈妈又睡着了，身体也没有再抽动。

"不是身体，是**手指头**，"他的外婆纠正了他，"两位护士看到后告诉了我们，这是个好兆头。"

"动起来，"泰德扭动着他的手指头，把手指头比作小虫子，然后笑了出来，"贝丝小姨也做一个。"

"动起来。"我学着他的样子用食指做出同样的动作，他用手指碰了碰我的手指。轮到我和波莉进去探望了，我听到泰德在和我妈抱怨他没有"虫子朋友"可以一起玩耍了，但我妈没理他，她在用严肃的语气和我爸交谈。

尽管医生说了期望别太大，但看到艾美的状态依然和之前一样，我还是感到些许失望。一个人通过动作或举止是能传达出一些信息的。每当艾美聚精会神时，比如她在用剪刀或修补玩具的时候，她会把舌头伸出来；当她感到尴尬的时候，会把头发掖到耳朵后面，然后发出很刻意的笑声。现在，我面前的艾美是面无表情的。

我和波莉分坐在病床两侧的椅子上。我抬起艾美的手放到手中，屏住呼吸，祈祷着能感受到她的手抽动。波莉在艾美的脸颊上亲了一下，然后我们各自回到椅子上，努力想把注意力从"艾美的身体是否有了感应"这件事上转移开。哈格里夫医生和我们讲过，多和昏迷病人讲话是很重要的，但波莉看起来没有什么想说的，只好由我来开口打破沉默了。最近我会先给艾美讲一些好消息，然后再提一些不太好的消息，最后再说些有的没的。这让我有了使命感。

"今天的好消息有：你的手指有了抽动，我们都想亲眼见证一次，但是没关系，你不要有压力。除此之外，你的木兰花开得繁花似锦。这是阿尔伯特的原话，昨天我们在后院聊天时，他夸奖了你种的木兰花。虽然我压根不知道这是木兰花，但是我想你听到应该会很开心的，而且还给了我一个机会说'繁花似锦'这个词。波莉，你有没有想要和你妈妈分享的？"

她耸耸肩，然后说道："我回去上学了。"

我期待着波莉能再多说一点："然后呢？学校里怎么样？"

"挺好的。"

"好吧,今天的**坏**消息有,妇女协会的玛丽又带来了一大份猪肝和洋葱。之前她带来的那份我们都给扔掉了。我以为她送我们一次就够了,但前几天我在邮局碰到她,她问我食物的味道怎么样,我不得已,只好说味道好极了,所以她又送来了一份。看来我们只有变成素食主义者才能避免这样的情况以后再次发生啦。"我被自己的笑话逗笑了。这时我发现波莉哭了,我收起笑容问她:"怎么了?我不会让你吃猪肝和洋葱的,虽然我做的饭还不如这个好吃。"

"我能和妈妈单独待一会儿吗?"她吸了吸鼻子,低着头看自己的手,"就我自己。"

"没问题,我会在外面等你。"我在艾美的额头上亲了一下,走出了房间,让她们独处。哈格里夫医生也来了,正和爸妈、泰德待在"坏消息"室外面,表情都有点凝重。

我向医生打了个招呼,看到我妈在朝我身后看,便解释道:"波莉想和她妈妈独处一会儿,有什么新消息吗?我们有点兴奋过头了,是吧?"

哈格里夫医生同情地笑了笑:"是,也不是。我刚和你爸妈说,我们整个医疗团队都为艾美手指抽动感到开心,虽然只是一个小变化,但是这很重要,所以我们马上就把这个消息告诉你们了。"

"接下来你要说'但是'了,对吧?"

她摊开手:"我们不希望你们产生误解。从重度昏迷中恢复不是件简单的事,不像你们在电影中看到的那样,病人双手抽动后就能睁开双眼,认出身边的家人。病人的手指有了抽动,这意味着今后可能会有更多的感知反应。但更多情况下,也可能什么都不会再发生。艾美还没有表现出恢复意识的迹象。我和你们讲过格拉斯哥昏迷指数，艾美的指数距离能出现自主反应的标准还差很多。"

"但是医生，你在打电话的时候听起来很激动，我以为就有希望了。"我妈的肩膀松下劲儿来，显然很失望。

"我理解，但相信我，这些微小的变化是我们坚持下去的动力。我们只是想和你们说实话，毕竟康复是个很复杂的过程。"

哈格里夫医生离开了，泰德抱怨着他好渴。我在包里没找到他的水，我才想起来水放到车上了。

"我去吧。"我妈站起身，我注意到她脸上露出痛苦的表情，便伸出手来拦住了她。

"妈，怎么了？哪里不舒服吗？"

"没事的，还是关节那里，老毛病了。"她正痛苦地握着腕关节。我看向父亲，他摇了摇头，是在告诉我**不要过分担心**。

"好吧，那你休息一会儿，我带着泰德去买水喝。咱们走吧，小家伙。"泰德一下就跑到我前头，一路来到了正门前的小卖部。我给他买了一盒利宾纳果汁，给自己买了罐可乐。我们走出医院，椅子上都坐满了人，我们只好坐在草坪上。

"波莉比我大吗？"泰德在等着我帮他插上吸管。

"是的，波莉比你大。打开了，双手拿好啊，不要捏它。"

"为什么她比我大呢？"

"因为她年纪比你大啊。"

"为什么？"

"为什么她年纪比你大？因为她比你出生得早。泰德，用两只手拿好。"

"这不公平!"他生气地捏着饮料瓶,结果果汁洒了出来。他哭了起来,说衣服湿了,以及波莉比自己大是不公平的。这时爸妈和波莉都过来了,我试着让泰德冷静下来。

"发生什么事了?"妈妈看着我们。

"泰德因为自己出生得比波莉晚而生气,"我捡起来空饮料盒和我的可乐,"他觉得不公平。"

我们走回到车边,波莉对我爸说:"能把我放在娱乐中心吗?我和萝西、迈琪拉约好了在那儿见面,然后我们会回萝西家过夜。"

"没问题,"爸爸将手搭在波莉肩膀上,"我可以把你们送到萝西家,你们需要搭车吗?"

"不用了,萝西的妈妈会来接我们的,我们已经安排好了。谢谢外公。"波莉说着从口袋里掏出手机,然后又戴上了耳机。

我爸启动了车:"今天过来一趟还是值得的,对吗?艾美会越来越好的。"

我和妈妈都没说什么。泰德喊着想要继续听歌,我便把来时路上我们听的歌单又放了一遍。泰德睡着后,母亲把音响关上了,我呆呆地望向窗外,心里想着如果在医院我们能亲眼见到艾美的手指抽动,现在车里的气氛会是截然不同的。

# 12

酒吧里人很多,我本以为嘈杂的人声会让我心烦,没想到这声音将我从忧虑中解放出来。乔里正摆弄着一个杯垫,皱着眉问我:"医生说还是很振奋人心的,是吗?医生可不会随便说出这样的话。"

"我不知道,可能不是这样吧。"一群看起来三十来岁的人从我们桌旁经过,乔里向其中一位打了个招呼。我好奇地歪头看着乔里,他笑了笑对我说:"是乔治·巴拉特,学校的化学老师。你很八卦,你知道吗?"

"我只是想知道谁在跟你打招呼,如果这就叫八卦的话,我宁愿保持这样,我不想'不八卦','不八卦'听起来怪怪的,是不是?"

"没错,八卦的反义词是'顾好自己的事'。乔治身后的那个女孩是丹妮·巴森兹,你还记得她吗?她和咱们是一个年级的。"

"不是吧?"我伸着脖子仔细看了看这个女孩,"天啊,的确是她,我和她哥之前还在酒吧里调过情呢。"

"听上去像是你会干的事儿。"

我翻了个白眼:"那会儿我们总是无所事事,净参加一些无聊的聚会。我经常纠结我该穿什么衣服,做什么发型,想着酒吧里会有什么艳遇发生。"

乔里点点头:"我想这就是我们喜欢参加聚会的原因。你姐曾经给咱俩买过两杯冰锐酒,然后叫咱俩走开,你还记得这事吗?"

"当然记得。"我笑了,想起来有一次我姐穿着一件粉色的皮夹克(当然不是真皮的),假装不认识我们。"不过我们从来没有走远过。"我摸着酒杯口,说起了今天的事:"今天我们朝病房走去的时候心里都好激动,像傻瓜一样。"

"你们不是傻瓜,换作别人也会很激动,因为你姐的手指有了感应,这的确很让人激动。别怪自己。"他喝完了杯子里的啤酒,指指我的杯子问："再来一杯？"

"好啊。"

乔里在吧台等待的时候掏出了手机。刚才我在等酒的时候，我注意到他也拿出手机看了一下，打字的时候脸上还挂着微笑。他回来给我酒时，我疑惑地看着他，于是他皱着眉问我："怎么了？"

"没什么，"我喝了一大口酒，享受着微醺的美好，周围的人影都模糊起来，"你刚在和谁发信息？"

他把手机推向一边："是莎蒂，她有事问我。"

自从我上回在电话里听到他们在办公室的三明治约会后，乔里就没再谈起过莎蒂，但我知道他们已经约会过几次了。"你们俩交往得怎么样了？"

"挺好的，她人**很好**，你会喜欢她的。"

他用了"**很好**"这个词，我点点头："我想我会的。"

乔里扬起了一只眉毛。

"怎么了？"

"我知道你不善于和女孩子做朋友。"

"我也不是没有尝试过，你可以把眉毛放下来了。"我的确做过努力，但每次结果都是一样的。我感到很别扭，总是说错话，就是觉得和其他女孩子很难相处。我已经有我姐和乔里这两个朋友了，但为了乔里，我还是会努力和莎蒂做朋友的。"如果你很喜欢她，我想我也会喜欢她的。你们打算正式交往吗？做一对儿恩爱的教师情侣。"

他害羞地看向我："我们已经算是在交往了。"

"哇！"我的语调变得很奇怪，听起来像是非常激动的样子，但其实我并没有。"太好了,恭喜你们。"

乔里害羞得脖子都红了:"谢谢你,我想亲口告诉你,而不是通过发消息。我周三才刚问过她愿不愿意做我的女朋友。"

我回味着他的话,"**做他的女朋友**",现在乔里已经有女朋友了。一切是不是发生得太快了?这对他来说当然是个好事。我笑了笑,又喝了一大口酒。"你是该交个女朋友了,我妈都念叨好多年了。"

他也笑了笑:"我很喜欢你母亲。"

"她也很喜欢你。"

他清了清嗓子:"如果你和莎蒂能成为好朋友的话,我会很开心的。我经常对她谈起你,所以她对你也不陌生了。"我伸出两只大拇指,乔里笑了,对我说:"我向你保证,她是个很有趣的人。"

"好吧。"我现在没法再拒绝这件事了,因为显然莎蒂"**人很好**"又"**很有趣**"。

"太好了。"乔里靠回椅背,深呼了一口气。看来他已经为此做了很多心理建设,现在坦白之后他觉得十分轻松。我也感到很轻松,不过是另一种轻松。我的灵魂好像从我的身体里抽离出去了,我听着我的好朋友说着他新女友的事,但心思却已经不在**这**里了。我想这是喝了三杯赤霞珠葡萄酒导致的错觉。

酒吧离艾美家很近,我自己就可以走回来,但乔里还是坚持把我送回了家。路上很黑,他把手机自带的手电筒打开。路过公园旁的草坪时,我脚滑了一下没站稳,乔里扶了我一把:"小心点。"

"草坪很滑,是不是?"

"嗯。"

我看不到他的脸，但能听到他的笑声。我想握着他的手，就像之前很多次我们走夜路那样，但这次他躲开了，只是挽着我的胳膊。

"好吧，我懂了。"我假装淡定地说道，但听上去我还是很难过。

"贝丝——"

"是我不对，你已经有女朋友了，我不应该再跟你在路上手拉手了。"我的酒劲儿上来了，好在我们马上就到家门口了。

"如果有人看到的话……"乔里叹了口气，"其他人不能理解我们之间的关系，对吗？他们会说闲话的。如果莎蒂或者其他人看到我们牵着手，他们会认为我们的关系不一般，这样对莎蒂不好。"

"但我们只是朋友的关系，"我说道，从包里掏出了钥匙，"你想带瓶酒在路上喝吗？酒柜里有几瓶威士忌，不知道什么时候放进去的，我从没见过道格喝威士忌。"

"不用了，我该回家了。"

"好吧，你心里没有不舒服吧？"我说着打开了门，"别多想，乔里，莎蒂没什么可担心的。我更像是你的一个妹妹，对吧？"

"你的确像一个烦人的妹妹，今晚你一个人在家没问题吧？把你一个人留家我觉得怪不合适的。"

"我没问题，你快走吧。"

"好吧，"他在我脸颊上亲了一下，"晚安。"

"你也可以留下来，然后我们重温那年冬天的——"

门廊的灯光下，我能看到他摇着头，打断了我："贝丝，晚安。"

"我在开玩笑呢，听出来了吧？是玩笑。"我追着说。

"你快去睡觉吧。"他回话。我是要去睡觉了。

第二天早上十点我起床了，但不知道该做些什么。波莉还在萝西家，泰德今天早上本该回来的，但我妈发了条信息告诉我，他们打算在外面走一走再把泰德送回来。她还备注了她在水池下的柜橱里放了新的浴室清洁剂，潜台词是我该清理一下浴室了。我感到有些无聊，于是决定听她的去打扫浴室。我拍了张浴室的照片，加了一些小表情，然后给乔里发了条信息：

幸好昨天我们没把威士忌喝掉，看看这是我今早要做的事（都是我妈的命令）！再次恭喜你，我为你（们）感到高兴！

我把"们"字删掉了。我又不认识莎蒂，说为她感到高兴显得怪怪的。也有可能只是我这么觉得。不重要了，我已经把信息发出去了。

我把浴室打扫干净了——指的是我眼中的干净，当然这距离我妈眼中的干净还有很大距离。之后我又去打扫了泰德的房间。这时有人敲门，我从窗户探出头看到是波莉回来了。她抬起头看我，一只手遮在脸上挡阳光，但没有说话。我大喊道："我马上就来。"

波莉进屋了，但还是没有说话。她把包放在楼梯那儿，我凑近了去看她的脸，看起来毫无生气。"波莉，你看起来很疲惫，虽然这像是你外婆才会说的话，但我还是要问你，你昨天晚上睡觉了吗?"

"没怎么睡。"她的眼睛下都有黑眼圈了,皮肤看起来也没有光泽。返校第一周又度过了一个无眠夜,这对她来说一定很难受吧。我跟着她来到了客厅。

"我能帮你做些什么吗?"

"家里还有鸡块吗?"

"鸡块?"我一边看表一边笑着说,"现在已经十一点了。"

"我还没有吃早饭。"

"天啊,萝西的妈妈没给你们做饭吗?"如果是艾美的话,她一定会好好招待波莉的小伙伴们的。

"我那会儿还不饿。"

"但现在你想吃鸡块了。"

"现在我饿了。"

"好吧,你想再来点薯条或者豆子吗,还是就吃鸡块?"她从没和我说过她饿了,所以我便顺着问她。

"鸡块就行,再来点番茄酱。"她瘫坐在沙发上,开始看她的手机。

"昨晚玩得好吗?"

"还可以吧。"

我们的交流到此为止。我打开了收音机,把碗从洗碗机里拿出来,开始做鸡块。我给自己也做了一些,然后我们就坐在电视机前一人抱着一个碗各自吃着,中间还放着一瓶番茄酱。波莉大口地吃着鸡块,好像已经好几天没吃饭似的。波莉不善于表达,还缺觉,但现在她的食欲恢复了,看来这次去朋友家留宿起到了不错的效果。

六月

# 13

"阿尔伯特，早上好！"我第一次和他打招呼的时候他没有听见，所以我又大声地说了一遍。

他慢慢地起身，向我和泰德打招呼，手里还拿着一把修枝剪。"亲爱的，早上好，今天天气真好啊。你们打算去哪儿玩吗？"他也大喊着回复我。

我被他的音量吓到了："去公园，然后带泰德去吃巧克力。"泰德拉了拉我的手，看来他是着急想要出发了。

"真不错，别忘了明天是回收垃圾的日子。"

"不会忘的。"要不是他提醒，我还真就忘了。

"他们来得很早，所以你最好今天晚上就把垃圾收拾好。你别觉得我多管闲事啊，上周我把你扔在路上的黑垃圾袋放到我的垃圾桶里了。"

我摇摇头："你不用扔到你那儿，阿尔伯特，我不太会处理垃圾，总是忘记收。不过还是谢谢你。"一想到他把我那袋满满当当的垃圾放到了自己的垃圾桶里，我就很不好意思。

"五号房的猫总会过来把垃圾袋撕开，不知道你知不知道……"他犹豫了一下，可能觉得自己说得太多了。

"知道什么？"我向他问道，然后又小声告诉泰德再等我一会儿咱们就可以出发了。

"上回你的垃圾桶也装满了，散落在路边的那袋垃圾被撕破了,可能就是五号房的那只猫干的,但我没有证据。我看到鸡架还有别的垃圾被翻了出来,还被人拍了照片,发到了咱们村里的脸书小组聊天室里。"

我现在更羞愧了,一方面是因为我总是疏于收拾垃圾,另一方面是发现这位八十岁的邻居比我还更了解社交媒体上的新鲜事。我很惊讶我妈之前竟然没和我说过,也没提过这件事给家里抹黑了。如果什么事让家里丢脸,那一定是我干的。

"我告诉他们这垃圾是我扔的。"他说道。

"你说什么?为什么要这么做啊?"

"我在脸书上说这袋垃圾是我的。有一次在'关注长者'咖啡馆里,邻居们教我怎么登录脸书上的社群。我就在那张照片下发了个消息。"

"你是说写了条评论?"

"是的,我写了条评论说这袋垃圾是我的,因为肩膀有伤所以捡不起来垃圾袋。我不想给你添麻烦,你要忙的事已经够多了。邻居们发现这事是一位不中用的老人干的,就不会那么生气了。"

"阿尔伯特,你真是太善良了。"虽然他只是帮我"认领"了一袋垃圾,但我很感激他愿意帮我的错误买单,还帮我躲过了我妈的一番说教。"你才不是一位不中用的老人。"

"你有一百岁了吗?"泰德的这个问题不知道从哪儿冒出来的。

"泰德!"我教训了他,但这个问题也让我笑了出来。

"还不到,我八十三岁了。"阿尔伯特回答道。

"你以后会死吗?"泰德又问道。

我用手捂住脸,对阿尔伯特说道:"真是抱歉。"但阿尔伯特也笑了起来。

"我也不知道，也许吧。"他说道。

"我们去公园吧，好吗？别再打扰阿尔伯特了。"我拉着泰德准备往出走。

"我们要去坐旋转木马。"这个"我们"指的是泰德和他让我装进包里的大象先生、米老鼠。

"祝你们玩得愉快。"阿尔伯特说。

我们在路口公交车站过了马路，来到了公园。泰德松开了我的手，用最快的速度跑到了中间用木篱笆隔开的游戏区。这么多年过去了，公园里的旋转木马和秋千都经过翻新了，但滑梯还是我和艾美小时候玩的那个。夏天的滑梯会把你的腿烫得发热，下雨时它又变得滑溜溜。这么多年过去了，没想到这个滑梯还能符合安全标准供人游玩。

"你抓不到我！"泰德打开门跑了进去。依我现在的健康状况，我可能的确追不上泰德，我慢跑着来到他身边，这点路程就已经让我气喘吁吁了。

"你赢了，你跑得太快了！"我认输了。

他开心地笑着。我把他抱到了秋千上。

"让火箭发射！"他坐在秋千上，兴奋地扭动着身体。"火箭发射"是道格设计的游戏，步骤是将泰德放到秋千上，将秋千摇到高处，然后倒数几秒钟再把秋千松开。就像给泰德讲睡前故事、做芝士奶酪卷一样，我第一次和泰德玩"火箭发射"游戏时做得并不好，但现在我都已经完全掌握了。

泰德一脸期待地看着我。我握住秋千，将秋千摇到高处，"你准备好了吗？三、二、一，**发射！**"我松开了手，秋千从高处荡回来，泰德看起来很高兴，我也露出了一丝微笑。"你想让玩具朋友们和你一起坐秋千吗？"

泰德点点头，我于是把大象先生和米老鼠从书包里拿出来放到他的身旁。我的手机上显示有一通未知号码的未接来电。我以前总是很喜欢无视这些未接来电，因为如果真的有重要的事找我，电话还会再打过来的。但自从我姐的事故发生后，我总是对未接来电不放心，想知道是谁又是因为什么给我打的电话。手机里没收到语音留言或者短信，于是我回拨了电话，同时站到了泰德的身后，这样还能帮他推秋千。

一位女士接通了电话："是贝丝吗？我是苏西，"她顿了一下又说，"我是萝西的妈妈。"

"你好。"我呼了一口气，庆幸这不是医院打来的电话。同时好奇为什么她给我打电话而不发消息呢？

"我有点担心萝西，我给你打电话是觉得你可能也正为波莉担心呢。"

"也在为波莉担心？"我问她，不知道她在说些什么，难道她是指她的女儿也躲在卧室里，对所有人都爱答不理吗？

"收到学校发来的那条关于她们参加聚会的信息之后，我就一直放心不下，我想知道你了解些什么，咱们交换一下信息。"

**学校发来的信息？聚会？**我不懂她在说什么，我怀疑她打错了电话。泰德抱怨着他还没有升到最高处，于是我用更大的力气推了秋千。

"抱歉，我没听懂你在说什么。什么聚会？你是说孩子们都参加了这个聚会吗？什么时候的事？"

"抱歉贝丝，我以为你知道呢。是上周五。"苏西说道。

"上周五她们不是在你家留宿的吗？"我心里有种不祥的预感。

"没有,她们都去了迈琪拉家。"

"现在我更不懂了,波莉说上周末她是去了你们家。"

"我知道,但萝西和我说的是她要去迈琪拉家,她也的确是在迈琪拉家,但迈琪拉的父母都不在家。迈琪拉和她父母说是要去你家过夜。所以我们都被骗了。"

泰德举起胳膊想要从秋千上下来,我便把他抱了下来,跟着他到了旋转木马那儿,然后又把电话放回耳边:"真不敢相信。"我回想起那次和波莉的交流,然后产生了更大的疑惑。"但上次我还给你发了信息,你也很快就回复了我。我还留着信息呢。"我翻看着通讯录,找到**萝西母亲**的电话,"你的电话后三位是二、六、五吗?"

"那是萝西的电话号码。"

"哇,所以,这个聚会——"我停了一下,不确定我是否想知道真相,"是什么时候的事?学校是怎么发现的?"

"有很多学生都参加了聚会,因为太吵闹招来了警察,"苏西担心地说道,"孩子们还喝酒了。"

"天哪。"我回想起周六波莉回到家的样子。她的脸色苍白,我还以为她是累的,没想到是因为喝了伏特加什么的,或者可能她还做了些别的。我十四岁的时候只敢偷喝酒,但现在的小孩们敢尝试的东西可就多了。我不敢再多想了。"你打算拿萝西怎么办?"

"我马上就没收了她的手机,这是我能想到的最严厉的惩罚。对她来说,手机就像空气一样重要。"

虽然不合时宜,我还是笑了笑:"波莉也是这样,但我觉得我们该采取一些措施让她们下次长点记性。"

"我同意，贝丝，你已经有很多事要忙了，我不该再给你添麻烦。"

"没有的事，我很高兴你能打电话告诉我这些。"和苏西挂断电话后，我把手机放回了兜里。泰德从旋转木马上下来了，双手举高指向天空。我摸了摸泰德的头对他说："泰德，不要长大，成年人的生活太难了。"

"贝丝小姨你看，是飞机云！"

我回头仰望，看到空中飞过了一架小飞机。"这叫作凝迹，全名是凝结尾迹。飞机留下云状的痕迹是因为——"我看到了泰德看我的眼神，于是便不再进行科普了，"还是飞机云听起来好听，是吧？"

泰德跳来跳去地在向飞机挥手："飞机里的人会向我挥手吗？"

飞机飞得这么高，我们几乎都看不清楚它的样子，更不用说看到飞机里的人了。"呃……我也不知道。"

"他们会的！我的爸爸就在空中，但他不在飞机里。"他看向我，好像在等我给他一个解释。

"是不在飞机里。"

"那就是在云里！"泰德说着，脸上浮现了期待的神情，"贝丝小姨，你没有和我爸爸挥手。"

我照他说的做了，向空中挥手，直到飞机飞出我们的视野。飞机让泰德想起了自己的父亲，他感到很开心，我却觉得很愧疚。我一边向空中挥手，心中一边向道格忏悔，我不该让波莉参加一个我压根不知道的、没有成年人在场的留宿聚会，还让她喝了酒。**就算有**成年人在场（我怀疑成年人也不会监督他们的），我也不该让她喝酒。我想起了我在波莉这个年纪时对父母撒过的谎，偷偷地溜出家门，好几次还是艾美帮我解的围，一想到这里我就不打算惩罚波莉了。但事实是我也做过很多蠢事，我没受过惩罚是因为没被家长发现。波莉这回被学校发现了，我不能当作这一切没发生过。没收她的手机看来是板上钉钉了。

泰德也放下了手问我："我们可以回去看《嗨，道奇》吗？我现在想去嘘嘘了。"

"好啊。"我和他一起走出公园，路过酒吧，回到了公交车站路口。在车站等车的几位女士向我们点头致意，但等我们离开后，我听到她们压低声音说着闲话。她们的声音也太大了吧。

"可怜的小朋友。"我听到其中一位说。"孩子还太小啊。"另一位附和。她们的意思是"**孩子太小还记不住这些事情**"。一想到泰德年纪小，可能记不住他的父亲，我就觉得这个想法很可怕，想打消这个念头，但不知道该从哪里着手。我们沿路走回了艾美家，我想着要不要把波莉的事情告诉爸妈，但又不想听他们说教一番，于是决定给乔里打个电话。电话直接转接到了语音信箱，我应该想到这一点的，毕竟现在是周三的上午，乔里又不像我一样一周只工作三天。

**嘿，您拨通了乔里的电话——其实您没打通！我现在不方便接电话，请您在听到"哔"声后留言，稍后我会给您回电话。祝您一天好心情。**

乔里的留言虽然有点尴尬，但是那么温暖又有活力，和他本人一样。

我本不想给他留言的，但我还没挂断电话就听到了"哔"的一声，于是便开口说道："嗨，我是贝丝，不知道为什么要给你打电话。我知道你在上班，但我不想给我妈打电话，所以就给你留个言。如果你中午有时间，或者你中午没有在和莎蒂吃芝士三明治的话，就给我回个电话好吗？你和她说过你只吃淡奶酪了吗？我觉得你应该提前说出来，以防以后你们因为这件事分手。只有疯子和小宝宝才吃淡奶酪，就连泰德都是吃普通的。"泰德想把门打开，于是我递给他钥匙，笨拙地把他抱了起来，同时还在讲着电话："我晚点再联系你吧，或者你回电话给我。不着急。"我又在闲扯了，想着要不重新录一条语音留言算了。但泰德说着他"超级"想去小便，于是我挂断了电话，把泰德带进门。我把鞋脱掉后，才发现泰德已经尿在了裤子里。

# 14

波莉从学校回来后察觉到家中的气氛不太对劲。我和泰德正坐在餐桌旁，泰德正看着《无敌破坏王》，吃着波姆熊薯片。我示意波莉坐到我面前的椅子上。

"发生什么了？"波莉站在门口问我。

"你来告诉我发生什么了。"我又用手指向了椅子。出乎意料地是，波莉没说什么就坐下来了。我模仿起我妈之前生气时的样子，双手交叉抱在胸前，生气地把眉毛扬起。

她耸耸肩："我不知道，所以我才问你。"**演得真好啊**，像极了我十四岁时的样子。

"我今天下午接到了萝西母亲的电话。"

波莉的脸上掠过一丝恐惧："她打电话干什么？"

"拜托，波莉，我已经知道你上周五去同学家不是去留宿，而是开聚会去了，你们还喝酒了。是只喝酒了吗？有没有嗑药？你们有发生性行为吗？"

"什么？当然没有！天哪，我——"

"你得理解我，我不知道还能否相信你说的话了。"这是我妈的经典台词。我现在开始理解她当时所经历的是什么了。

"对不起，贝丝小姨。我知道你不会相信我的，但我现在其实很后悔参加那个聚会。"波莉哭得泪流满面，我突然有点惊慌，现在这个场面比我想象中还要严肃。

"什么也没发生是吗？有人强迫你做你不想做的事情了吗？"

"什么也没发生，只是那个聚会糟透了。你打算把这件事告诉外婆吗？"

"为什么这么问？和你外婆有什么关系？"

"我不希望她为我担心，她最近看起来身体不太好。"

波莉说得没错，但我没想到她也注意到了。我妈没和我们说过什么，但我从我爸那儿问出来我妈最近因为关节痛去输液了，之后就一直感觉不太舒服。

"我还没想好。"我是这么告诉波莉的，但实际上我已经决定了不告诉他们。不仅仅是因为我不想承认我妈所说的"我**没有**能力承担好照顾他们的责任"，也是考虑到我妈的身体情况。我伸出手对波莉说："把你的手机交出来。"

"什么？为什么？如果你想在手机上设置未成年模式就不必了，我妈已经设置过了。"

"请把手机交出来。"

她慢慢地把手机交了过来，但没有收回她的手："贝丝小姨，请不要没收我的手机。"她一瞬间从生气的语气转换成了请求的口吻，这让我又犹豫了一小会儿。

"我知道这对你来说很难，但萝西的母亲也是这么做的。所以这很公平。你能理解吗？"

"萝西的**母亲**，"她噘起嘴，气哄哄的，"你不是母亲，你什么也不是！"

"没错。"我紧握着她的手机。

波莉又哭了："你来照顾我们真是糟透了！**糟透了**！我恨你，你知道吗？"

泰德抬起头来看我，我扭过头去，不想让他看到我眼中的眼泪。我低声颤抖着说道："你可以不喜欢我，但请不要在你弟弟面前对我大喊大叫。"

"噢，你别再演了，好像你真的很关心他似的。"她从椅子上站了起来，准备回到楼上。

"你这话是什么意思？"我问她，但不确定我是否真的想知道这问题的答案。

"你明白的，你来照顾我们是因为你没得选。事故发生前你根本就没关心过我们。"说完她就跑走了，狠狠地把卧室门摔上了，整个房子都在跟着震动。我张大了嘴，凝视着她的背影。我还握着她的手机，锁屏上是一张她爸爸妈妈的照片，照片上他们傻傻地笑着，滑稽地反戴太阳镜。我把手机关机了。

波莉刚才所说的这句"**你什么也不是**"萦绕在我心头。我承认我自开始照顾泰德和波莉以后搞砸了不少事，但我一直在努力。没想到这么长时间过去了，波莉还是认为**我并不是真的关心他们**。如果她说这话是为了伤害我，那她真是命中靶心了。我坐到沙发上，把泰德抱到腿上，闻着他身上的香味。"小家伙，贝丝小姨很爱你,你知道吗?"

他抓着我的衣服问我:"我可以看《汪汪队立大功》吗?"

"你不喜欢现在看的这部电影吗?"

"我乃主意了。"

"你**改**主意了?好吧。"

泰德专心地看电视,以前他的母亲或者外婆可不会老让他看电视的。这时乔里打来了电话,我走到花园里接了。

"你好啊。"我穿了艾美的洞洞鞋,走到了花园深处的绿廊里。

"我收到了你的消息,你还好吗?"乔里人在外面,我听到了很大的风声和海鸥的声音。

"不太好,我发现上周五波莉去参加了一个聚会,但她骗我是去同学家留宿。所以我把她手机没收了,"我边打电话边来回踱步,"说真的,乔里,那天她回来的时候看起来就像是喝多了,但我没往那方面想,我以为她和朋友们彻夜不眠看电影呢。用现在的话讲,我是被她骗了。"

"哦,亲爱的。"

"他们那天待在迈琪拉家,迈琪拉的父母都不在家。"我想起来波莉之前和我聊过她在其他导师小组里认识的朋友。"等会儿,迈琪拉是不是你小组里的学生?迈琪拉·布朗。"

"是我的学生,但是——"

"所以你也知道聚会的事?"听到乔里没有马上否认,我吹了个口哨,"哇喔,谢谢你的提醒。如果你知道波莉也去的话,你是会告诉我的,对吧?"

"贝丝……"乔里叹了口气,"这事儿不应该由我来告诉你。

我会和迈琪拉的父母说这件事，因为这是我的工作职责，我是她的班主任。但我没有义务告诉你波莉的事，那是珊德福女士的工作。"

"她没有联系过我。"

"她肯定联系过了，我们在办公室里说起过这次聚会的事，所以我知道她联系过你。你查看过你的——"

我打断了他："**你本来是可以告诉我的，你就稍微提一嘴就行。毕竟这也不是什么秘密了，对吗？别人都知道有这么个聚会，所有人都知道，只有又蠢又老的贝丝还蒙在鼓里。**"

"如果我告诉你了，我就不好办了。你肯定会追着问我聚会上都有谁，我还知道些什么，其他老师又说了些什么。"

"我不会的，就算我这么做了又有什么错呢？如果调换一下立场，我肯定会告诉你的。"

"好吧……"他小声说着。

"什么就好吧？"

"没什么，算了。"

"不能算了，你继续说。"我朝着后门旁边墙上的一块苔藓踢了一脚。

"你从来不觉得'遵守职业道德'是件重要的事情，但这是我的原则。这也是为什么我相信我们的教育系统，决定把这件事交给波莉的班主任来处理。"

"教育系统辜负了我，真是多谢你。"我又狠狠地对着墙踢了一脚，脚趾头都疼了。我后退了一步，打翻了靠在墙边的一把草耙，草耙碰到了天井，发出了"哗啦"的声音。

"是什么声音？你还好吗？"

"我很好。"

"贝丝,很抱歉我没有把聚会的事告诉你。但我一向很遵守工作规定的,你是知道的。"

我把乔里惹得不高兴了,我能从他的语气中听出来。现在我感觉我也伤害到他了。虽然如果我当了老师,我是一定会把这些事情都告诉他的。但我不是老师,这个想法本身就很可笑。我回复他:"我知道。"

"好的,贝丝,我要去忙了。"

"好吧。"我咬了下嘴唇,还没来得及向他说出"其实我才该道歉,我今天因为波莉的事情非常难过",乔里就已经把电话挂了。

过了一会儿他发来一条信息,我反复读了三遍,想确认我是不是看错了,或者对信息内容有误解。但后来我发现我的理解没有问题,只是这条信息应该不是发给我的。

刚和她通完话,她有点抓狂。她很生气,但你说得没错,我不应该告诉她,这只会给我带来麻烦。我五点前就能下班了,一会儿见,爱你。

我的心沉入了谷底,这应该是发给莎蒂的吧。**"你说得没错,我不应该告诉她"**,这件事和莎蒂有什么关系呢?我想给他回个电话或者发条信息,表示我很生气,我还以为他是支持我的。但我什么也没有做,因为已经没有意义了。

"嗨,是你啊!"阿尔伯特透过篱笆看向我,他的手放在胸前,好像他受到了惊吓,"我听到有什么东西掉了,还以为是有只猫跑到了你的花园里。我正准备去吓唬它呢,让它别再往土里埋屎了。"

"对不起,其实是耙子掉了。"我指向了耙子,但没想把它扶起来。

"你还记得五号房那只猫吗?就是把你垃圾袋里的鸡架子翻出来,害你被挂在脸书社群里的主要'嫌疑人'?它很喜欢把屎埋在土里。你姐姐对这事很反感,所以我答应过她会经常帮她盯着点花园里的动静。贝丝,你还好吗?"

我摇摇头:"我今天过得糟透了。"

他盯着我看了一会儿,然后举起一根手指,好像有了个好主意:"我知道什么能帮你高兴起来。"

我勉强挤出一丝微笑:"你这么一说,我还真有点好奇。"

"你待在这儿别动啊。"他跑回到他的工具房,把头探了进去,只留给我一个穿着粗织线衣的背影。很快他又回来了,手里拿着一个用塑料包装的绿色、扁平的东西,我看不出来是什么。他递给我说:"这是晾衣夹包,这样你的晾衣夹就不容易坏了。"

我毫无征兆地开始哭了起来,哭得惨不忍睹。

"亲爱的,"他张着嘴看着我,"我还留着收据呢,你要不喜欢可以退掉。"

"我很喜欢这个晾衣夹包,谢谢你。"我试着平静下来,把晾衣夹包抱在胸前,告诉阿尔伯特我该回去看泰德了,然后便跑回了家。

晚些时候,波莉和泰德都已经上床睡觉了,我从沙发后边把双人被找了出来,对折之后盖在身上,就像没有拉链的睡袋一样。之前更冷的时候,我会把艾美的钩针毯盖在身上,但今晚比较暖和，我便把一条腿伸了出去，这样凉快点。我把灯关上，换了个舒服的姿势。我一个小时前就应该睡了，但我不停地刷乔里和莎蒂在照片墙和脸书上发布的动态，越看越停不下来。从他们发布的内容上看不出来他们是一对情侣，网上也没有莎蒂清晰一点的照片，但我从她的头像照片里看到她穿的是乔里的外套。不知道这照片是什么时候拍的，是在她告诉乔里不要和我说波莉参加留宿聚会这件事之前还是之后呢？我对乔里很生气，是因为他发的那条短信，那条信息不是发给我的，但内容却与我有关，这让我感到很孤独，好像没有人是真正支持我的。我怎么就没意识到我已经成为别人的负担了呢？"**只会给我带来麻烦，她有点抓狂**"，这就是我，又蠢又老又让人抓狂的贝丝。乔里比别人花了更长时间才意识到这一点。

我翻了个身，把腿压在被子上。我现在最想做的就是和我姐姐说说话。她要是能睁开眼，看到我一如往常地被混乱的生活折磨，然后对我说："贝丝妹妹，怎么了？"该有多好啊。如果她知道我把我生活中的混乱也带到了她的生活里，带到她家里，带给了她的孩子，她是否还会觉得好笑呢？我也不知道她是否还能对生活有所期待了。就在准备入睡之时，我脑海中闪过许多画面：波莉参加了一个她不应该去的聚会；泰德朝着天空中的父亲挥手；阿尔伯特递过来晾衣夹包；还有莎蒂穿着乔里的外套。

# 15

"天哪，拜托了。"我把头倒向一侧肩膀，又倒向另外一侧，但愿这套颈部伸展动作能让我缓和心情,别再向电脑发火了。波莉说得对,家里的网速太慢了,这也解释了道格为什么之前从来不在家办公。

过去一小时里,我一直在缓冲视频网站上一个关于联合收割机的视频,网速慢到让我想撞墙。最后我关掉了视频,打开了农场主彭黑尔夫妇的贷款申请。他们想要筹款买的这台收割机太贵了,我翻了翻笔记,上面写着这台收割机有更强的动力,运转起来也更快。虽然这**不是**我想象中的职业走向,但了解这些知识还是可以让我爸对我刮目相看的。我告诉我爸,马尔科姆让我今天去农场做信息采集,我爸听到后说他为我感到非常骄傲。但我没告诉他的是,马尔科姆之所以派我去是因为他搞错了日期,今天安排了多项工作,脱不开身。我爸总是想找个理由来夸奖我,过去三十一年里,他总是对我说:"至少你试过了,宝贝。"即便我们都心知肚明很多事我根本连试都没试过。但他总是想找到我身上的闪光点,而不会对我工作、感情、生活上的失败感到失望。我想起来我在辞上一份工作时,我妈脸上那无奈的神情。她觉得我真是难以理喻,工作了四天之后就以不喜欢这份工作为由申请了辞职。"你还没开始真正上手这份工作就辞职了,贝丝。"我的工作履历里净是这样的经历。

我邮箱里还有一封马尔科姆等着看的附件一直发不出去,我生气地用手拍了桌子,发出一声长叹。我从农场回来后应该去办公室的,但看到离下班只有一个小时了,再考虑到我妈说她会去幼儿园接泰德,再把波莉从游泳班接回来,我想我能独自在家享受片刻的清净。我想小睡一会儿,但是邮件怎么办?我该怎么和马尔科姆交代呢?这种想法倒是第一次出现。这要是搁以前,我会马上给乔里发个消息，告诉他我居然出于**责任感**而放弃了睡觉，他听到后一定会为我感到骄傲的。他到现在还没发现他给我误发了一条信息，而我也不打算告诉他。昨天他给我发了一条语音留言，想问我是否一切都好（因为我好像"怪怪的"），我回复他：生活还是**一如既往地令人抓狂**。

我正给马尔科姆编辑信息，想告诉他家里的网好像坏了，这时我发现邮件竟然奇迹般地发出去了。我高兴极了，然后意识到波莉之前说的"无线网太慢了，我都用手机的3G网络流量"并不是个谎言。我之前还以为她是想用这个作为借口来反抗手机被没收。我把她的手机没收了两天零十一个小时便还给了她，一个没有手机的十四岁少女带来的压力是我从未经历过的。青少年是永不放弃的。波莉用那双忧郁的大蓝眼睛看着我，一遍一遍地说："贝丝小姨，对不起，这次的事不会再发生了。"我总是在想她的母亲还在医院里，以及葬礼上她父亲的棺材。对于波莉来说，我不应该再给她施加惩罚了。

现在是下午四点四十五分，我还可以小睡一会儿。如果我能很快入睡的话，我能睡够四十五分钟。我把电脑关上，一头扎进沙发里，然后看到了我要拿给阿尔伯特的包裹。就再多放一会儿吧，一个小时后我就去拿给他。我闭上了眼睛。

如果他一直坐在外边等着这个包裹呢？

我又睁开了双眼，还是把包裹送过去吧，我会速去速回的。

"现在是周三的下午，"阿尔伯特从他的厨房里对我喊道，"的确是周三，因为我刚才在热鱼，周三都是吃鱼的。我吃饭都比较早。"

我坐在一张棕色沙发上。阿尔伯特客厅里的陈设不是棕色的就是米黄色的,好像有人把他屋子都涂成了这种色调。屋子里是一股香皂和二手商店的味道。他家里布置得就像是艾美家的镜像一般,布局是一样的,只是方向是反着的,这让我觉得怪怪的。

阿尔伯特端来一壶茶,两个陶瓷茶杯,一罐牛奶,和一托盘燕麦饼干。他俯身把托盘放到桌上的时候,托盘摇晃着。我才注意到他的咖啡桌也是用棕色的砖铺成的,他家里太多棕色的东西了。

我不想在他家里待太长时间,但我把包裹拿到他家厨房的时候,他已经把水烧上了,还示意我坐下来,我不好拒绝他。我看了眼表,现在是五点二十了,我已经睡不成觉了。不如就在他家吃块饼干再走吧。

"之前我总是大喊大叫,抱歉给你带来困扰了。波莉对于手机被没收这事很生气,因此家里的气氛也很紧张。"我说道,我认为阿尔伯特少说了他曾听到的我们争吵的次数,但他的听力的确不太好,所以没准他的确只听到过几次。但愿他没听到那次波莉对我说"**你来照顾我们真是糟透了!**"。

"青少年不都是这样吗?总是情绪起伏不定。"

"话是这么说,但波莉比其他青少年经历了更多的事情,所以她的情绪也更加不稳定。她对我说谎了,瞒着我去做了些很危险的事情,所以我才把她的手机没收。我可能对她太严厉了,但我也不知道该遵循什么标准。"我把波莉去留宿这件事简单地和阿尔伯特说了一下。

"你爸妈对此说了什么呢?"他问道。

"呃,没说什么。"我喝了口茶。我用一只手就能数得过来我用正经茶杯和茶托喝茶的次数,我甚至怀疑自己是否用了正确的方式来拿这个杯子。

"你在波莉这个年纪的时候,是不是也骗过你爸妈?"

我扮了个鬼脸说道:"差不多是吧。"

"他们那时候应该给过你一些建议的。"他说道。

"呃……"我低头看大腿,感到有些难为情。阿尔伯特透过他的镜片看向我。我对他说:"我还没和他们说过这事。"

"哦?"他拿起两块饼干,喝了一大口茶。

"他们不知道的话,事情反而会变得简单。"

"为什么这么说?"

"因为波莉求我不要和他们说,我妈最近身体也不好,我不想让她担心。而且……"我犹豫了一下继续说道,"我不想再听到他们说什么'我早就和你说过吧'这类的话,我妈尤其认为我没有能力。"

"没有能力做什么?"

"没有能力照顾好波莉和泰德。她已经认定我在做饭和打扫卫生等家务方面不称职了,如果我再做错别的事情,她更会认为她说的是对的了。"

"你认为自己有能力吗?"

"哎呀,阿尔伯特,现在搞得好像是个采访。"我把茶杯放到桌上,他又帮我倒了点茶。

"抱歉,亲爱的,我不是想打探你的隐私。"

我笑了笑,告诉他我不在意。"说实话,我对自己没有信心。但我姐和姐夫选择我来照顾孩子们。所以就目前来说,我必须承担这份责任。"这时我看到了壁炉上的一张黑白照片。"这是你和梅薇思吗？"照片上一对年轻的情侣手牵手坐在椅子上，眼里充满了笑意。

阿尔伯特点点头："是的，她总是那么引人注目。"

"我看得出来，她很美，你看起来也不错。"话题终于从我身上转移了，我感到很庆幸。

"很感谢你这么说。"

**他是脸红了吗？我感觉是这样的。**

我又看了看照片，"这张照片让我想起了艾美和道格，他们在一起时应该也是这样的，有种发自内心的幸福。"

"你知道吗？在他们刚搬过来时，梅薇思说过同样的话。梅薇思去他们家给他们送蛋挞，她做的蛋挞最好吃了，料很足。她回来的时候对我说艾美和道格让她想起了我们年轻时的样子。他们是很幸福的一对情侣。"

"他们**曾经**的确是这样。"我现在只能用过去时来谈论他们了，我不喜欢这样。我想起来家里那张他们在海滩上的照片，也是摆在壁炉旁边。那张照片旁边还有另一张照片，他们一家四口在中心公园度假区骑自行车，泰德坐在道格自行车后面的宝宝椅上，探出头来。我把这张照片带到了医院，放在了艾美床旁边的架子上。我知道艾美现在还不能睁开眼，但我希望等到她睁开眼的那一刻，能看到她家人的照片。我试着不去想等她醒来时我们要和她说些什么，昏迷虽然让艾美无法回到我们身边，但也同时保护着她，让她晚一些再发现丈夫已经死去。

"你找到你的另一半了吗？"阿尔伯特问我。

"我？"这倒是头一回有人这么问我。

"开卡车的那个小伙子，是叫乔治吗？"阿尔伯特指向他的窗户,"他总是很有礼貌,有一次他的车辘轹轧到我的草坪,他还过来帮我修复了。"

"哦,我们不是一对,他叫乔里,是我的朋友。"**而他现在认为我是个负担。**

"哦。"阿尔伯特看起来很惊讶,也有点失望。"抱歉,我还以为你们在约会。现在你们这些年轻的小姑娘们都很独立自主,宣扬'女权主义'是吧?"他也放下了茶杯,用手指打出了个双引号。

"你对女权主义怎么看呢?"我问他。

他靠了过来对我说:"我很害怕女权主义。"

我笑了出来:"**我是**女权主义者,但我并不让人感到害怕,不是吗?"

"你不让我感到害怕。可能是我误解了这个概念。我跟不上时代的步伐了,你还参加游行什么的吗?"

"现在还有这种游行,但不强制大家参加。现在有很多好的播客节目,你应该多听一听,跟上时代潮流。艾美还有一本书——"

他打断了我:"什么客?博客?"

"播客。"我说道,他茫然地看着我。"就是广播节目,但做成了系列,分很多集播出。有很多题材,你还能找到跟养花相关的。"

阿尔伯特不太相信我所说的:"我用收音机就能听吗?"

"你有手机吗?"

他突然从沙发上站起来:"我有手机,但不知道该怎么用。"他走向餐具柜,从一个抽屉里拿出一台手机。"这玩意儿太时髦了,我不会用。"他说着把手机拿了过来。

"时髦"并不是我对他这台手机的印象。这手机比我爸妈用的手机还要旧。事实上,我认为乔里十五年前用的手机跟这个差不多。我们惊奇地发现这手机还能照相,虽然照片像素很低,根本看不出来拍的是什么。

阿尔伯特一脸期待地看着我,我猜他是等着我夸奖他的手机,但我想不出来该说些什么。"我觉得这台手机应该听不了播客,但你把它锁在柜子里也有点糟蹋它了吧?"

"我用不到它,贝丝。如果我想打电话的话,我用座机就可以了,而且我也没有打电话的对象。"他的声音变小了,然后突然笑了一声:"梅薇思给我们一人买了一个一样的手机——不知道为什么,我只从她那收到过'短信'。"他又用手指打了双引号,好像短信是什么新鲜事物一样。他给我看了他收件箱里那唯一一条信息:

你好,阿尔伯特。

爱你的梅

我看到后笑了。他的通讯录里没有其他的联系人。

"阿尔伯特,如果发生紧急情况你该联系谁?"

他想了想说:"不知道。"

"总会有这么个人吧,也许是你的一位亲戚?"

"亲戚不住在附近。"

"那你介意把我的电话输进去吗?"我问他。他摇摇头,脸上露出困惑的表情。我接过他的手机,把我的电话号码输了进去。

"虽然更方便的方式是你直接敲墙,但如果你需要帮助的话就给我打电话吧,或者你想睡觉时,就联系我让我别再大喊大叫了。"我把手机还给了他,还是想不通为什么他手机里只有两个电话号码,而且其中一个还是属于他已经过世的妻子的。

"我不介意的,我睡眠状况一直不好,不管外面有没有噪音。"他说道。

"为什么呢?"

"我很难入睡。可能是因为白天没有什么事情会让我感到累吧。每当我上床睡觉时,身体很乏,但脑子却很清醒。"

"你应该读读书,"我说道,"这是一种放松的方式,只要你不看恐怖小说就行。"我没告诉他的是我睡前从不看书,我刷手机还刷不过来呢。或者说在负责照顾波莉和泰德之前我都是这样的,现在我一闲下来,就在网上搜索"脑损伤恢复",以及"三岁小孩应该几天大便一次"。

阿尔伯特叹了口气,眼睛看向他和梅薇思的那张照片。"我以前很喜欢睡前看书的,但——"他清了下喉咙继续说道,"我喜欢和人一起讨论书的情节,这听起来挺可悲的。我知道你们年轻人经常聚在一起聊天,或者通过手机聊天,但我们不是这样的。我和老伴只有彼此可以陪伴,至少原来是这样的。我们会同时开始读同一本书。"

"阿尔伯特,这并不可悲。"我说道,我能想象到他和梅薇思一起坐在床上看书的样子,他们的卧室应该也是棕色调的,里面的家居也都是深木色的。他们的双人读书俱乐部是我听到过的最有趣的事。"因为这个就放弃了读书有点可惜吧?"

"没有人可以分享,读书的乐趣也就没有了。我再给你倒点茶吧?"

"不用了，我该走了。"

"也是，我不该再耽误你时间了。已经占用你一个下午了，我猜你那会儿可能放下包裹就想走的。"

"不是的！"我的音调出卖了我，我的确是在撒谎。但留下来和阿尔伯特喝两杯茶并不是件苦差事，相反还很有趣。我告诉阿尔伯特不用从沙发上站起来了，但他还是坚持起身把我送到门口。他拖着拖鞋在厚重的地毯上走，地毯上有一摊芥末，打破了房间里的棕色调。我又想起了他手机里没有联络人，以及他整日坐在椅子上无所事事，到了饭点就用微波炉加热速冻食品，晚上想睡却睡不着。我这才理解了我姐姐为什么之前总是有事没事就去他家串门，她是想确认阿尔伯特是否一切安好。我没细想便脱口而出："阿尔伯特，你想参加读书俱乐部吗？"

"读书俱乐部？"

"就是读一本书，然后再交流你的读后感。应该是这样的吧，我之前也没参加过。"

"不用了吧。'关注长者'咖啡馆里就有一个读书俱乐部，那里的人看着都像一条腿已经迈进棺材里了，我和他们还是不一样的。我不想和一屋子没有牙的人坐在一起，说话都要靠喊的，因为我们都比较像马特和杰夫。"

"什么马特和杰夫？"

"就是马特和杰夫。"他又重复了一遍，好像这么说我就能听懂一样。

我摇了摇头。

"你要大点声说，我比较像马特和杰夫。"他用奇怪的口音说道。我听不懂，但它很好笑，我无法控制地笑出了声。

阿尔伯特继续用他笨拙的口音模仿说着"马特和杰夫",他不懂我困惑的点是什么,我笑得更大声了。终于他指向了他的助听器说道:"是耳背(Deaf)的意思,这是伦敦佬的押韵俚语。"

我用袖子擦掉脸上的眼泪:"我从没听过,在圣纽斯听不到什么伦敦佬的俚语。"

"这倒是,梅薇思在搬来康沃尔之前是听着圣玛利教堂之钟的声音长大的。"

我摇摇头,又听不懂他在说什么了。

"没关系,我们经常用伦敦佬的押韵俚语聊天,这是我们之间的小秘密。我忘了别人听不懂了。"

他打开前门,我迈了出去。我妈的车停在外面,我向她挥了挥手。波莉谁也不理地就跑回了屋里。

我转向阿尔伯特,对他说:"我不是让你参加'关注长者'咖啡馆里的读书俱乐部。我是说你和我成立一个俱乐部。虽然他们那个会更专业一些。"

"你和我?"

"是的,但这想法有点傻。"

我妈把泰德带了过来。泰德的衣服上沾了涂料,看起来就像意面酱。她问我们:"你们在聊什么呢?"

我挠了挠泰德的胳肢窝,他开心地笑了,嘴里还吸着大拇指。

"我们正在说想成立一个读书俱乐部。"阿尔伯特说道。

我妈笑了,但很快她意识到阿尔伯特不是在开玩笑,便捂住了嘴。阿尔伯特看向我,又把目光投向了我妈。

我真希望我刚才什么都没说。"我说过了,这想法很傻。咱们快去给泰德弄点吃的吧。"

"阿尔伯特，我从来没见过贝丝读书，"我妈说道，"有一次她从网上下载了一篇读后感当作业交了上去，结果我们被老师叫来学校谈话了。这就是抄夕。"

"是**抄袭**，妈。这都是十五年前的事儿了。阿尔伯特，谢谢你的茶点。"

阿尔伯特还是用奇怪的眼神看着我妈，但他点点头对我说不客气，然后就关上了门。泰德抱怨说他饿了。

"你给他们买什么吃的了吗？"我妈问。波莉不在楼下，看来她已经回到自己房间了。

我一天都在工作，没时间考虑给他们准备茶点。我打开冰箱冷冻室，发现幸好还有些鱼柳，便说道："可以给他们吃鱼柳三明治。"

母亲把泰德放进宝宝椅，说道："**幸好**我早上给你们做了炖菜。"她开始收拾餐桌，腾出一个放盘子的地方。她又看向冰箱："够你们仨吃的了，最好现在给泰德热一些吃，因为马上就要到给他洗澡的时间了。"

我难为情地关上了冰箱冷冻室。这份菜不是她和我爸吃剩下的，是她特意为我们做的。我问她："如果我提前给他们准备好了吃的呢？"

"我知道你不会这么做的。"

都怪我多嘴问。我帮泰德盛出一份炖菜然后放进微波炉里加热。"波莉今天游泳课上得怎么样？"

"还行，"我妈说，"我今天一直在和杰拉尔丁聊天，但偶尔从窗户往里看了看。波莉看起来很擅长游泳，你不觉得吗？她不会经常溅起水花来。"

"是的,她很擅长游泳。游泳盛会是下周吗?"

波莉之所以坚持去游泳,是因为我答应她不把上次参加喝酒聚会的事和她外公外婆说,以及为了让我把她手机还给她。

妈妈从挂在泰德椅背上的包里拿出一封信。"是的,他们得比平常更早到那儿,还得穿着游泳队的队服,因为要拍大合照。我会把这个备忘录贴在冰箱上提醒你的。"我们都知道她明天还会给我打电话说这事的,所以贴不贴的都不重要了。

微波炉响了一声,我把盘子从里面拿了出来,把泰德的竹制小叉子插进去来试下温度。

我把菜端过去的时候,泰德眼睛都看直了。"这是什么?"

"是你外婆最拿手的炖菜。"

"我想吃鱼柳三明治。"他说着,把脖子伸得老长,他以为还会再上别的菜。

"炖菜对你身体发育有好处,"我妈告诉泰德,"你也吃过鱼柳了,今天尝尝炖菜吧。"

泰德嘟起他的小嘴,我努力不让自己笑出来,但我妈还是发现了我们的小表情。走时她对我说:"明天你们九点到我们这儿可以吗?"

"好的,我和我爸要带着泰德去吗?"

"不用带他了吧。"

"带他去见见他妈对他应该是件好事吧。对艾美来说也是好事。"泰德已经有一周多没去过医院了。

"我们还不知道艾美是否能听到泰德的声音。"我妈小声说道。

"我们是不知道,但我们也不能说她听不到,对吗?"

"那就明天早上再看他表现得怎么样吧,"我妈说道,"对他来说其实挺难受的,好几个小时就那么坐在病房里,也没有可以玩耍的地方。"

**医院的确不是什么好地方**,但我不再与她继续争辩了。因为她已经说了"明天再看",其实就是"不"的意思。我妈离开后,我问波莉想不想吃点炖菜,她从房间里出来,因为刚游完泳,头发还是湿漉漉的。

"有炖菜?真的吗?"波莉说道。

"是的。"我回头看看,确保我妈真的已经离开了,接着说道:"冰箱里还有鱼柳和薯条,如果你不介意等一会儿,并且保证不告诉你外婆的话,我帮你加热一下。"

"成交,我保证不说。"她说道,穿着卫衣和运动裤走了下来。

"那就好,游泳课上得怎么样?"

她耸耸肩说:"很无聊。"

"好吧,那也要坚持去。"

"就像你一样。"她说道,这句话让我有些出乎意料。我把泰德还没动过的炖菜餐盘移开,告诉他鱼柳马上就好,他可以在等菜的时候先看看儿童频道的节目。他很喜欢这个安排。

"我们是不一样的,我没有你游得好。"我说道。

"德雷珀教练可不是这么说的。"

"**格雷格**·德雷珀?天哪,他还没在游泳池待够呢?"我想起了我还是少女的时候,每周五晚上都是在休闲中心度过的。我和格雷格·德雷珀是混合四百米接力队的队友。他做事非常认真。

"教练说你游得很好,但还没赢过什么比赛就放弃了。他负责在游泳盛会前指导我们。"

"是吗？那他很厉害啊。"我不知道这话题该怎么继续聊下去。波莉已经知道我在她这个年纪的时候放弃了游泳。父母们不是总说什么"**按照我说的做，而不是我怎么做你也怎么做**"，不知道这话从我这个小姨口中说出来是否也管用。波莉已经答应我继续去游泳了，条件是我不再提起她上次参加聚会的事。

我把一大份薯条倒在烤盘上，过十分钟把鱼柳也放进去烤。上周通过一次惨痛的教训——当薯条还硬邦邦地躺在那儿时，鱼柳已经烤干了——我才学会如何把握好这两种食物的火候。食品包装袋上写的建议烹制时间都是骗人的。今天我调整好了烤箱的时间，下午处理好了工作上的事，还在阿尔伯特家待了半个小时，这一系列事情让我觉得很有成就感。

我把泰德没有吃的炖菜倒进了垃圾桶，想着睡前让智能音箱播放《我的路》这首歌。时间还早呢。但我倒出番茄酱和鞑靼酱时，已经情不自禁地哼起了歌。

七月

# 16

"我们要迟到了。"波莉指向窗外,路上已经开始堵车了。

"我们不会晚的。"我说,但我们的确要迟到了。我给前面的车闪了下车灯,示意他从加油站赶紧开出来,但对方却没有反应。我嘟囔着:"这个混蛋,你知不知道我们很着急啊。"

"这个混蛋。"坐在后座的泰德正重复我刚才说的话。

波莉和我交换了眼神。"我说的是,这个坏蛋。"

"坏蛋,坏蛋。"泰德又跟着学舌,抱着他的大象先生玩具。

"贝丝小姨,你说的是什么?"波莉问我。

"这个不重要了,我只是不希望你弟以后在你们外婆面前骂脏话。"

我们静静地堵在周五的晚高峰中,休闲中心已经离我们不远了,但红绿灯已经变了三次,我们依然堵在路上过不去,我只好让波莉先下车。"你先去换衣服吧,我们一会儿就到。祝你好运!"我把她的游泳衣递了过去。

我好不容易把艾美的大车停好了,刚想表扬一下自己,就听到了"哐当"一声。我的车停得太靠前了,保险杠撞到了马路牙子。"哦,我——"我想骂句脏话,但通过后视镜看到后座的泰德,便把话拐了个弯,"——可真傻。"

泰德正开心地笑着。我打开车门,小心翼翼地侧身出来,避免蹭到右边的车。泰德那一侧的车距更小,我只好把身子探到后边，帮泰德解开安全带再把他抱出来。等我终于完成这一切时，我已满头大汗、气喘吁吁，还把脖子扭了一下。照顾小孩真是一项体力活啊。

从观赛台传过来的氯气的味道和观众们激动的交谈声让我想起了自己参加游泳队的那些日子。游泳是我迄今为止坚持最久的一项爱好了，但我在和波莉一样大的时候，告诉爸妈我想要退出游泳队。

场馆里已经来了不少人，前排的人都快贴到玻璃上了。我使劲往后看才找到了我爸的外套。他们坐在最后面，他们认为这是最佳观赛地点。我妈可能好几天前就把这个位置占上了。

"贝丝·帕斯科，真是没想到会在这碰到你啊！"从我身后的更衣室方向传来了声音，我转头看到格雷格·德雷珀正在朝我微笑。他以前就总是习惯面带微笑，好像生活中发生了什么有趣的事似的，但我不知道究竟是有什么趣事能让他一直保持这幅表情。

"德雷珀，"我朝他点点头，我以前只用他的姓来喊他，这个习惯还是没改，"听说你已经是德雷珀**教练**了，是吧？"

他点点头："他们不让我出游泳馆，我只好一直住在更衣室里。"

"听上去有点恐怖了。"我说道，他也笑了。他的身材看起来比以前更好了，看起来他是一直住在健身房才对。他的声音很低沉，肩膀很宽，看起来很不协调。他现在的外表和声音都像一个成年人了，我不应该感到惊讶，毕竟我们都已经迈入三开头的年纪了。

我问他波莉游泳怎么样。他告诉我波莉是他们的当家明星，或者至少她能坚持训练的话，会是游得最好的。"她让我想起了曾经的一位队友。"

"是吗？"我移开目光，转向我爸妈，"我要去找我爸妈了，见到你很开心，祝你们好运，希望你们能赢得比赛。"

"谢谢，见到你我也很开心。"他伸出手来，一时间我以为他是要拍拍我的肩膀，但他很快又把手揣回兜里了。"我听说了你姐姐和道格的事情，我为他们感到遗憾。希望你姐姐能尽快恢复意识。"

"我也这么希望。"我说道。我抱不动泰德了，把他放下来，拉着他穿过接待处和健身房之间的桌子，朝观众台走去。

"你们没聊几句嘛。"我妈说道。

"他就是问'贝丝，你好吗'，我回答他'我还好，谢谢'，不过如此。"

我妈把泰德抱起来，这样他能看到泳池。我坐得离我爸更近了一些，并向坐在我身后的女士露出歉意的微笑，她虽然来得比我早，但还是只能看到我的后脑勺。她也回给我一个微笑，看向泰德。泰德正指着泳池说他能看到波莉。带小孩出来的好处就是仿佛有了一张万能的通行证。

我随着泰德的目光看向泳池里。带着泳帽的队员们正凑在一起开赛前会议，他们都有着运动员般修长的身材。波莉在队伍的边缘，穿着深蓝色的泳衣，泳衣侧边还点缀有荧光绿色的图案。我想对上波莉的目光，但她此刻正看向水面，一副心不在焉的样子。

"我觉得她是因为紧张。"我爸说。

"是的。"我附和道。

"也有可能她是因为萝西不在，所以不开心。"我妈窃窃私语，但我怀疑方圆十米都能听到。

"萝西为什么不在呢？"

"我觉得她们可能吵架了，"我爸说，"小姑娘们不都是这样嘛，因为点小事就不开心。你原来也这样。"

我的胃里泛起一阵翻腾。我爸压根不了解发生了什么。我怀疑她们之所以吵架和那次留宿聚会有关。

波莉还没开始游，但我们还是为她的队友们加油鼓劲。格雷格站在泳池边，正解开帽衫拉链的时候和我对上了目光。真是尴尬，现在他会以为我在打量他。他在衣服里面穿了件背心。我和乔里经常笑背心太土，但格雷格穿起来还不赖。

"格雷格还是单身呢。"我妈凑近说。

"那很好，你是打算约他出去吗？"我开玩笑地说道，我已经听到我爸的笑声了。

"刚才你们交谈的时候，看得出来他很喜欢你。而且你们很久前就认识了。"我妈继续说道。

我翻了个白眼说道："不可能，我们很多年前一起游过泳，但那之后就再也没联系过了。"

"但你们这不是又重新碰上了嘛。虽然他的职业不是那么有趣，但他还是乐在其中的，而且他的身材很好，"我妈边说边摆弄手指，像是要把格雷格的优缺点都摆出来讲一讲，"你现在这个年纪不能太挑剔了。"

"你说的这些话真是让人难以置信。"

"你爸是不支持你和格雷格约会的，因为他还是希望最终你能嫁给乔里，但我告诉他这已经不可能了。至少现在是这样。真可惜啊。"

"我还和别的异性说过话呢,你是不是也希望我能嫁给他们?比如说阿尔伯特?"这时波莉来到了泳池边,作为混合接力队的第一位队员准备出场。**加油啊,波莉。**

"先是仰泳,"我爸说道,"这很难的。"

她被分在中间的泳道,站在她旁边的选手们正调整着泳镜,伸展手臂、来回摆头拉伸。他们看起来很有冲劲儿,一边热身一边听教练和队友最后一分钟的建议。波莉则显得十分淡定,她的泳镜还戴在额头上。

"她这是怎么了?她还好吗?"

"她正在进入状态呢。"我妈说道,但她的语气里透露出些许不自信。其他几位选手已经都准备好了,手抓在泳池边,一听到开始信号就准备跳入泳池。但直到格雷格朝波莉喊话,她才戴上泳镜。

"她状态不对,感觉不对劲。"我说道,爸妈没再说什么。我的心也紧张得咚咚直跳。终于,比赛开始了。观众们的欢呼声震耳欲聋,我认真地看了很久,才发现波莉并没有跳进泳道。她队友的亲友团们开始议论起来了。

"怎么了?"

"她在干吗?"

"她怎么不动啊?"

我看到波莉离开了泳池,向格雷格说抱歉。格雷格惊讶地双手抱头,他跟着波莉跑了出去,问她出什么事了。我很感激他此刻能表示关心,这比看台上的观众们要好多了。我听到有一位父亲生气地拍着玻璃说:"我们的当家运动员是谁?兰德家的那个女孩?她已经搞砸了。"还有些观众悄悄对我们指指点点的,但那个父亲不客气地说："她的确是毁了比赛。"

波莉经过我们，直接跑向了更衣室。

"我去找她，"我挤出观众台时瞪着那位愤怒的父亲说，"波莉的父亲刚去世，你这个混蛋。"

"贝丝！"我妈有点尴尬。

"别说她了，她这么做是对的。"我爸说，他还是很支持我的。我向他点头示意，感谢他对我的理解。

女孩们的更衣室里摆满了衣服、书包还有洗发水的瓶子，除了我和波莉再没有别人了。波莉弯着腰坐在一张长凳上，头发上的水滴到了腿上。我从她手中把毛巾拿了过来，披在她的肩膀上。她的额头被泳帽勒出了一道印子。我们能听到淋浴间外的赛场上传来的欢呼声，还有观众们送给获胜队的掌声。波莉因为这些声音而心烦，但没有说话。

"波莉，发生什么了？"我坐到她的身边。她擤了下鼻子，摇了摇头。"我知道你最近有点心不在焉，"我朝着泳池说道，"我知道这是什么感受。"

"不，你不知道。"她小声说道。

"相信我，我懂的。发生什么了？"

"我搞砸了。"我不知道她在指什么。她是说比赛吗？是指和萝西吵架，还是指她生活的一切都不顺心？可能这些都有吧。

一个其他游泳队的队员走进了更衣室，想使用卫生间，她轻手轻脚地走着，试图不看我们。我压低声音说道："我知道你现在感觉世界都是黑暗的，也可能会觉得一切都不会变好了，但这样的状态是不会一直持续下去的。"

"我让所有人都失望了。"她的鼻涕流了出来,我从水池边的自动出纸机拿了手纸递给她。

"你没有让我们失望。你的确今天没有参加比赛,那是因为你的心里装着别的事情。大家是会理解你的。"

"我一点**也**不**在乎**这个游泳盛会!"她突然提高了音量,吓得我跳了起来。卫生间传来了冲水的声音,刚才那位游泳队员从我们身后悄悄跑了出去。

"好吧,那你**在乎**什么?"我又拿了纸巾给她,"如果你不告诉我的话,我是没法帮你的。"

她接过手纸,擦了鼻子,说道:"你本来也没法帮我。"

"我知道我不能让你父亲复活,或者帮你母亲康复,但是——"

她打断了我,又哭了起来:"我只是希望现在这一切都不是真的。"

她说得没错,我是没法帮她实现这个心愿。我们就这么静静地坐了一会儿,直到波莉冻得打战,我便从她包里拿出衣服放在她身旁:"穿上衣服吧,我带你回家。"

她站起身,把泳装脱下来,踢到毛巾旁边。虽然这是在更衣室里,但看到她赤裸着身体,我还是感到有些惊讶。她看起来心情很不好,很狂躁。我把衣服又推得离她更近了一些,她并没有拿起衣服要穿的意思。"如果你不想游泳的话,不用勉强自己坚持。"我说道。

她疑惑地看向我:"你之前还说我应该坚持下去的。"

"那是因为我觉得你应该坚持下去。但是你说得对,我之前也没坚持下去,我也选择了放弃。说实话我现在很后悔。我希望我当时能多坚持一会儿,就像你外婆说的那样,我总是轻言放弃。

所以我没有资格劝你选择坚持。"波莉在衣物柜旁走来走去。我继续说道:"波莉,快穿上衣服吧。"想和一个浑身赤裸并且生气地踱着步的人交流下去真的很难。

"为什么?"她反问我。

"因为……"我的眼睛瞄向淋浴间,外面就是泳池。比赛快要结束了,这意味着队员们很快就要回到更衣室了。

"我不在乎别人看到我光着身子,"波莉甩着胳膊说道,"就算**所有人**都看到了我也不在乎。我一点也不在乎。"

"好吧,"我举起双手投降了,"我会在外面等你的。"

"我的脑海里一直在回放那天的画面。我一闭上眼就能看到我爸妈那天早上开车离开家的样子。"

"可怜的波莉。"我将手搭在她的肩膀上。此刻,她的面色苍白。

"这都是我的错,贝丝小姨。"她轻声说道。

"不,这些**都不是**你的错。"

"如果的确是我的错呢?"

我摇摇头:"不是的,怎么可能是你的错呢?"

她穿上了内衣。我还以为她会继续说点什么,但听到外面有人要进来了,她好像跟变了个人似的,含糊地告诉我让我忘了这一切。刚才我们之间那种气氛、我们的对话,一瞬间都消失了。那个过去几个月里一直处于防御状态的波莉又回来了。她穿上了T恤对我说:"我五分钟之后就出去。"

"聊得怎么样?"爸妈在服务台旁踱着步问我,泰德在他们身旁,正吃着一包从自动售货机里买来的薯片。

"她感到压力太大了。"我委婉地说道。

"喔,可怜的宝贝。可能是我们对她期望太大了,你觉得是因为这个原因吗?"我爸问道。

我的舌头在嘴里打转,不知道该说些什么。我应该把留宿聚会的事告诉他们。我很确定波莉有什么事在瞒着我们,但现在再和他们说这些事太迟了,我应该当时一发现就告诉他们。"**我忘了说了,她对我撒谎了,但我答应她如果她继续游泳,我就不会把她撒谎的事告诉你们。我们不想让你们担心。现在一切都挺好的。**"如果我现在对他们说出这些,只能更加印证了我是个不负责任的人。而且,波莉刚才差一点就要对我吐露心声了。如果我现在辜负了她对我的信任,她可能再也不会对我敞开心扉,把心事与我分享了。

我看到来观赛的家长们一一散开,等着自己的孩子换好衣服出来。"比赛后来怎么样了?"

爸妈看着彼此。我妈的脸上掠过一丝惊慌,我还以为发生了什么可怕的事情,但又看到我爸憋着笑。

"怎么了?"

我爸笑了出来,我妈拍着他的胳膊说道:"吉姆,这并不好笑。"

"挺好笑的,亲爱的。"他说。

"你们谁能告诉我发生什么了?"

"你爸会告诉你的。我感到很不好意思。"我妈摇着头说。

我看向爸爸,他指着刚才愤怒地大喊波莉毁了比赛的父亲说:"他后来向我们道歉了,他听说了波莉的遭遇,但他当时就是没忍住。"

"因为他儿子是接力队的最后一棒,"我妈补充道,"他为了今晚的比赛准备了很久，对他来说这太可惜了。"我妈总是这样，先让我爸讲故事，然后她再把话头接过来。

"所以他道歉了，这不是好事吗？"我说道。

"他的确道歉了，"我妈说道，同时确认那个人没有在偷听我们的对话，"我们对他说我们理解他为什么生气，并且不介意，然后他说了句谢谢……"她用手捂住脸，等待我爸把故事的结尾讲完。

"然后泰德这时候张嘴了，"我爸故意停顿了一会儿制造悬念，"泰德说：'没关系的，你个坏蛋。'"

虽然今晚发生了很多事情，但听到这个我还是开心地笑了出来。

我妈摇着头说道："他竟然会说'坏蛋'，贝丝，他是从哪儿学的？"

# 17

走向医院出口的时候，太阳出来了，于是我们便停下来欣赏窗外的野花。过去几个月，我已经适应了医院的味道，消毒水混合着食堂饭菜的味道不再让我觉得难闻了。几周前，艾美换到了布莱肯病房，我们穿过医院走廊迷宫的路线略有改变。当哈格里夫医生告诉我们这个消息的时候，我们都以为这是个好事，意味着艾美出现了好转的迹象。但换病房的实际原因是艾美的状况没有出现恶化的迹象，因此重症监护病房需要腾给更需要看护的病人。在艾美之后住进这间病房的病人大多数都已经好转回家了，而另一些则去世了。我姐的情况令医生团队感到困扰，因为她就像睡美人一样静静地躺在床上，无法与人交流，但也看不出明显的严重脑损伤或永久脑损伤的征兆。

卡莎护士是布莱肯病房的负责护士之一，她很快便成了我最喜欢的护士，因为她愿意花时间陪泰德玩。我告诉她："泰德今天又跑出去了，但愿明天他能老实坐在病房里多陪陪他的妈妈。"想让泰德老实待在医院里变得越来越困难了。

这间病房里住的病人比重症监护病房里要多，但艾美还是被安置在一个角落里，她旁边的病床现在还是空的，这意味着我在自言自语的时候能稍微不那么尴尬。今天，我带着一束薰衣草来看望艾美，这束花是阿尔伯特让我带来的。一开始我还以为他是在取笑我之前在他花盆里吐过那件事，后来我才知道他选择薰衣草是因为它的气味。我曾和阿尔伯特说过，对于昏迷中的病人，强烈的气味可以测试他们的感知程度，还能刺激感官。我用手指轻轻捻着薰衣草，闻着花香，想象着如果艾美也闻到了会有什么反应。她没有任何反应，但我还是把花放到了她的胸前。

我爸出去帮我们买咖啡了，我猜他会去一层的咖啡厅，再买一张报纸，这样他回来的时候就可以玩报纸上的字谜游戏了。他不擅长字谜游戏，我也一样，所以我们每次要花好长时间才能填满。我把外套搭在椅子上，坐得离艾美更近了一些，轻轻地握住艾美的手。她的嘴唇今天看起来有点不一样，有点微微向上卷起，像是在微笑，也可能是在做一个美梦。不知道她此刻是否的确在做美梦呢？一个长长的梦。也可能在她脑海里什么也没有发生。每次我们和医生交流，医生最后都会说：我们也不知道。艾美正在深度睡眠中，她有可能会醒来，也可能永远留在梦境中，或者出现别的变化。每次在医院时，我都不去想其他不好的可能性，只盼着她能尽快回家。但每当我回家准备入睡时，这些不好的想法又再次向我袭来。除此之外，我还要考虑波莉和她隐瞒的那些事情。

我用大拇指揉了揉艾美的手，说道："今天的好消息是，昨晚睡前我忘记给泰德换尿布了，但今天早上发现他并没有尿床。这是有点运气成分在里头的，因为大多数时候他还是会尿床的，所以尿布还是要穿的，我只是想让你知道。我没把这事跟妈说，因为上次我告诉她泰德没有尿床，她却说是因为我没给泰德喝足够多的水。我可没少给他喝水，每天他都要喝好多水。但最近他喜欢上了喝苹果和黑醋栗果汁，谁还没有点坏习惯呢。"

我认真地看着艾美的脸，她还是不能感知到我就坐在她身边，和她说着她儿子的坏习惯，她也闻不到鼻子下薰衣草的浓香。但哈格里夫医生说她也许能听到我们在说什么，所以我继续说道：

"果汁的事还算不上是什么坏消息。今天的坏消息是我把你的吸尘器弄坏了，"我停下来做了个鬼脸，但我知道并不会有人来说我，"没想到吸尘器这么容易就坏了，我不过是力气大了一点。我知道你会难过，因为它是道格送你的高级无线吸尘器。妈看出来吸尘器坏了后，我试着修过。爸很快就把保修证书找了出来，多亏了你把这些文件都按字母顺序排列好放在专门的文件夹里，为此我也很佩服你。后来我们打电话给厂商，那个人很不讲理，说我们没有按照说明书来使用吸尘器，还说吸尘器是因为'操作不当'而坏掉的。我猜你在想我是怎么用的吸尘器，我用它来吸碎玻璃了，因为我找不到簸箕和扫把，后来吸尘器发出很大的声

145

响,我没有管它,以为一会儿就好了。显然是有玻璃卡在马达里面了,吸尘器后来冒出烧焦的味道,完全坏掉了。真是对不起。"

如果有什么能引起艾美的一丝反应,那就是这个了。我能想象出平时的她会有多惊讶。我们俩如此截然不同,却是一个妈生出来的。我十分邋遢,而她却会有专门的文件夹用来放收据和说明书。

我还没来得及和她说我把她的车的保险杠也撞坏了,爸就买咖啡回来了。我看向他裤子后兜,问他:"没买报纸?"

"我忘了买报纸了,我刚才撞到医生了……"他的脸上露出一丝神秘的微笑。

我向他摇了摇手指:"你不会吧?"

已经太迟了。他放下了咖啡,假装自己进了电话亭,一圈一圈原地转着,停下后,假装撞上了人。我笑了出来。

"你真是太出糗了,"我说道,"哈格里夫医生怎么说?还是说这都是你编的?"

他搬来另一把椅子坐到艾美的床边。"我没有编瞎话,我真的碰到医生了。她应该是出来喝咖啡休息一会儿,所以我不想多打扰她,但她和我说艾美的情况没发生什么大变化。"

"嗯,没错。"我们静静地坐着,看着艾美,吹凉我们的热饮。

"你工作还顺利吗?"我爸问。

"挺好的,"我想起了我和马尔科姆上次的对话,"其实……"

"情况不妙啊。"我爸给我使了个眼神。我知道他在想什么,我也不能怪他。以前每次我们谈到工作时,我都会说我想辞职了,还会让他帮我跟我妈说这件事。

"不是什么坏事,"我说道,"其实正相反,我也不好说。"我向他简单讲了我上次和马尔科姆的对话,马尔科姆希望我在金融交易业务方面多努努力。他想把我的职务从财务助理调整为高级财务助理。这样我的收入也会提高一些。

"那就是升职了？这太棒了！"他说道，听到他的夸奖我也开心地笑了。

"其实不算是升职，也许是吧，但变化不大。我还是马尔科姆手底下打杂的，只是要承担更多责任了。"

"你想这么做，对吗？你答应他了？"

"是的。"其实这件事发生得很突然，我还没来得及考虑。马尔科姆也不像是在征求我的意见，只是向我陈述这个事实。他对我说的是"你接下来要……"而不是"你想当吗？"我其实已经感觉工作压力很大了，回到家还要照顾波莉和泰德，还要做家务。不谈我的家务水平如何，爸妈觉得我只是在应付事而已。

"这太棒了，宝贝。真的，你妈知道后会非常开心的。"我向他竖起两个大拇指，他也开心地笑了："她为你感到骄傲。"

"呃。"我将信将疑地说道。自从二零零一年我赢得了百米蛙泳的比赛之后，我妈再也没对我说过"我为你感到骄傲"这种话。她总是因为我无法长期坚持一件事情而感到困惑。去年的新年夜，当她喝下两三杯加柠檬的波特酒后，她就表达了这个意思，我猜她这样想已经很多年了。我们当时在讨论新的一年里想要实现的目标和要改正的缺点。艾美和道格带着孩子们一起加入了，我们一起吃了晚饭，然后等着乔里接我去酒吧玩。"今年，也许你会更加了解自己，"我妈说道，因为喝了酒，她的脸红扑扑的，虽然她说是供暖太足热的，"你会找到人生的方向。"

"妈，下回说你真心想说的话好吗？"我和家人们一起笑了，因为我一直找不到人生的方向。后来我就和乔里离开了。我毫不怀疑他们之后会聊起我身为一个成年人,既缺乏职业方向也寻觅不到感情,这让他们觉得好笑。

"贝丝?"我爸在问我工作的事,我有点走神了。

"抱歉,我刚才在想别的事。"

"我刚才说的是,我们应该庆祝一下。"

"其实不需要把这当个事。涨的那点工资还不够加一箱油的。"**甚至还不够修被我撞坏的保险杠。**

"好吧,我们不会大张旗鼓地庆祝的,但这是个好事。你姐姐总说什么来着?庆祝生活中点滴的成功。"

我拨了拨艾美的头发,把一缕棕色的头发别到她的耳后。"爸正在重复你之前总在说的'信条'了,你该醒过来了。"我瞄向爸爸那边,又小声说道:"爸**又**模仿了医生的那个笑话。你真的该醒过来了。"

我以为我说的这些能逗乐我爸,但他悲伤地摇着头看着我:"我不知道你坚持在做这件事。"

"什么事?"

"和艾美交流,仿佛她能听见你似的。你和她在正常地交流,但是事实上这一点也不正常。"我随着他的目光,看到头上明晃晃的灯,窗帘上的格纹图案,还有墙上的两幅画,画的分别是花瓶里的花和海面上的船只。我懂医院是想营造出温馨的气氛,但说实话不挂这两幅画会更好。

我又看向我姐,她看起来十分瘦削。我不知道是因为她只能通过食管进食,还是因为肌肉萎缩了。每次护士来帮她洗澡时,我看到她的身体都会很惊讶。这是艾美的身体,但又完全不像。

我告诉我爸:"每次我和她交流的时候,我都想象她能听见我说的每一个词。如果我不努力这么想的话，我是无法确信的。但我要选择相信她能听见，至于为什么要这么做，你是知道的。"

我爸点点头："我也会多跟她交流的。"他靠近艾美，我们三个抱在一起。"希望你能听见我们，艾美，刚才你妹妹是在说谎。我讲的那个医生的笑话好笑极了。"

返程的路上，我趁我爸没注意，将车里广播从八十年代音乐频道换到了九十年代音乐频道，但他应该很快就会发现。他总说好音乐在八十年代之后就消失了。路上我们每次都会聊艾美和道格，聊着聊着，我爸问起了我乔里的事。

"你妈和你讲过了吗？她碰到了乔里和他女朋友，叫莎蒂，对吧？"

我的心忽然沉了一下，同时泛起一阵奇怪的感觉。"她没和我说过，这是什么时候的事？"

"周末在莫里森超市碰到的，你妈说他们看起来很般配。"

"哦，是吗？那很好啊。"我把广播关了，里面正放着凯莉·玛修斯的歌曲。

"怎么了？"我爸紧张兮兮地看着我。

"我只是不喜欢这首歌。"

"我没想到还能在八十年代音乐频道听到这首歌。你和乔里还好吗？你们还是朋友吧？"

"是，也不是。"我叹了口气继续说道："我也不知道，他给我发了条信息，其实不是要发给我的，但信息内容又和我有关。"

"是吗，信息是怎么写的？"

"就是……"我还不能说有关留宿聚会的事儿，于是只是说，

"他觉得我是个麻烦，总是惹出很多事来。"

"他真的这么说吗？我还真是没想到。他一直都是你的好朋友啊，你跟他说过这事了吗？"

"没有。"每次乔里打电话来，我都找借口挂了。我和泰德在商店里还碰到过他，他见到我还是说我"行为举止很奇怪"。这也没办法，你越想表现得正常，却往往适得其反。

"唔，"我爸轻轻地拍打着方向盘，"宝贝，我们经常会说出言不由衷的话，如果他不知道你因此而伤心，他是不会感到抱歉的。你们不如约个时间出来喝一杯？就当为你升职庆祝了。我和你妈会照顾好泰德和波莉的。"

"好啊，我会约他出来的。"

"那就好。"我爸说着把广播又打开了，因为帮助我解决了问题而开心。当《爱我的原因》这首歌响起的时候，他摇了摇手指，说道："广播电台放错歌了吧，男孩时代的歌怎么会出现在八十年代音乐频道上？我要写信投诉他们。"

"是**男孩特区**。"

"是吗？那男孩时代是谁啊？"

"没有叫男孩时代的，是你把男孩特区、从男孩到男人和后街男孩这几个组合搞混了。"

"还真是，"我爸笑了出来，"男孩地带是个爱尔兰组合吧？我刚才说'还真是'的时候带着点爱尔兰口音，是不是？你姐姐很喜欢组合里金头发的那个男孩子，是叫基根吧？"

我乐得拍打着额头，等这首歌播放结束后我把广播又换回到了八十年代音乐频道，这样我爸能沉浸在他喜欢的音乐里。

我心里虽然很乐意爸妈来帮着照顾小孩，这样我就能约乔里出去喝一杯，但其实我应该是不会约他出来的。我们太久没见面了，我也慢慢意识到我做出**奇怪的举动**，不仅仅是因为他发错的信息伤害了我的自尊心，而是我对他现在有女朋友这件事产生了奇怪的感觉。如果我们约出来一起坐在酒吧里，我没准会把我的真实想法都说出来的。我嫉妒，嫉妒莎蒂，也嫉妒他们。

我们回到家后，发现我妈和泰德不在家，我爸说他出去锻炼一下，并把他们找回来。他说："你妈估计又在去公园的路上聊天呢，你想不想一起出来走走？"

"不了，你去吧，一会儿见。"我说着回到了屋里，发现门垫上有一个用棕色纸袋包着的小包裹，是通过信箱送进来的。包裹上写着我的名字。我走到厨房把它打开了。

里面装的是《简·爱》这本书。书上还装着塑料书皮，看来是从图书馆借出来的。我把书翻了过来。我自从在七年级时忘记归还三本《鸡皮疙瘩》丛书之后，就再没去过图书馆了。当时我妈给我两个选择，要么是做家务来赚取零花钱把罚款交上，要么是再也不去图书馆借书，我选择的是后者。因此现在看到这本从图书馆借来的书，甚至上面还写着我的姓名，我感到十分困惑。我在随包裹寄来的一张明信片上找到了答案，明信片上写着：

亲爱的贝丝，

你之前的那个提议很棒，我想我们就从读《简·爱》开始吧。我已经有这本书了，所以我从图书馆又帮你借了一本。下周找个晚上我们碰个面吧，你发短信告诉我你什么时间方便，好吗？这样我也能练习用手机回信息。如果你最近比较忙或者不想一起读书也没关系，把书再还给我就行了。毕竟我的空闲时间比你要多。没关系的。

祝好。

阿尔伯特

看到阿尔伯特的留言和这本书让我有了想哭的冲动。如果艾美知道我在收到邻居送的衣夹包后大哭了一场，没过多久又捧着一本书在哭，她一定会**大肆嘲笑**我的。我点开手机通讯录，找到了阿尔伯特。我给他的备注名是：隔壁的阿尔伯特。我虽然只认识一位叫阿尔伯特的，但我喜欢在名字前加个修饰词，这一点是从我妈那里学到的。她通讯录的联系人有：通排水沟的特雷弗和皮特的妻子卡萝。我点开了信箱开始编辑信息：

下周三怎么样？

几分钟之后我就收到了回复：

贝丝你好我是阿尔伯特收到你的信息我很开心下周三没问题到时见

# 18

显然，在读书俱乐部这件事上，阿尔伯特比我要认真很多。他一打开文件夹，我就看到他去图书馆打印了很多资料；现在他又要求我们坐在餐桌前，而不是沙发上。我有点后悔应该多读一点书再过来。我打开一瓶红酒,给我俩各倒了一杯。

我凑过去看他带来了什么,问他:"这是工作表吗?"

"不是工作表,更像个指导手册吧。我在图书馆里和帕翠亚聊了聊,她负责帮我们记录电脑用时。她介绍了一个网站,上面有许多读书俱乐部的指导手册,这些资料还都是免费的!我只需要花打印费就行了,每张五分钱。很神奇吧?"他高兴地递给我两张纸,看到他如此激动我也露出了笑容。"我知道你还没读完这本书,我们就读到哪儿聊到哪儿吧,你看到这儿了吗?"

"是的,马上就看完了。"我把书拿起来,把我在第五页折上的角又抹平了,这样阿尔伯特就不会发现其实我连第一章都还没看完。我翻动着书页,假装我是因为记性不好而不是没有读完。我感觉自己又回到了读书的时候。"呃,我忘记读到哪儿了,但是简已经来到了桑菲尔德庄园。"

阿尔伯特的脸上露出了笑容。我从没看到过他这副样子,即便是他之前在花园打理花花草草的时候也没有现在开心。我是之前在哄泰德睡觉的时候瞄了几眼图书阅读软件上的信息概括,没想到今天还真派上了用场。我因为之前看过同名电影,所以大概了解《简·爱》的故事情节。

"好的,我们先来讨论这个问题吧,"阿尔伯特看着他的指导手册说道,"罗切斯特先生对简·爱说:'如果你有任何与众不同之处,这也不是你的功劳。'你对这句话怎么理解?"

"我觉得他是在打哑谜。"我说道。阿尔伯特在期待我能做出一个认真的回复。我好后悔没多读一点,但就算我看了也不一定能回答这个问题。

阿尔伯特摸着下巴说道:"这句话有很多层意思。我觉得是罗切斯特先生认为简的性格很吸引他。我们要知道那个时代可跟现在不一样。我认为我对于求爱的态度和你对于求爱的态度是不一样的,而罗切斯特先生比我还要古怪。"

"作为读者,我们可以认为罗切斯特是个混蛋吗?"我说道,"这是他吸引人的特点之一吗?抱歉,对于你和梅薇思那个年代的人来说,你们可能不能接受混蛋这样的词,但我们这代人都这么说。"

阿尔伯特笑了,说道:"我觉得我们可以说罗切斯特是个很神秘的人,也有点可怜。这让人不禁想知道他到底都经历了什么。我不介意你的用词。梅薇思是个举止优雅的人,但如果要是碰到司机故意绕路,她也会骂几句的。"

"真的吗?"

"是的,她在车里生气的样子让我十分着迷。她就像简·爱一样,聪明又坚强。"

"我也经常和司机置气,很遗憾我没见到过梅薇思。"我说着,帮阿尔伯特又添了些酒。他举起手示意我不用再倒了。

我们又围绕着罗切斯特先生和简继续聊了四十分钟,其间我喝了三杯红酒。我起身想去楼上看看泰德睡没睡,可刚迈上台阶就被绊倒了。我有好几个月没喝这么多酒了。周三的晚上,和一位八十多岁的老人参加双人读书俱乐部并喝得烂醉,也不知道这是否算是一个新纪录。泰德睡着了。他穿着美国队长图案的睡衣,四仰八叉地躺在被子上,我不想冒险抽出被子吵醒他,便从抽屉里拿了条毯子盖在了他身上。我又敲了敲波莉房间的门,想问问她需不需要我帮她做点什么。毫无悬念,她说不用,便转头刷手机了。

"阿尔伯特,我们下次还是继续讨论《简·爱》吗?"我回到座位上，希望身子停止摇晃。

"你来决定吧，我们可以继续聊《简·爱》，或者我下次去图书馆帮你带一本新书回来。"

"我们读本新书吧。"我说着把《简·爱》还给了阿尔伯特。

"你不想把这本书读完吗？你可以周四再把书还我。"

"好的，那再给我两周时间好吗？还有一大半没看呢，一周之内我是读不完的。"我说道，**虽然我用了八天时间才刚看完前五页。**"你哪天方便呢？"

"我没有别的安排，贝丝。"

"好吧，你平常还做些什么呢？除了参加读书俱乐部，你之前还喜欢做些什么？"

他想了一会儿说道："去饭馆吃饭。"

"没问题，下次我们就边吃饭边读书。我也好久没在饭馆吃饭了，都不知道该去哪里。如果我们能找个周二的晚上的话就太好不过了，我妈能帮我照顾泰德并帮我接波莉。波莉要去上游泳课。当然前提是我们能说服她继续游泳。"

阿尔伯特用奇怪的表情看着我说："你不用带我出去吃饭，你已经够忙的了。"

"如果说我是真的想带你出去吃饭呢？我的确是这么想的，而且这能给我一个逃离自己家的理由。而且，除了去上班和医院之外，我也没有太多事情，更没有能让我感到开心的事。"

"那位小伙子没有约你出去吃饭吗？叫杜里是吧？"

"是**乔里**，他没有约我，因为他已经有女朋友了，所以我们最近不常见面。这件事一两句讲不完，改天我再和你细说吧。"

"是吗，我还以为——"他停住了，"好吧，算了吧。"

我将阿尔伯特的读书资料和笔记本都放回了文件夹里，帮他穿上外套，戴好帽子。他打扮得像去野外探险，虽然他住的地方离我家只有五米远。

他看着我的脸说："听到乔里有女朋友了，我为你感到遗憾。"这话听起来像是乔里背着我搞外遇似的。

"没事的，而且我们也不是——你懂的。没关系。"

他点点头，但还是露出一副困惑的神情，便踏进夜色中。我告诉他我会定好餐馆的，还会提前定好出租车来接他。我也有很久没有晚上去外面玩儿了。我们互相告别，想着他又要回到空荡荡的家里，我心中涌起了一丝悲伤，叫住了他："阿尔伯特，我能问你个问题吗？"

"可以啊。"

"你刚才说简·爱让你想起了梅薇思，所以你才选择《简·爱》作为我们的第一本书吗？"

他露出一个大大的笑容，从嘴角到双眼都溢满笑意："亲爱的，可以这么理解吧。"

我刷牙的时候，看到手机上提示收到了一条脸书消息，上面写着"格雷格·德雷珀点赞了你的头像照片"。

我把牙膏吐了出来，心里想着："格雷格·德雷珀点赞了我的头像？他这是什么意思呢？可能没有别的意思吧，只是点赞了，还是因为他喜欢这个头像？"我用热水过了一下毛巾，拧干了开始卸妆。把脸擦干后，我涂上了保湿水，然后来到了泰德的房间，看到他已经睡着了。波莉戴着耳机，我提醒她该睡觉了，她嘟囔了几句。最后我回到了楼下，坐在沙发上，手里还握着手机。

为什么格雷格·德雷珀会在周三晚上九点四十二分来查看我的头像呢？这个头像是好久以前的了，我最近也没有在脸书上发过新内容，所以他不会在主页上刷到我，这也就意味着他是特意来看我的主页。我都不记得我们加好友了。在脸书最流行的时候，有一次我们喝多了，把所有同学都添加成了好友，还在对方的留言板上留言。我点开了他的头像，是他在夕阳下的背影，其实什么也看不出来，但通过他的宽肩我能知道他的确是我以前游泳队的队友。我的手指在头像下方的"发信息"按键上游走，我在犹豫是否要发个消息。

我想到了我的姐姐。她会说睡一觉再说吧，这样醒来不会因为发错了信息而后悔。她一定会对我摇着头说："**贝丝，不要给他发信息。喝醉之后发出的消息多半都会令人后悔。**"我放下手机，然后又拿了起来。我没有**喝醉**，我是喝了几杯酒，但酒劲儿已经过去了。现在的确时候不早了，所有人也都知道不应该在喝了酒的晚上给别人发信息，除非……除非我不知道不该这么做。以前每次我喝了酒，都是给乔里发信息。在我姐出事之前，我都是和乔里一起在酒吧喝酒，那时候的生活轻松简单。现在想来，是我把一切都想得太理所当然了。现在乔里很忙，而格雷格又点赞了我的照片。

我点开了信息对话框，开始给格雷格发信息。

# 19

"马上就好，波莉。"我边走边回着邮件。我离开办公室的时候正在帮马尔科姆做账，但还没做完就先离开了，现在他找不到账目了。"算了,我还是直接给他打电话吧。"波莉听到后叹了口气,又看了眼手机上的时间。我对她说:"我保证我很快就能处理完。"

我在电话里告诉马尔科姆该去哪里找账目材料,这已经是我第三次跟他讲了,挂断电话我就带着波莉赶紧出发了。自接上波莉之后,她就没怎么说过话,我也已经习惯了。虽然她保持沉默,但我还是一直讲话,没准哪句话就能勾起她的兴趣。我说道:"公司给我加了很多活儿,我有点跟不上节奏了。"

波莉嘟囔了一声。

"说实话,我不知道我是否想要升职。"

波莉没有反应。

我换了个话题:"天哪,这附近完全变样了。你看到那些花岗岩了吗?"波莉轻轻地点了头,不注意的话根本看不出来。"你妈在上学的时候就喜欢在这边玩耍,我喜欢在科学楼后面玩儿。那些小屋还在那儿吗?到了冬天那里面**可冷了**,但是个适合我们抽烟的好地方。别把这些话和你外婆说啊。"

我们跑进楼里,穿过了走廊,这让我感到回到了少年时期,因为我以前经常走这条路。但与此同时,我又觉得自己老了,已经过去十七年了,波莉现在和我那时一样大。我在那个年纪的时候,想要搬到伦敦生活,做一名记者,或者自己做生意。但现在,我成了一个与父母同住、没有固定工作的人。我姐出事后,我还成了两名儿童的监护人。任何职业规划师都不可能预料到我的现状会变成这样。

一个看起来十二岁左右的学生负责指引,她告诉我们家长谈话要晚十分钟开始,但我们可以先去办公室等候。

"你带着我给你的时间表了吗?"波莉指向我的书包。

"带着呢，应该就在包里。"我其实在说谎，我根本没有带着她给我的时间表。今天早上我把时间记在了手上，但还是假装翻找着书包。"我可能把时间表落在办公室的桌上了，我记得和珊德福女士约的是五点三十五，"我又看了眼我手上的笔记，"也有可能是五点四十五。"

波莉小声说着："天哪，连个时间都记不住。"那位指引的学生同情地看着我们，她应该也知道了波莉最近经历的这些变故。她看了一眼手上的时间表，对我们说："波莉，给你安排的时间是五点三十五。你走到走廊尽头的历史教室，能看到珊德福女士就站在窗边。"

原来是历史办公室。波莉的老师和乔里教的是同一门课。我马上就看到了乔里，在事故发生那天他把外套借给我穿，现在那件外套就搭在他的椅子上。他正在和一位家长谈话。

在外等待了一会儿，轮到了我和波莉，珊德福女士请我们都坐下来。她推了下眼镜，看向波莉，然后又转向我："帕斯科小姐，您能来参与这次谈话我很感激。"

我笑着回答："不客气。"

"我知道过去几个月你们家里发生了变故，你们都很不容易，也知道你肩负着很多责任。"

"还好。"这次谈话比我想象得还要严肃。

"我想我们先来谈一谈波莉的成绩，"她将一张纸推到我们面前，用红笔指着纸上面的两栏表格，"这一栏是我们期待波莉今年能达到的成绩，这是基于她去年的表现而推算出来的，而这一栏是她现在的成绩，是这一年所有考试的成绩。"

"好的，"我看到这两栏表格数据上的差距，脸上的笑容挂不住了,"经历了家庭变故,波莉的成绩有点下滑也是可以理解的。"

珊德福女士笑了笑,说道:"的确,如果只是成绩有所下滑,我们倒不至于太担心,只要肯努力,成绩是会上去的。但现在我想跟您谈一下波莉最近的行为举止。"

"噢,"我斜眼看向波莉,她根本就不想参与到这次谈话中来,她正站在窗边看外面的网球场,"您是指什么行为?"

珊德福女士喝了口咖啡,向前靠了靠:"波莉,你觉得老师最担心你们做出什么行为?"

波莉耸耸肩说道:"不知道。"

"她最近表现得比较反常,原因嘛,我们都懂的。"我说道。

老师点点头,说道:"是的,我们能理解,以后也会考虑到她的这一特殊情况的。但是,她的一些举动实在太反常了,有时候老师都管不了她。她对老师们的态度很不好,总是大喊大叫,语言也很粗鲁,不守纪律,情绪上波动很大。她还总是翘课,因此我才不断向您发出邀请,想尽快和您见面谈一谈。"

"但这不是三月以来的第一次家长谈话吗?"

"是的,但过去几周我们给您发过许多封邮件,学校网站上也发过好几次消息。"

"我没有……"我看向身旁的波莉,她表现得很紧张。"我没收到信息啊?为什么没有人打电话告诉我呢?"

"信息都显示是已读状态……就在网站平台上,您点开波莉的个人资料就能看到。如果您收不到消息的话请务必告诉我们,我们希望能和家长保持畅通的交流。"珊德福女士态度很和蔼,但我还是感到被数落了一通。我也搞不懂她刚才说的网站什么的是什么意思。

她接着谈到学校也提供心理咨询服务，我刚想告诉她波莉和泰德已经被指派专门的咨询师了，如果他们想接受心理辅导的话不需要通过学校的途径。这时，办公室里响起了电话铃声，是《街头恶搞真人秀》里的音乐。我环视周围的家长，最后对上了乔里的目光。

他用唇语在说着什么，还用眼神瞄向我的脚。我摇摇头，**不知道他在讲什么**。他指向了地面，我这才发现铃声是从我书包里传来的。糟了，是我的手机在响。我手忙脚乱地把手机拿出来，把铃声关掉，肩膀撞到了桌子，把珊德福女士的咖啡碰洒了。我充满歉意地说道："天哪，太抱歉了，我这就擦干净。"

珊德福女士从洒在桌上的温热、棕色的液体中捞起波莉的成绩单，纸上的字迹已经被泡得看不清了。我从书包口袋里拿出纸巾，扔到桌上。

她举起双手说道："没关系，我们的谈话也结束了。"她扫视着我身后还在等待的家长们说道："但我想约您再来进行一次谈话，为波莉的新学期做安排。我会在软件上发出申请的。"这时，一位有着乌黑头发的老师带着一大卷手纸朝我们走来，珊德福女士对她说了谢谢。这位老师对我也笑了笑，我对她说我很不好意思，总是笨手笨脚的，谢谢她把手纸拿过来。说完之后我意识到，我好像认识她。我在哪儿见到过她来着？我拿起包，对珊德福女士说，我会在下次谈话前为波莉制定好行为准则的。"波莉，等老师们九月份再见到你的时候，你就会大不一样了，是不是？"我拿起外套回头一看，发现波莉已经走出了办公室。

"**软件，网站，邮件**，这些你都没跟我说过。我为什么没收到过老师约我谈话的邮件？"我从包里拿出车钥匙，但没有打开车门。波莉站在旁边，正用脚踢着轮胎。

她耸耸肩："你没看到吧。"

"我没收到过学校发来的任何信息，我刚和学校确认过我的邮箱地址是正确的，所以这很奇怪不是吗？"

"可能邮件直接转到垃圾邮件回收箱了。"她看着脚回答我。

"我还应该登录学校网站来接收学校的通知，对吗？你从来没和我说过这事。"

"我忘了。"

"你告诉我你在学校表现得很好，成绩也没问题。你说的这些我又怎么能相信呢？我连学校发的通知都收不到。"我打开车门进到了车里。

"我不想让你来参加家长谈话，这背后的原因不难理解吧。这是'家长'谈话。"

我想了很久才想明白她这话是什么意思："哇喔，我已经尽力做到最好了。"

"你又做得如何呢？电话铃音那么大，还把老师的咖啡打翻？太丢人了。"

我气得脸都红了，便打开车窗来透透气。"今天我的表现的确不是很好，但也无伤大雅吧。只不过让乔里看到了我丢人的那一幕。"

波莉把膝盖抱到胸前，看向窗外，说道："他女朋友也看到了。"我这才想起来，那个乌黑头发的老师是莎蒂。她看到了我出丑的样子，真是妙啊。

一路上我们都没再说话，到家后发现我妈已经把泰德从幼儿园接了回来。我让波莉先进屋，我也一会儿就进去。她把车门撞上，我一个人坐在车里。

我翻着手机里的通话记录，想找到苏西的电话号码，真正的苏西的号码。电话接通后，我问了她关于学校网站还有家长谈话的事情。

她告诉我，我可以下载一个手机软件来登录学校的网站，登入进去之后就有一个交互式的留言板。我告诉她，我从来没听说过网站的事，她显得很困惑，问我："那你是怎么预约的家长谈话的时间？"

"波莉给了我一张时间表，你们也是这样吗？"

"没有，现在不再发时间表了，都是通过线上完成预约的。波莉应该是从网上打印下来的，我也不知道她是怎么做到的。学生们都无法登录这个软件，他们有别的登录入口。"

"看来波莉有办法登录这个软件，而我却没有。"

"亲爱的，"从她的声音里我能想象到她的表情，"希望你能搞明白这件事。"

我说了谢谢，挂断了电话。我又看了眼邮箱，在里面搜索学校的名字和网站的名字，但搜不到任何信息。几分钟后，我看到了设置页面，发现是波莉设置了邮件拦截。几个月前，我的邮箱被设置为无法接收来自学校的邮件。**我可算是知道怎么回事了**。把拦截取消之后，我下载了软件，重置了登录密码。登录到学校网站之后，我看到了许多条"我"三月以来回复过的信息和通知。我今天才第一次看到。我正想着该如何跟波莉沟通这件事，手机

上收到了一条信息:

你还好吗如果你还要在车上坐一阵子的话我给你拿杯茶过去吧顺便想要问你怎么打标点符号啊阿尔伯特

我看向阿尔伯特的窗户,果然他正站在那里,一只手拿着手机,另一只手对我竖起了大拇指。他一脸期待地看着我,我很快就回给他一条信息:

我没事,在下次的读书俱乐部上,我会教你如何打标点符号的。

我在信息后面还附上了书和酒的表情符号,我看到他好奇得眼睛都瞪大了。

好的还要请你教我怎么发这种小图片阿尔伯特

我从车上下来后,也对着阿尔伯特比了个大拇指,他看到后笑了。

回到家里,爸妈正和波莉聊天。波莉对我摇摇头,意思是**不要将今天的事情告诉他们**。我想告诉她,我不想再这样继续隐瞒下去了,但我没有这么做。当我爸问起谈话怎么样时,波莉说挺好的,我也没有戳穿她。毕竟这个学期已经结束了,应该和过去几个月的生活划个分界线了。等到了九月,我就能通过软件和学校网站接收通知,到时候就会是一个新的开始了。

乔里发短信问我家长谈话后的情况，还约我下周找一天出来见个面。我不想再和他约在酒吧里了，喝多了之后我会说出心底的真实想法，这会毁了我们的友谊的。但在白天见面的话就没关系了，趁我还没改变想法，我回复了他的信息：

我很好，就是有点丢脸。下周见面没问题，周三怎么样？我们可以在外面走一走。我会带着泰德的，抱歉哈。
顺便，你觉得有人注意到我的电话铃声了吗？

很快他就回复了我：

没问题，出去走走挺好的，你也不用觉得不好意思，我也想见见泰德。那就约定好了下周三咱们出去走走，你把地点告诉我就行。
顺便，我觉得没人注意到。
再顺便，我上一句说的不是实话。

我妈侧着头看着我："你是在和谁发信息？是德雷珀教练吗？"
"不是，"我眯起眼睛，"为什么你觉得会是德雷珀教练？"
"不为什么，"她紧张地盯着手中的茶，"波莉告诉我看到你手机闪现过他发来的消息。"
"是吗？要不我把我的密码都告诉你们，满足你们的好奇心。"
我妈笑着说："不是这个意思，但是泰德和阿尔伯特说你有一个男朋友，就是昨天在花园的时候。阿尔伯特看起来很困惑。"

"你在说什么？为什么泰德会觉得我现在有男朋友？"

"他偷听我们的聊天听到的。一开始阿尔伯特以为泰德说的是乔里，但后来发现泰德说是格雷格。"

"好吧，我没有男朋友，也没有什么绯闻，下次你和邻居聊八卦的时候可以告诉他。你也不要再用这种眼神看我了。"

"你真可爱，宝贝，"我妈双手握着茶杯，"我没有别的意思，我只是说你能找到格雷格这样的男朋友都该谢天谢地。吉姆，我说的没错吧？"

"亲爱的，你在说谁？"我爸从新闻节目移开目光。

"德雷珀教练，和贝丝。"我妈边说着边朝我点头。

"没错，他是个好小伙，身材超级棒。"我爸说着又看向了电视。

八月

# 20

泰德穿的衣服有点多，一套带帽连体雨衣搭配长筒雨靴，一身亮黄色，看起来是来处理有害垃圾的，而不是来树林里玩的。我告诉过他没必要穿雨衣，会热的，但他还是坚持，我只好把里面的衣物都帮他脱掉了。好在现在天气还有点冷，又下了点雨，所以穿雨靴还不是太夸张。但从车上下来后，泰德的这身打扮还是吸引了不少路人诧异的目光，其他家长只是给小朋友们穿着卫衣和短裤。

"你怎么没穿连体衣？"乔里指着泰德的衣服对我说道。

我笑着回答："连体衣没有我的尺寸。"

"太可惜了，你怎么没能说动波莉，让她一起来？"

我摇摇头："她认为和你一起出来散步是件很丢脸的事。"

"这话可够狠的。她最近怎么样？"

"不太好，"我说道，"经历了游泳比赛之后我还以为我们关系能缓和一些，但那次家长谈话让她变得又不愿意跟我说话了，我也感到很难过。"我们停下来等泰德，他正穿着雨鞋踩水，开心地大喊大叫。

"我们是从什么时候开始不再这样的？"乔里注视着泰德。他因为工作的原因，对处于青春期的小孩十分了解，但学龄前儿童就比较陌生了。即便如此，他也还是比我更善于和小朋友相处。

"不再哪样？"我边说着边把泰德引向一条好走的路上。

"能够无忧无虑地玩耍。和大多数人的一生相比，泰德已经经历了很多的变故，但他现在依然能开心地穿着雨鞋踩水玩儿。他很懂得**活在当下**。我们是从什么时候开始做不到的呢？"

"对我来说，是今年的三月十五日，那是个星期五。"我说道。乔里困惑地看着我，他分辨不出我这话是认真的还是在说笑。我对泰德说："那边还有更大的水坑呢。"泰德听到后飞快地跑了过去。

"你是经常来这里吗？都知道哪里有大水坑了。"乔里问我。

"说实话，我不知道。我只是想让泰德朝我说的方向前进。"

"你很狡猾嘛。"

我们继续向前走，泰德每隔一会儿就会带回一根树枝给我们看，虽然这些树枝长得都一个样。走着走着，泰德累了，乔里便把他抱到肩膀上驮着走。乔里蹲下来的时候膝盖卡住了，我只好扶他起来，同时告诉泰德要抓紧，这样就不会掉下来了。这种事情要发生在以前，我会狠狠嘲笑乔里，抓着他的手臂调侃他去健身房锻炼是不是花冤枉钱了，但现在我都不清楚我是否还应该和他有身体接触。可能摸他的肌肉也算是一种越界的行为吧？就像牵手一样。现在我们两个人一起在树林里散步，**看起来**好像和以前一样，但一切都已经大不相同了。我不想先开口捅破这层窗户纸，这就像房间里的大象——或者说树林里的大象，明明显而易见，我们却避而不谈。我不是说莎蒂是头大象，从她的脸书头像和那次学校碰面来看，她更像一只羚羊。如果把我比作一种野生动物的话，会是什么呢？应该是某种懒惰的动物吧。

快要走到路的尽头了，我正抱着泰德，乔里轻微地咳嗽了一声，我还是紧闭双唇，不想做先开口的那个人。最终乔里还是屈服了，他问我："贝丝，你最近是在生我的气吗？"

他这么问很聪明，把压力又转移到我身上了。"我为什么要生你的气啊？"

"不知道，我不希望咱俩之间有不愉快。我不想这样。"他低头看着自己的靴子，那是一双健走靴，这要搁以前我也会取笑他的。

"我们没有闹不愉快，一般都要先有吵架才有不愉快。"

"那为什么感觉咱们现在相处起来怪怪的？"

我们又继续走了一会儿我才回答他："你给我发了条信息，就在上次我打电话问你那个聚会的事儿之后。但那条信息本来不是要发给我的。"我知道这么说接下来会引出一系列问题，但我不想再把这件事埋在心里了。

"你说什么？"

我从手机里找出那条短信，并把内容大声地读了出来："**刚和她通完话，她有点抓狂。她很生气，但你说得没错，我不应该告诉她，这只会给我带来麻烦。我五点前就能下班了，一会儿见，爱你。**"。

"我的天啊。"

"事情就是这样。"

"你一读出来我感觉短信的内容的确很过分，但你要知道我当时不是这么想的。"

"不是吗？我对你来说是个麻烦，是不是？我知道我经常会反应过激，但我不希望从你口中听到这样的话。尤其是你和她说这样的话。"

"和谁？"

我翻了个白眼说道:"莎蒂啊,你以为我在说谁?"

"那条信息不是发给莎蒂的,我是给我妈发的。"

"什么?"我又读了一遍短信的内容,"但是——"

"我得知波莉参加了那个聚会后,一直在纠结是否要告诉你。所以我就和我妈说了,她问我是怎么想的,我告诉她我希望由学校来出面解决这件事,这样我就不会说错话或者向你说太多不该说的。所以她才说我不应该告诉你,那天晚上和你通过电话之后,我是要去找我妈的。"他看起来很难为情:"她每周三都来帮我洗衣服。"

我笑了出来,没想到他会和他母亲说这么多关于我的事。"我还以为……对不起,是我犯傻了。"这时泰德走了过来,递给我一颗松果。我夸奖了他,让他继续去寻找。我接着问乔里:"那你和莎蒂相处得怎么样?"

乔里斜了我一眼,想试探我这个问题是否有别的含义。"我俩相处得很好,多谢关心。现在学校放假了,我们经常能见面。"

看起来他俩相处得不仅不错,而且还是"**很好**"啊。

"真不赖。"不赖?

"我们不过才刚开始交往。"

"我为你感到高兴。"我这么说,不是因为真的为他感到高兴,而是该说这样的话。

泰德有点烦了,于是我从包里拿出了零食。我们离停车场已经不远了,我把泰德抱到一张长凳上,递给他一袋酸奶,坐到了他的身旁。

乔里还是站着,说道:"和你聊莎蒂的事儿让我觉得有点尴尬。我也不想尴尬。我觉得是我有点内疚吧,我现在一切都挺好的，而你有许多要操心的事。"他不自在地摆弄着手表。

"你这就说的不对了，虽然我是挺忙的，但我也需要听到一些好消息啊。看到你很幸福我也很开心。"

"那就好，对了，我还得多谢你呢。"

"谢我什么？"

"我和小莎的事。"他用了爱称。

"怎么讲？"泰德把酸奶挤了一脸，我从包里拿出纸巾帮他擦掉。我不明白乔里如何坠入爱河的，这是我的问题。

"是你让我去追求她的。"

"是吗？"

"还记得我们在酒吧的那晚，那之后第二天就是……"

就是艾美出事的那天。我点点头，我隐约记得那晚我在酒吧抱着台球杆跳舞来着。

"你一直很激动，总是提起莎蒂，所以我们给她发了信息。"

"什么叫'我们'给她发了信息？"我可没有给她发过信息。

"信息是我发的，但内容是我们一起写的。是你让我发的，贝丝。你真的不记得了吗？你是喝了不少酒，但你应该没有断片儿，"他摇摇头，"所以后来我们又出来喝酒时，我说我向莎蒂表白了，希望她能做我的女朋友。我觉得这没什么可惊讶的。"

"是我写的信息帮你把莎蒂追到手的吗？"没想到当时是我鼓励乔里去试一试的，我真是厉害啊。

"大概是吧，我本来希望你俩能成为好朋友。但是，好吧，我也说不好。"乔里皱了下眉。

"说不好什么？"

"每当我和莎蒂聊起你的时候，她的反应都比较奇怪。人们都不太能接受异性之间有纯友谊，是吧？"

"你说的没错。"

"有时候我会觉得她想——"

"我想要大便。"泰德打断了我们，这个时间点找的真是好。

"这里没有卫生间，我们十分钟就回家了。你能坚持一下吗？"

他换着脚跳来跳去："我忍不了了。"

"好吧。"我把泰德抱了起来，帮他脱掉了雨靴和裤子。

"就这样吗？在这里大便？"乔里环视着周围说道。

"让大便成为大自然的养料吧。"我告诉他，他惊讶得眉毛都要飞到天上去了。我看到后笑了出来。

"就在**这里**？"

"不是这里，在长凳下大便不太合适，毕竟人们还要来这里野餐呢。你先帮我拿着这个。"我将泰德的衣服递给他，拿起纸巾，把泰德抱到一棵大树后面。泰德的确是憋坏了，还是拉在了裤子里。我从树后朝乔里喊道："帮我从包里拿一条新裤子和纸尿布好吗？"

乔里把书包拿了过来，瞄到了树后的情形。"**天啊，他都吃了些啥？**"

泰德笑了，他的屁股还露在外面。乔里把新裤子和尿布递了过来，另一只手捂在嘴上。帮泰德弄干净之后，我们又回到了小路上。乔里看到我手上的脏尿布，里面还包着泰德的脏裤子。我把裤子绑到了书包的带子上。

"裤子就直接扔到垃圾桶了吗？"

"不是的，要看裤子到底有多脏。如果每次都这么处理的话，泰德该没裤子穿了。脏裤子用热水洗洗就干净了。我现在唯一没看懂的就是洗衣机上按钮的标识,有一次我应该是把水温调得太高了,所有衣服都缩水了。波莉的运动短裤也在其中,她目前还没发现。现在这条短裤估计只适合泰德穿了。"

泰德跑在前面,模仿着乔里刚才说的话:"天啊,他都吃了些啥啊?"

"我才没有这么说!"乔里笑着说。

"说实话,他模仿得挺像的。泰德,等等我们。"泰德没有停下来,我只好一路小跑追上了他,拉着他的手,一起走到了停车场。

我们是开两辆车来的,一辆轿车和一辆卡车,现在想来这很愚蠢。我那会儿还因为短信的事情在生乔里的气,所以告诉他我们直接在停车场见,结果现在发现是我误会了。就算没有这件事,我也会因为想到他和莎蒂一整个暑假都在一起而难过。我们走到卡车旁边,乔里从外套口袋里掏出了钥匙。他问我:"我忘了问你了,你和阿尔伯特的读书俱乐部办得怎么样了?"

我皱了皱眉:"我跟你说过这事吗?"

"说过啊。"

"好吧,"我完全忘记了,"非常好。"不是说反话,我的确是这么想的。

"太好了,我也很高兴。"

"谢谢,那就下次见吧?几周后的Ju Hui你会来的吧?"我看向泰德,用拼音读出了"聚会"这个词,因为泰德还不知道几周后有聚会。泰德的生日在九月,但是艾美总是在暑假提前帮他过生日。我还没有开始准备,也没邀请大家。"你多带一个人来参加也没问题。"

"把日期发给我吧,我看看我是否有空。不过我很愿意参加聚会。今天也谢谢你啦。"

"我猜你在和莎蒂约会的时候,是不会经历帮小孩处理大便这种事情的。今天的经历会让你很难忘的,你懂我的意思吧。"

"和贝丝出来玩儿总能收获新的体验。"乔里在我脸颊上轻轻吻了一下,然后揉了揉泰德的头发:"小家伙,再见啦。"

"再见,现在可以吃午饭了吗?"泰德问我。

我俩走到车边,我把泰德抱到了座位上:"没问题,一到家我就帮你做午饭。下午我们可以和外婆一起去医院看看你妈妈,好不好?"

泰德想了一会儿说道:"我想吃芝士奶酪卷可以吗?"

"可以。"我准备开车门时,看到乔里的卡车开了过去,我朝他挥了挥手。我以为他是要跟我说点什么,后来才意识到他是在用车载电话通话呢。他人还没离开停车场,就开始讲电话了。

"再吃点小熊饼干可以吗?"泰德还在跟我点餐呢。

"你想吃什么都行。"我目送乔里的车驶出停车场。

## 21

我以前认为,如果你在清醒的时候来到一家有架子鼓和贝斯的酒吧,那便是来到了地狱。但现在我发现我错了。当我在我姐家的客厅参加泰德的四岁生日聚会时,我觉得这才是来到了地狱。三个小孩正围着咖啡桌跑来跑去,他们用非常尖锐的嗓音在大喊大叫,吵得我耳膜都要破了。我妈不知道从哪儿找出来许多防撞贴粘在桌角上。

"莫莉亚，这真是个好办法。"一个孩子的母亲正指着防撞贴称赞我妈，我压根不知道这人是谁。

我妈笑了笑："艾美有一个抽屉专门用来放这些小东西，她收拾得非常好。"我没有看我妈，但我能想象她在说**她收拾得非常好**时一定瞄了我一眼。我忍住不让自己朝她打个哈欠。

泰德脱掉了短袖，把衣服套在头上跳来跳去的。其他小孩也都脱掉了几件衣服。我探身扶起了一盒餐具柜上差点被打翻的橙汁。我妈来到厨房，看看香肠卷做得怎么样了。我有点希望香肠卷烤煳了，因为此刻我正坐在一位孩子母亲身旁，紧张得腋下不停冒汗，我完全不知道该和她聊点什么。就算泰德是我自己的孩子，我也不知道该如何和其他家长交流。

我说道："看来是孩子们摄入的糖分在起作用。"

她微微笑了一下说道："其实不是这样的，摄入太多糖分会在一小时内消耗人体体能，而不是让人更有能量。"

"是吗？"我说着，躲过了朝我头上飞来的枕头，"但解释不通为啥这些小孩还是这么亢奋啊。"我说完才意识到这位母亲已经走开了，她去和其他几位妈妈聊天去了。这些家长都穿着工装服，头上戴着丝巾，就像那张复古的战时海报"我们可以的"里那位女士一样。不过她们没有挽起袖子露出肱二头肌，而是拿着塑料杯和一小袋酸奶葡萄干。不知道这位妈妈说了什么，其他几位家长都转过头来看我，可能觉得我用"亢奋"这种词形容小孩子不合适吧。但她们要搞清楚，她们明明是来我家做客的客人。

"没什么可担心的，她们聊的不过是'**周三我们都穿粉色或者牛仔吧**'这类内容。"凯特坐到了我的身旁，她问我："你还好吗？"她的女儿蕾拉跟在她的身后。

"我没事。"

她听到后扬起了一只眉毛。和刚才那几位孩子妈妈比，我和凯特还算是熟的。她是艾美的朋友，虽然认识时间不长，但关系很好。所以在她面前，我愿意说出一些真实的心里想法。

"实话说，我觉得自己现在来到了地下第七层地狱。除此以外都挺好的。"孩子们的尖叫声越听越像是恐怖片里才有的那种了。我们回过头，发现身后有两个小孩正在打架，一个稍微大一点的小姐姐劝阻了他们。她分到的薯片不够吃，把自助区剩的都吃了。

"巧的是，但丁地狱的第七层的确是暴力。"凯特告诉我。

"真的吗？那第八层是什么？"

"是欺骗。"她用故作正经的语气讲着这个笑话，逗得我哈哈大笑。

"作为孩子妈妈，经常会经历这种事情吧？这算是你们的一种社交活动？你们**真的**想参与这种活动吗？"

"当然不了，还有比这更糟的呢，"她环顾四周，然后纠正了自己刚才的话，"抱歉贝丝，我不是说今天这个聚会很差劲。算了，我还是闭嘴吧。"

"我只是希望聚会能尽快结束。什么时候能开始玩击鼓传礼物的游戏啊，然后我就可以让大家都各回各家了。"

"我觉得应该快了吧，你准备礼品袋了吗？"她问道，但我的表情已经表明了我没有做礼品袋。我只是安排了击鼓传礼物这个环节，因为我妈都已经准备好了。"那你这儿有气球吗？人们在聚会上看到生日蛋糕或气球，就知道聚会快结束了。就我个人而言，我更喜欢礼品袋。因为当你把礼品袋送给别人时，其实就是在告诉他们该离开了。'送你个塑料袋还有一片蛋糕，聚会结束了，拜拜。'"

我觉得凯特说的有道理，于是便对她说："我现在去准备一下。"

"我来帮你，"她说道，"蕾拉，你去找泰德玩好不好？"蕾拉乖乖地朝小朋友们走了过去。能和伙伴们一起玩耍是件让人多么开心的事啊。我只有在喝多了汤力水兑杜松子酒后，才能和陌生人聚在一起。

父亲在厨房，对着一个便携CD机生气，他看起来很焦虑。

"爸，你还好吗？是听够了儿童舞曲，想听点摇滚吗？"

他似笑非笑地说道："别开玩笑了，CD机总是卡顿，我还需要它来播放音乐呢，一会儿玩击鼓传礼物时用。"

"不用CD机也可以，用我手机来放音乐吧，"我对他说道，"用找歌软件来准备一个儿童聚会歌单。"

他看起来更焦虑了："我不会用找歌软件。"

"我来操作。"我说道。

"你可以吗？"他还是不放心地问我。

"我可以的，稍等……"我把手机举到耳边开玩笑地说道："是一九九五年打来的电话，要把CD机收回去了。"

父亲放弃了尝试，他把CD机放回了车里。波莉在楼梯下徘徊，刚想回到楼上就被凯特叫住了。

"原来你在这里！波莉，来帮我们准备气球吧。"

没想到波莉竟然答应了。她可以无视我，但她还是知道要照顾客人的情绪的。我们三个站在角落里，吹着气球，把蛋糕放到印有小猪佩奇图案的纸巾上。当然了，纸巾也是我妈准备好的。

凯特问了波莉一系列问题，但波莉不是所有问题都回答了。凯特还在继续问，我很感激她，决定分给她一大块蛋糕。

"你搞清楚那次手机事件是怎么回事了吗？"凯特递过来一些纸巾，同时问着波莉。

波莉的气球还没有吹好，就飞了出去，在我头上飘着，直到没气儿落了下来。

"什么手机事件？"我一边问，一边舔掉手指沾上的毛毛虫蛋糕糖霜。我和我妈说我来"负责蛋糕"，她以为我要自己做蛋糕，但其实我是买了两个毛毛虫蛋糕。

"没什么，"波莉说道，"就是脸书上的一件小事。"

凯特皱着眉说道："是吗？我上次见到你妈，还是在她没发生车祸的时候，她因为这件事很焦虑啊。"凯特之前经常来家帮艾美照顾孩子。

"什么事情啊？"我又问，我不记得艾美因为什么手机事件而焦虑。

"当妈的都这样。"波莉说道，她的语气听起来很无所谓，但我看穿了她的表情。她也知道我注意到了，所以一直在回避我的目光，假装清点蛋糕的数量。上次我在抽屉里发现那封银行贷款预约信，她也露出了这幅表情。

凯特没有注意到不对劲，继续说着："是不是和你要卖的一部手机有关？还是和脸书有关？我记不清了，我只记得上次我们一起照顾蕾拉和泰德的时候，她看起来很担心。我该去看看蕾拉了，她很久没有去上厕所了，她一玩高兴了就会忘记这事，小孩不都这样吗？有一次……"

我微笑着点头听她提起一个小事故，但目光在波莉身上，我发现她趁着凯特转移话题的工夫偷偷跑回了楼上。她从没和我讲过什么手机事件，我姐也没和我说过。我只知道在车祸前几周，艾美提到过波莉把她的旧手机卖了。为什么卖手机的事情过去这么久了，她还是焦虑呢？难道是凯特记错了？可是波莉为什么也像丢了魂儿似的？

我妈来了，到了击鼓传礼物的时间了。我对凯特说谢谢她帮忙，然后跟我妈一起来到了客厅，孩子们已经在地毯上围成一圈坐好了。

"你知道现在要做什么吗？"我妈问我，好像我是要做什么高难度任务似的。我不过把刚下的音乐《儿童派对超级混音》放出来就好了。

"我知道。好了，大家都准备好了吗？"我问道。

孩子们大声说"准备好了"，激动地拍手跺脚。我放了音乐，孩子们开始传礼物——其实更像是把礼物扔给彼此。我看到一个梳着双马尾、穿着亮闪闪的独角兽图案衣服的女孩用很慢的速度传递着礼物。我在此时停下了音乐，让她获得了手中这包哈里波软糖。那几位穿着工装服的妈妈因为这一偏心行为十分生气，我回给她们一个大大的笑容。其中一位家长不让她的女儿吃聚会上的戒指糖和巧克力手指饼，在她们看来软糖算是个违禁品。

我继续放音乐。双马尾女孩的妈妈在她耳边说，用正常速度传递礼物，不要故意放慢速度。我看到小女孩翻了个白眼，对于一个三岁孩子来说这太有趣了，于是我又让她赢得了第二份礼物。游戏继续，传递礼物也越来越激烈了。有一个小朋友很担心音乐在他拿到礼物的时候停下，所以他传礼物的样子就像是在传递一个定时炸弹。还有一个小朋友因为被礼物砸到脸上，哭了起来。

我脑子里还在想着波莉的事情，想着那些她对我有所隐瞒的事情。自上次发现那封银行预约信，我就觉得有点不对劲了，现在又冒出来一件我闻所未闻的手机事件。我希望她能把这些事情都告诉我。我没有侦探一样的超能力，我只希望她能对我说实话。艾美如果发现波莉做了什么坏事，是会告诉我的，可是手机事件她也没和我说过。到底是怎么回事呢？

"真是服了，贝丝，你连这一件事都做不好。"我妈来到我身旁。

"怎么了？"我低头看手机，发现我不小心把音乐关掉了。孩子们都哭了起来，有一位妈妈也跟着哭了。我担心刚才我是不是在不经意间说了什么脏话。我妈从我手中把手机拿了过去，重新播放了音乐。所有人都看向我。我不知道发生了什么。

"你给了玛蒂尔达两份礼物。"我妈说，她还在强颜欢笑。我茫然地看着她。"礼物和人数是一一对应的，所以每个孩子都有礼物。如果有一个小朋友赢了两份礼物，那么就会有人得不到礼物。这是生日派对的常识。"

"是吗？我就是罪人了吗？我不过是让一个小朋友拿到了两包软糖，又没给他们宠物食品。"

她低声对我说道："问题是拿到两份礼物的小孩是**玛蒂尔达**，她不懂得和别人分享。"

游戏还在继续，但我从来没见过孩子们这么伤心。玛蒂尔达退出了游戏，她妈妈把她抱在腿上，梳着头发帮她平静心情。

"好吧，我很抱歉。我没想这么多。"我没想到我在错误时机暂停音乐会引起这么大的骚动。我想着借此机会跟孩子们讲一讲人生的一些道理，不是所有人都能在游戏里获得胜利，人生就是这样，有的时候别人会赢得两包软糖，而你一包也没有。我还没开口，我妈就抢先了。

"贝丝，这就是你的问题。你从来都不会多考虑一下。"

好吧，我生气地把手机留在那里走了出去。外面很热，我坐到了一张长椅上。我之前建议把聚会移到户外进行，但其他人都觉得不应该把孩子直接暴露到艳阳下，难道他们的孩子是不能见光的吸血鬼吗？

后门打开了，我暗自祈祷别是我妈出来了，我可不想再听她对我说教了。

"在某个时区里，现在应该已经到了下班喝酒的时间了吧？"凯特拿着一瓶起泡酒和两个马克杯走了过来。我明白我姐我为什么会喜欢她了。

"如果你被击鼓传礼物游戏开除了，那么想什么时候喝酒都行。"我说道。

她在一个马克杯里倒满气泡酒给我，说道："马克杯可以帮我们掩饰一下。如果待会儿他们发现了，我就把酒瓶子藏到堆肥桶后面，然后说咱俩是在喝咖啡。"

"很聪明嘛，我喜欢这个办法，"我说道，"为什么没人告诉我玛蒂尔达是个小混蛋呢？为什么大家会默认我就该懂得这种事情啊？"

凯特咳嗽了一声，喷出了一口酒，我俩都笑了出来。"你不能用'**小混蛋**'这种词来形容小朋友，"她压低了声音，"但是，玛蒂尔达的确是个小混蛋。"

"好吧，我现在知道了。但也没人会再让我来主持小朋友的生日聚会了。"

我们又喝了一杯酒，这时我爸拖着泰德朝我们走了过来。他把手机还给我，它还在放着《恰恰舞》的音乐。

"宝贝，你能照看一会儿泰德吗？客人都离开了，你妈想快速地把屋子收拾一下。"我爸手上戴着橡胶手套，还拿着个垃圾袋。

我朝他比了个大拇指，我宁愿照顾泰德，也不想回屋子里面对我妈。她就跟着了魔似的。

"我的朋友们都回家了。"泰德爬上了长椅，坐到了我的身旁。

"是吗？"我心中窃喜，太好了，"你们玩得开心吗？"

他点点头："我在吹蜡烛的时候许了两个愿望。"他看起来很开心，并没有因为蛋糕不是家人亲手做的而伤心。

"不要把愿望说出来哦，说出来的话就……"凯特说道，但泰德还是把心愿说了出来。

"希望妈妈能醒过来，"他说着，举起一根手指头，"希望爸爸能从空中飞回来。"

"我们的心愿和你一样。"我说道。

"但你没有在生日的时候许愿。"他说着，两条腿在长椅下晃来晃去。我和凯特对视了一眼，心中都感到有些难过，但都没再说什么。我好希望泰德的愿望都能成真，但我知道其中一个愿望是不可能实现了。而另一个心愿，虽然我们有时期望过高，艾美也出现了一些"好的征兆"，但最终也不一定能成真。

"我待会儿可以再吹一根蜡烛吗？"他用期待的眼神看着我。我不知道他的第三个愿望会是什么。

"我们没有剩多少蛋糕了，可能只有半块毛毛虫蛋糕，但我们可以再插上根蜡烛。"

"我要为小砾许愿。"

"小砾？是某种石头吗？"

"贝丝小姨，你好傻啊。"泰德咯咯地笑了起来。

凯特也笑了："是《汪汪队立大功》里的小砾啦。作为四岁孩子，他的语言表达能力很强，他很聪明。"

"是吗？我不知道他这个年纪的小孩语言表达能力该达到什么水平。"

"他的水平是很高的。"

"好吧。"我说道。我收到了乔里发来的信息，他说今天没能来参加聚会感到很抱歉，明天他会带着泰德的礼物过来的。

我叹了口气靠在了凯特身上，问她："还有咖啡吗？"

## 22

阳光透过窗帘射了进来，照在我的脸上。我翻了个身，紧闭着眼睛，想接着睡会儿。我没从沙发上起来，就已经能感受到宿醉的威力了。我身上都是一股霞多丽葡萄酒的味道。**我就知道**会是这样。虽然睡前我刷了两遍牙，还喝了好多水，葡萄酒味还是萦绕在舌头上。和之前的我相比，我这次其实喝得不是很多，但之前的那个我不需要第二天起来做早饭和照顾孩子，只会一整天都躺在床上。我可以怪凯特在白天就勾着我喝酒，但我后来看《诺丁山》电影时又开了一瓶酒，这就不能怪到她头上了。这是艾美最喜欢的电影，我昨晚就是想看休·格兰特的电影。

楼上静悄悄的。泰德和波莉应该还在睡觉。我拿过手机想看眼时间，发现关机了，估计是没电了吧。我坐起身，瞄了一眼艾美放在壁炉上的表,上面显示七点三十分。天啊,我睡过头了。我把手机连上充电线开了机,心中责备自己为什么昨晚睡觉前要关机?我戴上了眼镜,但又不确定我现在这个状态是不是不戴眼镜更安全呢?

我不想点开信息,但又不得不这么做。

天啊,我和乔里发了一长串信息。真的是一长串信息。但这些信息几乎都是我发给他的,他回复我的很少。我没有看内容,但是想把这一串信息删掉。可我又不可能把乔里手机里的信息也删掉,删了又有什么意义呢?

我决定还是先去冲个澡。我一会儿会去看这些信息的,不过我需要先找个舒服的地方躺平。我踮着脚来到楼上,地板还是发出了"咯吱"的声音。我听到泰德的房间里传出了鼾声。我现在感觉还好,还是能起来活动的,只不过还是有点头疼。

我来到卫生间,轻轻地关上了门,打开了水龙头。我从艾美放洗浴用品的小篮子里找到了去年我送给她的高级泡泡浴液,她没怎么用过,不知道是因为没时间泡澡,还是不舍得用洗一次澡合一块五毛钱的东西。我猜是后者。她从没给自己买过什么贵的东西,我却正好相反,虽然没什么钱但喜欢买高级货。我脱掉了睡衣,挤了一些浴液开始泡澡。

我想边泡澡边开始读阿尔伯特帮我借来的新书,但书放在楼下,我懒得再围上浴巾跑下去取了。读书俱乐部第二次活动的时候我们没能出去吃饭,下周二我们就要进行第三次活动了。在此之前,我要赶紧把《小妇人》读完,或者至少粗略翻翻。

浴液的香味沁人心脾,浴缸的水还没有放满,我就心急得把脚伸了进去。水好烫啊。我想如果我在浴缸里泡澡的时间够长,就能洗掉身上的酒味了。我打开了冷水,从边上拿起个塑料杯,接了杯水喝掉了。我认为在泡热水澡时喝冷水是人生的一大乐趣。虽然用玻璃杯喝水更好,但眼下我只能找到一个乐高塑料杯,还是儿童套餐附送的,平常是用来接水帮泰德洗头发的。这杯冷水喝起来让我感到很舒服。浴缸里的水放满了,我坐了进去,用毛巾把手擦干,拿起手机看看我昨晚闯下的祸。我连发了八条信息才收到乔里的回复。整整八条。我原来可没有这么卑微啊。喝多酒之后,我在信息里说了太多平常不会说的话,现在悔不当初。

晚上8:05
乔里,你在干什么呢?

晚上8:06
你怎么样?先别把你老师判作业的红笔拿出来喔。我这是在模仿《盖文和史翠西》里的奈莎,不过短信没法把我的语气表达出来。

晚上8:35
听到你说你明天会过来我很开心,我还以为自上次我们在树林里的那次经历之后你就不想再靠近小朋友了。你毕竟没有那么胆小嘛。你是在莎蒂家吗?拍你一下。

晚上8:37
('拍你一下'是以前我们发消息的时候常用的词,如果对方没有回复你消息的话,我们就会发个'拍你一下'。我只是想发来提醒你一下,怕你忘了,也怕你误会我因为你在莎蒂家而不高兴。)拍你一下,哈哈。

晚上9:17
你是打算不理我了吗?我做错什么了吗?软件提示我你一直在线,但你就是不看我的信息,你可真棒啊……

晚上9:28
看来你是不打算理我了。

晚上10:04
乔里,我很想你。你有了女朋友之后,我表现得很不对劲,我很抱歉。但你要知道我为什么会这样。这也是为什么上次我们谈到这事的时候,我们之间很尴尬。至少我是觉得很尴尬。我们能谈谈吗?

接下来是我发的最后一条信息,也是我在看完《诺丁山》并且喝光了一整瓶酒之后发的。我打了很多错别字,但乔里还是能看懂我在说什么。

晚上11:25
很遗憾我们现在便成了这样。我已为我们的友青是与众布同的。不知道我们现在关系这么干尬是否还能算作盆友呢?和沙迪过得开心。不对,是XIAOSHA。

晚上11：40

贝丝，晚上好。看得出来你喝多了。你打了好多错别字，你也说了很多平常不会说的话。抱歉我回复得不太及时，我一整晚都和XIAOSHA在一起。我的手机每隔五秒就响一次，都是你发来的信息。她对此也有点不高兴，托你的福，我们吵了一架。你喝点水去睡觉吧。明天见。

我叹了口气，把手机放到了地板上，潜入了水里。我为什么要发那么多条信息？发完第一条信息之后乔里没有回复我，我应该就此打住的。我真的没必要继续用信息轰炸他。这样显得我十分卑微。还有拼写，天啊，我打错了那么多字。"不知道我们现在关系这么干尬""是否还能算作盆友"还有"和沙迪过得开心"，这种拼写错误要放在以前，我和乔里看到后会爆笑不止的。但现在可不能发个表情符号就糊弄过去了。我用了"XIAOSHA"来指代乔里的女朋友，这其实有点过分了。我真不知道是该大喊一声还是大哭一场。就在我不知如何是好的时候，泰德揉着眼睛闯了进来。

"泰德你好啊，你睡得好吗？"

他眨眨眼："我要上厕所。"他连一句**早安小姨**都不跟我说。

"好的，你要把纸尿裤脱掉。你可以自己上厕所吗？你把裤子脱掉坐在马桶上就可以了。"

他刚睡醒的状态看起来可爱极了。"你有胸"，他看着我的胸说道，"我的妈妈也有胸。"

"你说得没错。要把小鸡鸡也放进去喔。"

"你的小鸡鸡在哪儿呢?"他瞄向我这边,正在我身上找呢。

我把腿交叉搭在了一起。"我没有小鸡鸡,我们在游泳的时候解释过这个事情,还记得吗?"

"好吧。"他说道,他似乎觉得我没有小鸡鸡是件很可惜的事情。

"你尿完了吗?"

"没有。"

"好吧。"我边说着边往身上涂着浴液,突然间我发现,离我一臂之远的泰德正在马桶上大便。这一下就破坏了我精心营造的泡澡氛围,这个味道不太怡人了。

"我拉完了。"泰德边说边撕手纸。

"好的,我还需要洗个头,但我会很快的。你想不想试着自己擦屁屁?"

"不想,贝丝小姨来帮我。"他撕下来更多的手纸。

"真的吗?等我一会儿,"我从浴缸里跨出来,裹了一条浴巾,"好了,现在来洗手吧。"

泰德看向浴缸说道:"我也想在早上泡澡。"他特意强调了"早上",看来他觉得在早上泡澡是件很新奇的事。除了生病的时候,他应该没体验过早上醒来就泡澡。

我按了马桶上的冲水键,洗干净手,把卫生间里的窗户全都打开了。

"会有机会的,我现在要快速地把浴液洗掉,然后就去做早饭。泰德——"

泰德的下半身衣服本来就已经脱掉了,现在他又举起手把上衣也脱掉了。我叹了口气,看来今天是没法拒绝他了。"稍等,我先放一点凉水,现在的水温对你来说有点高。"我打开了水龙头,又倒了些浴液，心中默默地向我姐道歉，我又用了一些她的浴液，现在至少花了四块钱了。不过话说回来，这浴液还是我买的呢。

"进来吧，"我把泰德抱进了浴缸，然后我又坐了进来，"如果你背对着我的话，我能帮你洗头。"

泰德转过身去，坐在我的两腿之间。我轻轻地把他的头歪过来，用刚才的塑料杯接了点水帮他洗头。

"好舒服啊。"泰德满意地说道，我听到后也笑了。我又向他头上倒了些温水，他被烫得起了鸡皮疙瘩。我帮他洗后背的时候，他哼起了小曲儿。

"我爸爸在空中的犀牛上也会小便吗？"

"犀牛上？"

"是的，他也会小便吗？"

"我不太清楚。"我完全不懂他为什么会提到犀牛。我的酒劲儿还没有散去，我也没完全把自己洗干净，但现在和泰德一起洗澡让我感觉也不错。"小家伙，我们改天可以再一起泡澡。"我摸着他湿乎乎的卷发说。

"我可以带玩具船一起吗？"

"可以。"

"那消防车呢？"

"不放电池的话就可以。"

"火车轨道呢？"

"火车轨道应该不行。你刚才其实是想说小便池①，对吧？"我

---

① 小便池（urinal）和犀牛（rhino）的发音相似。——译者注

突然间恍然大悟,"你刚才说的是犀牛,犀牛是动物,我们不能在动物上小便,对吗?"

泰德点了点头。

"我不知道空中是否有小便池,但也许会有吧。我们现在从浴缸里出来准备吃早饭吧?"

"再待五分钟嘛。"他撒娇地说道。好吧,那就再待一会儿。

我正在客厅里帮泰德搭一个小房子,这时门铃响了。我探头透过窗户向外望去,然后又马上缩了回来。是格雷格。他来我家干什么呀?

波莉也来到了楼下。"我去开门,"她说道,"是来给我送新的游泳队服的。"

我来到了厨房,拿起一只口红涂了起来,心想是否应该跟格雷格打个招呼。他不是来找我的,但我们最近经常发信息联络,如果我不打招呼的话反而会很奇怪?我的口红涂太深了,我拿起餐巾纸稍微擦掉一些,然后来到了门厅,站到了波莉身旁。她手上正拿着新的游泳队服。我朝格雷格笑了笑。

"你好啊,来送队服的,是吧?"**我心里在鄙视自己,真是一句废话啊。**

"没错,"他也回给我一个微笑,"你怎么样?"

"我挺好的。"波莉转过身,从我身边挤了过去,罕见地嘻嘻笑着。我接着说道:"不瞒你说,我还在宿醉,不过这也怪我自己。"

"是吗,因为什么啊?有必要喝这么多酒吗?"

"因为参加了孩子的四岁生日聚会,如果有人请你参加小朋友的生日聚会,一定要拒绝。不要去,这是为你自己好。"

格雷格大笑了一声："我明白了。"

"你想进来喝杯咖啡吗？"

他回头看向他的车，一辆崭新的宝马。这时一辆卡车停在了宝马后面，我看向车牌号，糟了，这是乔里的车。

"我很愿意，但是我还要继续送队服，待会儿我还有个私教课要上。抱歉。"

"没关系。"我说道。乔里从车上下来朝我们走了过来，他手上拿着一个礼物袋。这是要送给泰德的礼物。我把这事完全忘了，没想到发生了昨晚的事，他还是来了。

格雷格还在跟我说着话："希望以后有机会我能再来你家喝咖啡，我现在的确该走了。"说完他转了身，差点和乔里撞个满怀。"抱歉啊朋友。"

乔里用点头回应了他的道歉。格雷格比乔里高一点，乔里向后退了一步，这样他就不会直视格雷格的下巴了。我看向他俩，想到自己涂了口红，忽然感到十分难为情。

"再见啦，贝丝。咱们再联系。"格雷格心照不宣地看了我一眼。我在想如果乔里不在这儿的话，他是否还会这么看我。他的车打火的时候发出了巨大的声响，乔里嘟囔了句什么，我没听清。

我指向屋里，对乔里说道："你要进来吗？"

"不了，我只是把礼物带过来。"他把礼物袋交给我，我把袋子放到了门垫上。

"好吧，我把泰德叫过来。泰德！"我揪着帽衫上的抽绳说，"昨晚的事……"

"挺有趣的，不是吗？"乔里的声音很小，但我还是听出了他的气愤，"破坏了我和莎蒂的约会，给我发些莫名其妙的信息，与此同时你自己还交上了一个新的男朋友。"

"他不是我的男朋友。"

"至少他看起来想当你的男朋友。"

我欲言又止。然后又说道:"我很抱歉,昨天我喝多了,你不回我的信息,我很难过。"

泰德戴着超能战士的面具来到了我身边,指着礼物袋说道:"这是给我的吗?"

乔里摇着头说道:"这个礼物是给泰德·兰德的,他马上要四岁了。礼物不是给超能战士的。"

"呜哇!"泰德摘下了面具:"是我,乔里,刚才的超能战士是我扮的。"

乔里假装大吃一惊的样子,说道:"你还真把我骗到了。礼物是给你的。"

泰德抬头看向我,我点了点头,对他说:"快打开看看是什么吧。"

泰德正拆礼物的时候,我轻轻地拍了乔里的肩膀。他没有躲开我的手,但也没有看我。我轻声说道:"抱歉,我不应该给你发那么多信息的。"

"贝丝,我真是搞不懂你了。每次我想找你谈心的时候,你总是有很多借口。你妈都跟我说了,她来帮着看孩子,但你还是跟我说你不能来酒吧。然后你又给我发好多信息说想我,想跟我谈心……"他低头看泰德,泰德已经把包装拆得差不多了。

"但我的确是很想你。我保证不会再在你和女朋友约会的时候用信息轰炸你了。我以女童子军的名义发誓。"

"你早超龄了。"他的嘴角抽动了。

"这又不是我的错,那是因为领队太讨厌了。"

乔里笑了。泰德举起一辆《汪汪队立大功》里的玩具车在我眼前晃,激动地说:"是小砾!谢谢你,乔里!"

"你喜欢吗?我在玩具店里正好看到了这个,就买来送你了。"

"我太喜欢了,波莉,快看。"泰德跑进屋里去找波莉了。

"谢谢你送他的礼物,你真的不想进屋来坐坐吗?我们马上就要把乐高拼好了。"

乔里摇摇头:"不了,莎蒂想一起去一个古董展销会,她喜欢这些复古的玩意儿。我答应她我不会在这里耽搁太长时间。"

"好吧,"我噘着嘴说道,"那祝你们玩得开心。关于昨天晚上的事情,我要再次向你道歉。"

"你只要稍微控制一下自己就行了,无论是喝酒还是发信息,都稍微节制一点。不过,格雷格没准会喜欢这样。他喜欢穿背心,他的车也很吵,我记得你说过你不喜欢背心的。"乔里的脸上露出了淘气的表情。他张开双臂,想要跟我拥抱告别,我紧紧地抱住他,抱的时间也比平常长。他的头发闻起来有股果香味,应该是美体小铺牌洗头水的味儿,闻起来和以前不一样了,他以前用的都是海飞丝。我说道:"是啊,人都是会变的,不是吗?"

"大概是这样吧,"乔里慢慢地推开我,清了清嗓子,"那我就先走了。"他手里拿着车钥匙,但没有要走的意思。

"再见。"我直视着他的眼睛,忽然一种感觉一闪而过。这感觉很微妙,一般人可能注意不到,但我感受到了,这是一种类似触电的感觉。乔里走到了车旁,他转过身回头看我。过去二十多年里,我们有过很多次拥抱告别,但刚才的那个拥抱和之前的都不一样。我关上门后,感觉肚子在震颤,像是紧张引起的,但又不完全一样。我的脑中回荡着我姐的声音："贝丝，这就是心动的感觉。"这感觉来得也太不是时候了。

# 23

"现在的问题是，我非常希望你能醒过来然后告诉我该怎么办。"我躺在艾美枕头边上，说道："我想采取行动，但又不确定这样做是否明智。现在需要你来告诉我怎么办。我没有什么可说话的人，除了乔里，但这件事和乔里有关，我也不能问他。"我望向头顶的灯光，继续说道："你帮我出完主意后可以马上接着回去睡觉，我只是希望你告诉我这么做好或不好就够了。求求你了，艾美。"我叹了口气："我好怀念以前，你经常会帮我出主意。"

我把放在书包里的一张照片拿了出来，举到头上，这样艾美也能"看"到，虽然她还是紧闭着双眼。"你还记得这张照片吗？今天早上我把孩子们送到爸妈家之后，从床底下把这张照片翻了出来。这是四年前我和乔里一起晚上出去玩之前拍的，我们抱在一起做着鬼脸。我穿着一条黑色的紧身裤，一件红色上衣，衣服上有白色的爱心。我穿着双高跟鞋，戴着一顶棒球帽，看起来好蠢啊。我们俩拍过好几百张类似的傻照片，都是晚上出去玩之前拍的，但我对那一晚印象最为深刻。"

"那一晚发生了一些事情，艾美。我觉得你也知道这件事。第二天我来到你家吃饭时，你一直在盘问我，我用宿醉当借口回避你的问题，但你知道我是装的。我也知道你看出来了。我只是想把这件事忘掉。"我看着我姐的胸脯在上下起伏，想起来那天后来她对我的微笑。"其实不算什么,我们在门口接吻了,然后一起回了他家,但什么事也没有发生。那个周末下了好大的雪。"

那一晚的记忆又向我涌来。酒吧里发生了什么我已经记不清了,但从酒吧出来后发生的事情,我倒是记得很清楚。我在酒吧外面的冰面上滑着。我和乔里忽然产生了一股冲动,这种冲动以前从来没有出现过,或者说我们从来不允许这种冲动出现,似乎预示着要发生什么不一样的事情。我们接吻了,他用手捧着我的脸,雪花飘落到我们的头发上。回到家里,我们把外套脱下扔到地上。乔里要脱掉我的上衣,但他的手指头被冻僵了。我们都急切地想要把对方的衣服脱掉,我从未有过这种冲动。天啊,我多想得到他,我能感到他也一样。后来我们被绊倒了,笑着倒在他家楼梯下,双手还抚摸着彼此。乔里一脸正色地对我说:"贝丝,我们停下来吧。我们喝多了,不应该这样。"我还是和他说这不是酒精的原因,真的发生了没准也挺好的,但那股冲动已经散去了,就好像两个人跳着跳着舞,突然间头顶上的灯亮了。我们坐在楼梯上,调整自己的呼吸,羞怯地看着彼此,心里想的都是:"刚才为什么会这样?"乔里端来两杯咖啡,我们坐在楼梯上喝着,把刚才的事情谈开了,并保证以后不会再发生类似的事情,以免破坏我们的友谊。我们都同意就这样了,只是一时疯狂,后来就再也没有谈起这件事了。几周之后我们释然地开着玩笑说:"那天的酒里都放了些什么啊?"以此来掩饰心中的尴尬。这便是"二零一五年冬天的那件事"。

艾美的胳膊在被子外面,我把手放到她的手上,对她说道:"艾美,我后来再没有过那样的感觉。我也和很多人约过会,但都像是在浪费时间,从没有产生过心动的感觉。但昨天的那个拥抱让我想起了我们一直闭口不谈的事。所以我才把这张照片找了出来。"

我忽然感到我的手下有股力量，好像有东西抬了起来。我坐了起来，眼睛直直地看着艾美，手还是搭在她的手上。艾美的手做了一个敲打的动作，动作幅度很小，但我的手还是感受到了。我坐着一动不动，希望她再动一下，但她没有。我姐刚轻轻推了我一下，这是给我的暗示，也是我期待从她那里得到的答案：**贝丝，人这一辈子很短，把你的想法都告诉乔里吧。**

"谢谢你，"我说着亲吻了她的额头，"如果这件事搞砸了，我就怪到你头上，还有休·格兰特。"

开车回圣纽斯的五十英里车程里，我有两次差点又打了退堂鼓。如果是我误会了他，他并没有产生心动的感觉怎么办？如果莎蒂才是他的真命天女呢？我是否该做他们中间的第三者呢？我不该打扰他们。但我又想到我姐给我的暗示，以及道格已经不在了这个事实，我领悟到有些事情如果不做是会后悔的。于是，在路过公共汽车站后我向左拐了，把车停到乔里家门口那条路上，在照片背面写了下面这段话：

又想起了那个周四

那是我度过的最美妙的一个夜晚。我现在还时常想起那个晚上。能重来一遍的话，就算没有喝酒，我也还是会那么做的（不过应该不会再戴那顶棒球帽了）。我只是想抱着一丝希望地问你，是否也想再喝一杯，让那一晚重现？不过现在是不可能再下雪了。如果你没有这么想的话，就当作没有看到这段话吧，我也永远不会再提起这件事了。

贝丝

他的卡车没有停在路边，家里也没亮着灯，但我还是把这张照片通过门缝塞了进去，然后便马上跑回了车上，就好像信箱着火了似的。我已经迈出了这一步。我想在这附近多转悠一会儿，等到乔里回家，但现在我有更重要的事情去做。我要去爸妈家告诉他们艾美的手指今天又动了，我亲眼看到的。她听到我说的话了，于是她用手指做出了反应。哈格里夫医生可能不会认同我说的这些，艾美的动作可能只是偶然发生的，但是我愿意相信这是一个好的征兆。

九月

## 24

"贝丝,理查德森的那笔单子贷方通过了吗?"

马尔科姆从卫生间回来,站在打印机旁边问我。他衬衫的扣子掉了一个,他却没注意到,我觉得十分好笑。我现在需要这种能让心情变好的事情。自从我把那张照片塞到乔里家,已经过去一个星期了,我没有收到任何回复。一开始我还抱有希望,但今天早上我的希望彻底破灭了。原因是他发来的这条信息:"嗨,你在忙什么呢?"他在收到了我表白心意的照片后,还能若无其事地问**我在忙什么**?显然他对我没有产生同样心动的感觉。

我答复马尔科姆:"没有,还在等。"我的手机这时候响了,他瞪了我一眼。我解释道:"是我的外甥女,我得接一下这个电话。"我看了眼时间,现在是三点五十二分,我妈正在家里看孩子,没想到波莉会在这会儿给我打电话。我担心是不是又发生什么事了,就像我姐出车祸那天接到我爸的电话一样。"你还好吗?发生什么事了?"

"没什么,"波莉的声音听上去懒洋洋的,"我就是找不到游泳包了,你知道在哪儿吗?"

"你看看厨房门后面有没有?你找游泳包干什么?今天早上你不是还说不需要了吗?"

"我改主意了,"我通过电话听到她正在屋里翻找着,"不在那里。"我脑海里回忆着今早出门时家里的样子:比战场干净,比被抢了乱。我告诉她："你再去楼下的橱柜里找找。"我用手盖住听筒，对马尔科姆说："抱歉啊，一会儿就好。"

"我找到了，"波莉说道，但听起来并不兴奋，"外婆想跟你说两句。"

"波莉，我正在工作呢，所以不是很方便……"

"亲爱的！"我刚才那句话说的太迟了，我妈已经用超高的音量在跟我打招呼了，"工作上还好吗？升职的事怎么样了？"

我皱了下眉，希望马尔科姆听不到我们在讲什么："还好，我挺忙的，所以……"

"我就是想告诉你，我们准备把泰德带到我们家一起吃晚饭，祝你工作愉快喔。"

"拜拜妈。"我挂断了电话。我不确定我是否能**愉快**地工作，但我得赶紧干活了。

"家里还好吗？"马尔科姆用比平常要温柔的语气问我，这让我感到十分可疑。

"就是一点家事，已经处理好了。我妈正在帮着照顾孩子。"

他按了几下笔帽，**咔嗒、咔嗒、咔嗒**，然后说道："我想跟你说点事情。"终于要切入正题了。"我今晚要早点走，有个约会。"他在说"约会"前特意停顿了一下。

"好的。"我说道，准备继续忙工作了。

"但是我今天五点四十五安排了一个地区销售电话会议，我不在的话是没法参加的。"

他根本不是要跟我说个什么事情，他是要让我帮忙。"你是想让我替你参加这个会议。"我一开口就后悔了。

"你也这么想吗？太好了，"他说道，"我以为你不方便加班呢，但你刚才说你母亲正帮你照顾孩子……"

他这是给我设了个圈套啊。"你就不能取消今晚的……约会吗？"

他眯起眼睛说道："不行。"然后把电话号码写在了便利贴上："我把需要的信息都写在这里了，待会儿我会把咱们这个月的数据用邮件发给你。"

"太好了。"我讽刺地向他竖起了两个大拇指，我平常对我妈才做这个动作。

电脑屏幕上显示了一条信息：理查德森的那笔单子被贷方拒了。马尔科姆十分生气。如果他还是气鼓鼓的话，他衬衫上的扣子还会再掉的。我举手示意告诉他，我会给贷方的詹姆士打电话问问是怎么回事。我预料到会有这个结果，所以留了一手。

"好吧，我已把电话会议的号码写在了便利贴上，报警代码写在了另一张纸上。你下班前要把这件事处理好。"

"明白了。"我找到了需要的东西，把它打印出来。我决定趁热打铁，趁电话会议开始前赶紧给詹姆士打电话。

"你明白要做什么了吧？没问题的话我现在就走了啊。"

"好的。"坦白讲，马尔科姆要想让我抓紧干活的话，最好不要再跟我唠唠叨叨地说这些了。我又跟他重复了一遍，我已经都明白了，他可以走了。然后我马上拿起了电话准备跟承保人好好聊聊。

我穿上外套准备下班的时候，发现已经是六点四十五了。我把办公室的灯关掉，下楼朝车的方向走去。刚才的电话会议根本就没用到我们这个月的数据，马尔科姆让我毫无准备地就参会了，我真是要被他气死了。会上，地区经理史蒂夫（似乎所有地区经理不是叫史蒂夫就是叫克里斯）问了我关于预算和流水线的事情,我根本不知道该如何答复他。好在下班前贷方的詹姆士答应通过了理查德森的那笔单子,这让我感到了些许的成就感,也是平生第一次感到还不想摆脱工作。

我一直担心波莉的状况,在电话会议前我给我妈发信息说我要帮马尔科姆加一会儿班,我妈的回复让我摸不着头脑。

*好的,亲爱的,你是要去会场见他吗?*

我不是要去那儿见他,我只是替他参加这个会议,我也不需要去哪儿,因为这是个电话会议。但愿我到了我妈这个年纪的时候还能头脑清醒地给别人发信息。

我正开着车往回走,路上看到了两个身影。这两个人看起来年纪不大,对她们来说这条路不太安全。左边的那个人背着一个红书包,很像我下午帮波莉找的那个游泳包。但这个人不是波莉,她现在应该正在游泳。我开得离她们更近了一些,心跳也随之加快了。右边的那个人有一头发红的金发,看起来很像萝西。我透过后视镜确保后面没有其他车,然后把车速放慢,仔细地看了下这两个人。就是萝西和波莉,除非这世界上还有和她们长得一模一样的两个人。这到底是怎么回事?

我按了喇叭,她们俩被吓了一跳。萝西一副做错事被抓包的样子;波莉则是面无表情,看起来很无所谓。

"你们俩,赶紧上车。"我打开双闪。她们把包放到后座,一起上了车。这时旁边开过一辆卡车,速度非常快。显然她们不应该走在这么危险的路上。

"我很抱歉。"萝西开口说道,眼里充满了恐慌。

"我不会说你的,"我说道,她稍微放松了一下,然后我补充道,"这是你母亲做的事情。"我开回到路上,瞄了一眼后座的波莉,她正望向窗外。我问她:"说说吧?"

"说什么?"

"你就这态度吗?还问我'**说什么**'?我可是看到你们俩在**街上漫步**呢。"现在是周二晚上七点,他们从游泳课上早退了。说**街上漫步**可能言过其实,但她们犯过错误,波莉清楚这一点。

"我不知道你想让我说什么。"波莉说道。

"先说说你们要去哪儿吧。"

"没想去哪儿。"

"没想去哪儿?"

"只是闲逛,外婆把我们送到了游泳馆,我们准备走回家。我告诉外婆,萝西的妈妈会把我们送回去的。"

"天啊。"我本来想指责我妈,为什么她还会信波莉的话,后来又想到她根本就不知道之前的那些事情,比如那次留宿聚会、波莉糟糕的成绩还有她拦截学校邮件的事。所以我没什么可指责我妈的。"波莉,你还在说谎,问题就在这里。如果我不是因为加班的话,根本就不会在路上看到你,你一而再再而三地欺骗我。我真的不知道该拿你怎么办了。"

波莉耸了耸肩:"我以为你今晚要出去吃饭呢。"

"你说什么呢?"我忽然想起来,我今晚和阿尔伯特约好了,"天啊,波莉,**阿尔伯特**!"

"所以你是要和他出去吃饭?"

"是的,我给忘了。**该死**,我给忘得一干二净。我得跟他说一声,他在等我呢。没想到我居然给忘了。"我看了眼车上显示的时间，刚过七点，我们本来约好六点去吃饭的。他是已经自己过去了，还是一直在等我呢？我不知道是该直接去饭馆找他，还是回家看看他是否还在等我。我把我的手机交给波莉，对她说："你帮我给他打个电话好吗？"

"我不帮你打。"

"**给他打电话。**"我生气地咆哮了一声。波莉也意识到事情的严重性了。萝西已经完全不说话了，估计她应该会感到庆幸，现在又发生了一件事，我没空继续说她俩了。

"没人接，"波莉说道，"只能听到隔壁那个老奶奶的语音提示：'阿尔伯特现在无法接电话'，我要帮你留言吗？"

"是梅薇思，她在去世前帮阿尔伯特设置的语音提示。"我把车又开回到刚才的路上，波莉又打了三次他的电话，依然无人接听。我也不知道他家里的电话号码。我们静静地驶向海边。

"你们待在这里。"我说完后把车门关上了，沿着小路跑到了餐厅。这家餐厅叫作"海景"，两边都能看到大西洋。我透过窗户寻找阿尔伯特的身影，但没看到他。餐厅门口，一位梳着辫子的女服务员带着微笑问我："请问您有预定吗？"

"有，没有，我有个六点的预定，但我来晚了。很抱歉，我想来找我的朋友。"我的语速飞快，声音里透露出焦急。服务员把我向餐厅里面引去。我给她形容了阿尔伯特的相貌，告诉了她我的姓名，她去找另一位在上一个时间段工作的服务员了。我们定了一个早场，因为阿尔伯特说他习惯早点吃晚饭，而且他可以在参加完"关注长者"咖啡馆的活动之后直接过来。他没有开车，因为咖啡馆会开班车把他送来，结束后我再把他送回家。**天啊，我都做了些什么啊。**

梳辫子的服务员带着另一位服务员走来，后者指向餐厅靠里的一张桌子，问我："您是在找一位年长的男士吗？"

"是的。"我说着，追随她的目光，期待着能看到阿尔伯特。

"抱歉，那位男士十分钟前刚刚离开。他人很好，他说他的朋友没有来，我们也为他感到可惜。"她生气地摇着头，看到我脸上的表情才意识到我就是那位朋友。然后她补充道："不过我告诉他，他的朋友一定是有事耽搁了。"

"我给他打了电话，但没人接。"这个理由站不住脚，我晚了一个小时才给他打的电话。

"您给餐厅打过电话了吗？"梳辫子的服务员问我。

"没有，我给他的手机打了电话，但没人接。"

另一位服务员似乎有点理解了："他应该没有带手机，因为他找我们借了电话。"

"是给我打电话吗？他不知道我的电话号码啊。"

"不是的，他是要打电话叫出租车。我们帮他叫了辆车，在他等车的时候送给他一份炸鱿鱼。他穿着西装打着领带，就那么静静地坐在那里，我们实在不忍心。他想给我们小费，算作那道菜的菜钱还有茶水费，但我们没答应。"

我感到很糟糕，我很久没有这种感觉了。听到他"穿着西装打着领带"我就已经很难过了。如果今天是我妈、艾美或者乔里被我放了鸽子倒也还好，但这是阿尔伯特，而且今天是他两年多来第一次下馆子，我无法原谅自己。"谢谢你们刚才那么照顾他。我今天太忙了，完全忘记了今天的约会。"我的声音好像卡在了嗓子里。

梳着辫子的服务员点了点头，回到门口接待别的顾客去了。另一位服务员在离开前叫住了我："他留下了点东西，我刚才忘了说了，请等我一下。"她从吧台后面拿出了一本书，递给了我。是阿尔伯特的《小妇人》，书里夹着他写好的问题，封皮上还放着一朵黄玫瑰。上周我和他在花园里聊天，我说我不太懂花，但他种的黄玫瑰很好看，他很开心。我这才意识到这朵花是他要送给我的礼物。

"他知道他落下了这些东西吗？"我其实已经知道了这个问题的答案。

她点点头说道："他知道，抱歉，他告诉我他不需要这些东西了。"

我再次向她表达了感谢，走出了餐厅。我望向沙滩，这时人很少，白天出太阳的话人会很多，现在空中只有大片云彩。我想在沙滩上找一块岩石坐下来，好好哭一场，直到海浪打过来把我卷走。但我现在不能这么做，因为波莉和萝西还在车上，我要赶紧回家去跟阿尔伯特道歉。

阿尔伯特打开了门，穿着他常穿的棕色羊毛衫和灯芯绒裤。他换下了西装和领带。

"阿尔伯特，我要向你道歉。"我说道，但我知道现在说这些也已经于事无补了。

"这很正常。"他说道。我看得出来他很生气，他的语调也和平常不一样了。

"但我真的很抱歉，"我重复说道，"我自己也很难过，我今天加班了，要处理一笔单子，还要参加个电话会议……"

"没事的，亲爱的。"他回给我一个微笑，想告诉我没关系，但那个笑容很勉强。

"我做点什么弥补吧，可以吗？"

"不用了。"

"但是……"我也不知道该说些什么了,"我们改天再去外面吃顿饭好吗?"

"如果你不介意,就让一切**回归往常**就好了。"

回归往常是什么意思呢?"是说在家里进行咱们的读书俱乐部活动吗?"我试探地问他,但他摇了摇头。

"我说的是我以前的生活。贝丝,我有点累了。"他是想让我离开了。

"我真的很抱歉。"

他点点头,轻轻地关上了门。我站在他的门口,张着嘴欲言又止。

回到艾美家,我瘫坐在沙发上。我妈应该是给屋子大扫除了,咖啡桌闻起来有一股护理油的味道,地板也干净了许多。"泰德躺下了吗?"

"是的,宝贝。"我妈和我爸交换了个眼神,还端来三杯茶。

"怎么了?"

"没什么担心的。"我妈说。人们每次说"没什么",其实想要表达的都是恰恰相反的意思。

"告诉我到底发生什么了?"

我妈看向我爸,暗示他该来说两句了。"泰德在幼儿园发生了点事情。"他说着把我的茶杯和饼干推到我的面前。

"什么事情?"

"他今天有点不开心。幼儿园的小朋友们今天都在介绍自己的爸爸妈妈,还一起画家谱图。"我爸低头说道。

**可怜的泰德**。我为他感到难过,同时也有点生气。"幼儿园的老师们难道不知道安排这样的活动会伤害到泰德吗?泰德当然会不开心了。"

"其实也不是这样,"我爸说,"娜塔莉的意思是所有家庭形态都可以包括进来。你们知道那个戴眼镜的小男孩,他有两个妈妈,对吧?还有一个小女孩是和外婆一起生活的。"

"这个想法真是太糟糕了,"我妈摇着头说道,"那个小女孩的妈妈是因为吃多了止痛药而去世的。无论如何,我觉得我们不能因此责备幼儿园。我认为泰德难过是因为他看到其他小朋友都在画自己的爸爸妈妈,所以他也想爸爸妈妈了。我们接他的时候,他看起来没什么异样。对吧,吉姆?"

我爸边吃着饼干边点头。

我无法想象泰德当时得多难过。"可怜的泰德,他现在还没有完全懂事,所以这件事对他的影响要小一些。不像波莉。"

我妈皱着眉说:"他们现在对这件事都能处理得很好了。"

我伸手去拿卡仕达酱,没有接我妈的话。波莉比我先一步进到家里,一进家门就直接跑回到楼上去了。我从阿尔伯特家回来之后,她又回到了楼下,头发是湿的,她正跟她外婆说她在游泳课上学会了新的转身方法,能帮她缩短一些时间。我应该告诉爸妈波莉一直在撒谎。但是波莉对我们还有所隐瞒,如果她认为大人都合起伙来一起针对她的话,她更不会把心底的秘密告诉我们了。我总是这么劝自己,但波莉还是迟迟不对我打开心扉,这让我越来越不知道该怎么办了。

"你有什么烦心事吗?除了阿尔伯特的事之外?"我爸看着我问道,"我觉得阿尔伯特能理解你的,贝丝,还有什么事吗?"

我之前总是会把烦心事跟我爸说,因为他总能安慰我,告诉我是人都会犯错的,哪怕是在我犯下了无数的错误之后他也依然会包容我。我想着喝完这杯茶后,要不就和他坦白吧。

但我又想到了我的姐姐。她坚定地认为我有能力照顾好她的两个孩子,如果我把实情说出来,就相当于承认自己没有能力了,这么做会让艾美和道格失望的。我摇摇头告诉我爸:"都挺好的,爸,我就是有点累了。"

## 25

我们都比平常起得要晚。昨晚睡前我没拉窗帘,今天一睁开眼,阳光把屋子里的灰尘照得一清二楚。然后我想到了阿尔伯特,他穿着西装打着领带,还拿着黄玫瑰,在餐厅里等待了近一个小时,但我却没能及时赴约。我从地板上拿起一个沙发靠垫盖到头上。泰德正在楼上折腾,我想可能就是他的声响把我吵醒的。他有时候会在床上自己跟自己说话,我向他喊道:"你还好吗,泰德?"

"是早上了吗?我可以吃巧克力麦片吗?"

今天是周三,我妈说艾美只允许泰德在周末的时候吃巧克力麦片或者巧克力酱抹面包。但我妈和艾美都不在这,现在是我做主。

"可以啊,"我说道,"我现在就去做。"我从衣架上取下来一件毛衣套在了睡衣外面,然后来到了厨房。还没听到波莉的动静,我朝楼上喊道:"该起床了,波莉!"

"我不想去学校。"波莉嘟囔着说道。

"还有二十分钟校车就要来了,你要吃吐司吗?"

"我不想去学校。"她又重复了一遍。**这孩子还真是任性**。每周三我负责照看泰德,我们偶尔会去村里的小超市买东西,或者去公园陪泰德玩秋千。昨天经历了幼儿园的那件事之后,我打算今天和他做点不一样的事。

泰德刚从床上起来,头发乱糟糟的,还抱着大象先生玩具。我给了他一个大大的拥抱,昨天听说他看到别的小朋友画家谱后很难过,我心里也不好受。波莉跟在他的后面,穿着睡裙坐在了餐桌旁。

"我今天不去学校了,贝丝小姨。"她眼睛红红的。

"你想说说是怎么回事吗?"我问她。

"不想,我就是不想去。"

我想继续问她,但这时我有了一个更好的想法。我把泰德的早饭放到桌上,说道:"好吧。"

"好吧?"波莉瞪着我。

"我就是这么说的,"我指指水壶,"你想喝杯水吗?"

"好啊。"

"你今天可以待在家里,我会打电话告诉学校你今天身体不舒服或者病了,但有个条件。"

波莉眯着眼睛问我:"什么条件?"

"我和泰德一会儿要去做某件事,你也要一起去。"

泰德抬起头问我:"是去玩培乐多彩泥吗?"

"不是,但也是件很有趣的事。差不多吧,是一件我们三个可以一起做的事。"

"这件事会花很长时间吗?"波莉问我。

"我想不会的。"其实我也不知道要花多长时间。可能最后结果也不会很好,但我答应波莉可以待在家里,所以至少现在开局还不错——和昨天比的话。我一想到阿尔伯特就感到一阵心痛，他说他希望生活回到以前的样子，他昨天一定是非常伤心。

吃完早饭后，我准备去洗漱并帮泰德换衣服。我在艾美和道格的房间外面走来走去，我一直避免进到他们的房间里，但几周前我在艾美的衣柜里藏了一个书包，现在我需要把这个包拿出来。我飞快地进去又飞快地出来了，注意力都集中在衣柜上。但我还是留意到，这屋子的一切还是停留在三月十五日那个星期五早上的样子，他们的床、道格床头柜上的照片、艾美梳妆台上整齐摆放的饰品还有她用了二十年的CK One香水。我把房间门关上，带着书包来到了楼下，把包里的东西小心地倒在了餐桌上。波莉看着她面前的两个大玻璃罐和一摞彩纸问我："天啊，不是要做手工吧？"

"不是的，"我回答她，"但我们还需要剪刀和笔。"

我从柜子里拿出艾美放手工用具的小篮子，她把所有用品都贴上了标签。这是唯一一个还整整齐齐的篮子，因为我还没有用这个篮子和泰德一起做过手工。我觉得这是幼儿园做的事情。

波莉拿起一个罐子问我："这是用来放热巧克力的吗？镇上有家店就用这种罐子装热巧克力，他们做得很好喝，上面会放很多奶油，还会做出一个独角兽角的拉花。"

"不是的，我们要做的和热巧克力没有关系。"

"好吧，那和什么有关系？"

"和你爸爸有关。"我说完，看到她脸的表情一下就变得阴沉了。

"我爸在德文郡[①]呢。"泰德说道。

---

[①] 德文郡（Devon）和天堂（Heaven）的发音相似。——译者注

"是**天堂**,泰德,"波莉说道,"你可以这么想,但我不这么认为。"

"可外婆说他在德文。"泰德疑惑地看着我。

我给了波莉一个眼神,意思是让她**别再伤泰德的心了**。我对泰德说:"**天堂就是在天上**,泰德,我们经常会朝天上挥手,对吗?"

泰德笑着激动地朝天花板挥着手:"是的,就像这样!"

只有跟泰德在一起,我才会也跟着挥手。我自己一个人的时候会抬头望向空中,给道格一个点头示意。

"我爸和这些玻璃罐有什么关系?"

我坐下来把彩纸拿出来告诉她:"这是一个回忆罐。"

"我不会一起做的。"我还没说要做什么,波莉就已经拒绝了。

"好吧,那你就换上衣服准备去学校吧。我开车送你,还来得及,你只不过少上了一节课。"

她不情愿地坐了下来,这时我的手机响了。是马尔科姆打来的。我没有接这通电话,因为今天是我的休息日,而且昨天我还加班了。如果我昨天正常下班的话,我也许就会记得和阿尔伯特的约定。但事实上昨天我帮马尔科姆参加了一个电话会议,因为他有一个"约会"。当然了,这件事也不完全是他的错。

泰德把所有笔的笔帽都摘了下来:"我要画一辆火车。"

"可以,但我们先做点别的好吗?"

泰德还是坚持自己的想法:"我要画一辆火车。"

"好吧,你可以画在这张纸上,"我说着递给他一张彩纸,"贝丝小姨和波莉要在其他纸上写点东西,我们要先把纸剪得小一点。你可以帮我们想想要写什么,关于你爸爸的事情都可以。"

"我也要做这个吗?"波莉问我。

"其实不是的，"我诚实地回答了她，"昨天在幼儿园，泰德有点不开心。我想用这种方式告诉他，我们都很想念他的爸爸。事情已经过去六个月了，波莉，我担心如果我们不把这些记录下来，以后……"我看向泰德画在纸上的一团黑线。

"你担心他会忘记的。"波莉小声说道。

"我也说不好，我只是知道我在他这个年纪的时候什么事都记不住。你能记住吗？"

"我也记不住。"

"但他现在还留有关于他爸爸的记忆，如果你妈现在也在的话，我想她也会做同样的事的。她现在还在病床上，所以我决定来做这件事。不管怎样，我打算和泰德一起完成这个回忆罐，但有很多关于道格的事情我都不知道，而你是知道的。"

波莉拿起了一支笔。我问泰德："泰德，你想和我讲讲关于你爸爸的事吗？"他没有理会我，没想到这时波莉开口了："泰德，你还记得他经常在客厅里驮着你吗？你就像是在骑马似的？"

"记得！"泰德说道，他用手做出爪子的形状，"他扮演一个怪物，呜哇。"

波莉在一张紫色的纸上写下了"**骑马**"和"**怪物**"。我想起来道格以前经常扮演怪物在屋子里追着他俩，他们大喊大叫，玩得非常开心。艾美总是提醒他们要小点声。

又过了二十多分钟，波莉和泰德完成了回忆罐。做的过程中波莉跟我分享了一些她与她父亲的回忆，但有些她没有说，我也便不再问她了。后来她哭了起来，我抱着她，然后我看到了她写的内容，像是在和她爸诉说。她手上那张绿色的纸上写着：**我想念你在厨房里跳舞的样子。**

"波莉，"我捏着她的肩膀说道，"你的爸爸为你感到自豪。"

"不，他没有，"她还是和我顶嘴，低头看着手说，"你什么也不懂。"

我举起双手说道："你说得没错，我是什么也不懂。但我正在努力去学着了解这些事情，我在努力。"

"我知道你在努力。"她摆弄着手中的彩纸说道，但话说了一半又停下了。

**加油啊，波莉，你可以做到的，多和我交流交流吧。**我心里这么想着，但也没再说什么。波莉开始画画，她画了一朵花，一只蜜蜂，还有一道彩虹。有好几次我觉得她都要开口和我交流了，但又没能把话说出口。最终还是泰德打破了安静，他觉得画画很无聊，开始把彩纸从回忆罐里往出拿。

"我们去海边怎么样？"我提议。我也不知道为什么冒出了这个想法，但想带着他俩走出屋子去做点什么。泰德一听就兴奋起来了，说想要在沙滩上盖城堡，还想要踩水。他拉着姐姐的衣服袖子，问她愿不愿意陪他一起踩水。

"但你已经和学校说我身体不舒服了，我就不能待在家里吗？"波莉问我。

"不行，我们现在去海边，下午回来后你就可以窝在房间里干你想干的事了。泰德希望你陪他一起玩，他平常这个时候见不到你，今天上午你就和我们一起去海边吧，就当是为了泰德。"我虽然不该把泰德摆出来当理由，但我知道只有这样才能说服波莉。

"好吧。"波莉答应了。

太好了。我开始把手工用具放回到艾美的小篮子里，这时我看到了一打便笺纸，我拿出一张准备给阿尔伯特写个纸条，放到他的门口。希望这次我能收到些回复,不像上次我给乔里塞的那张纸条一样杳无音信。

阿尔伯特,

我想再次为昨晚的事向你道歉。我知道昨晚对你很重要,这是你自梅薇思去世后第一次外出吃饭,而我却让你失望了。我最近在读《小妇人》,我希望自己能像马琪家四姐妹一样。目前为止,乔是我最喜欢的角色(和我同名的贝丝却是让我最不喜欢的,这让我有点不高兴)。我明白你对我很失望,我只是希望我们可以回归到以前的状态。我很想你。

爱你的,贝丝

# 26

"泰德,选个地儿。"我指向沙滩,对泰德说道。

"我看不到什么地儿。"泰德的话让我笑了出来。他根本就没有看,只是忙着拖着水桶和铲子在沙滩上走来走去。波莉腋下夹着一个新的捕鱼网,安静地跟在后面。这种安静不是以前那种"对世界充满怨气"的安静,而是更平和的"正在思考问题"的安静。在来的路上,我以为她要开口和我说些什么,但她还是没有将心里的话说出口,我也没有再强求她。泰德高兴地哼着小曲,他为这次即兴的海边之旅感到兴奋。出发前,我们满屋子找他的水桶、铲子和捕鱼网,但就是找不到。于是到了海边之后,我们去拐角处外面摆着明信片的纪念品商店买了一套全新的,好像我们是游客似的。

天气很暖和，但海边的人不多。应该是因为今天是工作日，孩子们大多正在学校上课。我们走着走着便在沙滩上坐下了。我告诉泰德，如果想要盖沙滩城堡，我们需要找一些湿沙子。但他没有听我在讲什么，还是用水桶装了一桶又热又干的沙子，然后用铲子铺平，扣到了沙滩上，结果"城堡"马上就倒了。

"我明明用魔法盖的。"泰德仔细看着他的铲子，好像魔法没生效一样。

"你是**盖得很好**，但我们需要些湿沙子。来，咱们去找找。"我们跑向海边，装了桶湿沙子，盖了许多沙滩城堡。玩儿累了，我坐到波莉旁边，她正望着大海想些什么。平常无聊的时候她都是埋头刷手机，我已经很久没见到她这个状态了。

"我们可以在城堡上插小旗子吗？"泰德问我。

"稍等一会儿，贝丝小姨有点儿累了。我上一次走这么多路，还是上学时在体育课上参加体能测试。"

"我想要插小旗子。"他又说了一遍。我掏出零食给他。每当泰德不听我话的时候，我就这么做。

"你想吃点什么吗，波莉？"

她摇摇头。我们就这么坐在沙滩上，泰德在旁边吃着薯片。吃完后，他把袋子给我，然后继续去看他的城堡了，应该已经忘了旗子的事了。我闭上眼睛，享受着阳光晒在脸上懒洋洋的感觉。耳边传来浪花声、海鸥的叫声还有游人的欢笑声，这让我感到片刻的轻松惬意。

有这么几分钟，我和波莉都没有说话。我张开双眼后，看到波莉正盯着泰德看。泰德正忙着挖沙子。

"泰德很喜欢海边，"我看着泰德在城堡旁跳来跳去的样子说道，"你妈妈经常带泰德来这儿，对吧？他也很久没来海边了。"

"是的。"波莉声音沙哑，把脸转了过去，她的肩膀在抖动。她哭了。我从包里拿出纸巾递给她，坐得离她更近了一些。她轻轻擦去眼泪。这是自事故发生后，少有的几次我看到她情绪低落。她之前总是一副气鼓鼓的样子，虽然也哭过，但都是因生气而哭。而不是像今天这样，因为**难过**而哭。

"你想说说心里的想法吗？"

她摇摇头，擤了擤鼻子。

"是因为刚才做回忆罐让你难过吗？"我问她。波莉哭得更凶了，我抱住她："波莉，是因为这个吗？"

"不是，也可能是吧，我不知道。"她耸了耸肩。

"如果你难受的话，我们就不做了。"我们旁边站着一位男士，他正在换泳裤，用一条毛巾做围挡。我尽量不朝他那个方向看去。

"不是的，做回忆罐是件挺好的事，"她说道，"看到泰德把回忆写出来，我感到很欣慰。我只是——"她又停了下来。好几个月了，我都不知道她心里在想些什么，我迫不及待地想知道"**我只是**"的后面跟着什么。我着急地在心里读秒，三十五秒之后她开口了，"我只是感到很愧疚。"

"为什么？"她为什么要这么说？她没有马上回答我，我又开始继续读秒。**四十一、四十二、四十三……**

"有一张照片，是我的自拍。"

她低头看手，并没有具体说是什么照片，但我大概懂她说的是什么照片。我有点惊讶，但也没有太惊讶。惊讶是因为她是我的外甥女，感觉不久前她还是个小姑娘，喜欢芭比娃娃和绘图本，转眼间就已经这么大了；不惊讶是因为她现在十四岁了，如果我十四岁的时候就有手机，指不定也会做出什么事来。我不知道这件事和回忆罐有什么关系，但我没有问。我看着泰德，他正在我们身后往水桶里放石头。

"好吧。"我说道。她还是望向海边。

"这就是在泰德生日聚会上凯特说的那件事。"她说道。

我现在更困惑了："凯特知道那张照片的事？"

"不知道，但她知道那个手机事件，也就是我妈生气的那件事。"

"我有点听不懂了。"

波莉深呼了一口气："我在卖旧手机的时候，有一位买家发来了信息。我回复她手机已经卖掉了，但不小心附上了一张照片。这张照片并不是要发给她看的。"

我点点头示意我在听，努力保持着平和的表情，但其实心里感到有些不舒服。那张照片本来是想要发给谁看的呢？

"然后她用那张照片敲诈了我。"

我无法再保持平静了："她做了**什么**？"

"她发给我一张截图，截图上是我通讯录里所有人的电话号码。她说要把那张照片发给他们，"波莉小声说道，"我担心她真的会这么做，到时候学校里所有人都会看到我那张照片了。这样会很糟糕的。"

"可怜的波莉。"我无法想象当时她该有多害怕。

"她想要一百英镑。我告诉我爸我需要钱买新的游泳队服，他问了德雷珀教练，结果发现是我在骗他。我不能把实情告诉他。结果他把我的手机拿走了，然后发现了我和那个人的信息和那张照片。"

"天啊。"我不知道在当时那个情境下，波莉和道格究竟谁心里更难受呢?

"他让我和我妈交代了这件事情,我们把事情都聊开了。我妈因为照片的事很生气,但他们还是安慰我一切都会好的。"

她在谈起她爸妈时,脸上浮现的悲伤的表情让我感到如鲠在喉。波莉显然也因为发错照片的事感到很痛苦。我安慰她:"波莉,我们在年轻的时候**都**会做傻事的。你不用为此感到愧疚。"

她摇着头说道:"我不是因为照片而感到愧疚。"她转向我,眼睛睁得大大的,脸上淌满了泪水:"我是因为那个事故而感到愧疚。贝丝小姨,都是我的错。"

"不是的,怎么会是你的错呢?"

"我爸很担心那个人会把照片发出去,他总是说,如果发出去了就一发不可收拾了。他也不想给那个人钱,但他和妈商量后,还是觉得给钱是解决问题最好的办法。我应该就让她把照片发出去算了,就算全世界都看到我的裸体我也不在乎了。"我想到了在游泳馆更衣室的那次,波莉表现得很不自在。她摆弄着衣服上的带子:"那个周五他们就是要去见那个人。所以我说这一切都是我的错。"

我在努力消化这些信息。我转身去找泰德,他正在一位吃三明治的女士面前走来走去。我大概懂了事情的来龙去脉,但我不认为艾美和道格会亲自去找那个人,然后把一百英镑交给她。"他们告诉你要去找那个人了吗?"

"没有,他们和我说的是去银行办贷款,对你也是这么说的吧。但是……"她把手机拿出来翻找着信息,拿到了我面前。这是一条艾美发给波莉的信息:

宝贝,别再为照片的事担心了。我们会帮你处理好的。路上我们会帮你买甜品和爆米花。一会儿见啦。爱你的妈妈。

我看了眼信息送达的时间,是在事故发生半小时前。我想象着艾美和道格为了保护波莉而做这些事的样子。"波莉,那不过是一场可怕的车祸。"

"但如果不是为了我,我爸也不会死的!我一开始也以为是自己搞错了,我也希望是自己搞错了,但后来我发现了银行的那封信,信上的日期是对不上的。"

"所以你把它藏了起来……"

"我慌了。那时外婆正让外公把所有信件都放到一个文件夹里,所以我把信放到了一个没人会打开的抽屉里。谁知道抽屉卡住了,最后是你用小刀给撬开的。"

"当时你为什么不告诉我呢?"

"我做不到。我一想到他们是为了保护我才隐瞒那天的行程,我就难过得无法呼吸。我一直在想着这件事,但我不想说出口,因为一旦说出口,这件事情就成了事实了。我也知道这就是事实,但我想让它被淡忘掉。"

波莉之前的表现都解释得通了。她为什么会生气,为什么在学校会有那样的表现,为什么每当别人对她说"你的爸爸为你感到骄傲"的时候她会烦躁。她在折磨自己,认为是自己导致了他爸妈的事故。但这其实并**不是**她的错。这也是为什么她看起来并不悲伤,直到今天我们一起做回忆罐,唤醒了她的记忆。

"波莉,听我说,"我把手放到她的腿上,"不管你爸妈那天究竟是要去哪儿,那场事故都**不是**你的错。"

"他们那天要是没有出门就好了,不管做什么我都愿意让那天的事重新来过。我好想他们。"

"我知道，你的爸爸已经走了，现在无论说什么也不能挽回了。但你妈妈还活着，她死里逃生，我们要相信她能扛下来。我们现在是一个团队，不过不幸的是，上天派给你的队友是我这么一个笨蛋小姨。"

波莉笑了，她笑起来真好看。"你才不是**笨蛋**小姨。"

我扬起了眉毛："我还是很笨的，但我会努力做好家务，你也要努力不再让这件事困扰你了。"

她点点头。"我很抱歉，最近总是给你制造麻烦，"她抬头去找泰德，"贝丝小姨，泰德在哪儿呢？"

我转过头去说道："他在一位吃三明治的女士旁边转悠呢。"但是我却没能看到泰德的红T恤。"天啊，几分钟之前他就在那儿。"真的是只过去了几分钟吗？我刚才一直在和波莉说话，会不会已经过去了很长时间？到了午餐时间了，海边上的人明显多了起来。我们周围坐着的都是来午休的当地人，想要找到泰德那样的一头金色卷发变得更困难了。我心中泛起一阵恐慌，无论怎么吸四秒、呼八秒也无法让自己镇静下来。

波莉喊着泰德的名字，朝着我们最后一次看到他的方向挥手。我留在原地，朝四周望去，心中祈祷他并没有走远，只是藏在哪儿，我们找不到罢了，尽管周围的人并没有多到淹没他。我脑海里掠过许多设想：如果泰德被别人带走了怎么办？我原来听过这种故事，只需要几秒钟，坏人就能把小孩骗走。我是不是该报警呢？如果泰德溺水了怎么办？我记得泰德之前是待在我们身后，所以他应该不会往海边走去，如果他朝那个方向走的话，我是能看到的，可如果我没看到呢？他是不是自己去踩水了？

波莉正问路人是否看到一个金发的穿着红T恤的小男孩。他的捕鱼网还放在我的脚边，但是他的水桶和铲子不见了，一定是他拿着呢。耳边传来海浪和海鸥的声音，还有游人的欢笑声，现在我却感受不到丝毫的轻松惬意。泰德到底去哪儿了呢？

波莉边向我挥手边跑回来。"有人说看到他了，"她喘着气说道，"他跟一位穿蓝上衣的女士走在沙滩上。"

"是吗？什么时候？多久以前的事？"那位吃三明治的女士是穿着蓝上衣吗？也许吧，我刚才也没有看清。

波莉着急得快要哭出来了："我哪儿都找不到他，如果那位女士把泰德带走了，带他坐上车了怎么办？"

"波莉，我们要相信还是好人多。"我也在这么劝自己。我们在沙滩上发疯似的跑着，继续寻找泰德。也许我应该报警，我在手机上输入了报警电话。这时我们走到了救生员的瞭望台边，一位十几岁的救生员拦住我们，问是不是出了什么事。

"我外甥丢了，他叫泰德，今年四岁，穿着红T恤，藏蓝色短裤，一头金色卷发，"我指向刚才我们坐的位置，刚才我们盖好的沙滩城堡已经被别的小朋友推倒了，"大概五分钟前，他就在那里。我转过头然后——"

他打断了我："你是说穿着红T恤吗？"

"是的，你看到他了吗？拜托，快告诉我吧。"

"我不确定，给我一点儿时间，"他后退了几步，对着对讲机说了几句什么，然后示意我们待在这里不要走开，"会有人过来找你们的。"

"谁要来？泰德在哪儿？他受伤了吗？"我感觉自己要发疯了，"请告诉我泰德没事吧？"

"他在那儿呢!"波莉指向沙滩的另一边,我朝她指的地方看去,虽然泰德离我们很远,但我确定那就是他。一位女警官正站在泰德身旁,牵着他的手。

"太好了。"我蹲了下来,真是有惊无险啊。我浑身都在发抖,注视着泰德。他旁边站着一位警官,还有一位穿蓝上衣的女士,就是刚才吃三明治的。到底是怎么回事?

泰德把手从女警官手中抽出来,朝我们跑来。那位警官对着对讲机在说着什么,然后她对那位蓝上衣女士也说了什么,那位女士听到后点了点头。她们一起朝我们走来了。

"贝丝小姨,快看啊,是警察!"泰德看起来很兴奋,似乎并没有因为刚才找不到我们而难过。

警官蹲了下来,用温柔的语气问泰德:"泰德,她们是谁啊?"

"是贝丝小姨和波莉。"他骄傲地挺起了胸脯。

"我是他的姐姐。"波莉把泰德抱了起来。

"泰德今天是和你们一起来的海边吗?"警官笑着问我们,但表现得很谨慎。

我伸手去拉泰德:"是我今天带他过来的,还有波莉。他刚才就在我们身后玩儿。我最后一次回头是看到他在盯着一位女士吃午饭。他不太懂得保持距离,尤其是在别人吃饭的时候。等我再一转身就找不到他了。"

刚才在吃三明治的那位蓝上衣女士看起来很愧疚:"真是抱歉。刚才是他主动和我说话的,我以为他是一个人来的。我四周看了看,那会儿你们是背对着我们的,所以我没想到他是跟你们一起的。我问他——"这时她压低了声音,"我问他你的爸妈在哪里?然后他就哭了起来,他说他不知道爸爸在哪儿,他的妈妈累了。我以为他走丢了。我没想到他是跟别的家人一起来的。"

我的心跳还是很快,我感到很难受。"波莉,你帮泰德再去盖几座沙滩城堡好吗?"波莉答应了,带着泰德走到了刚才我们放捕鱼网的地方。"我没想到他会走出我的视线。"

警官友好地对我笑了笑:"这种情况经常发生,相信我,这和谁带他来的没有关系。"

"我知道,我都没留意到他和一个陌生人走了,这个人也有可能是坏人。我没有别的意思。"我微笑地看向那位吃三明治的女士,"刚才你们问他爸妈在哪儿,他哭是因为他爸妈遭遇了一场严重的车祸,他爸爸去世了,他妈妈——也就是我姐,还在医院里。"

警官点点头:"刚才你一提到波莉和泰德我就猜到了。你们家遭遇如此变故,我们也感到很遗憾。"

"对于泰德来说,'你爸妈在哪儿'是个不好回答的问题。你是在问他们在海边的哪个位置,泰德却会理解为你是在问他们平时在哪里。好在刚才有你们照顾他。"我再次向她们表达了感谢,然后来到了波莉和泰德的身旁,他们正聚精会神地用石头在沙滩上写字。我坐了下来,努力克制住自己的眼泪。

"波莉写了我的名字,小姨!"泰德指向沙滩上的字,"写的是泰德!"

我挤出一个微笑,心里想的是刚才我们很有可能碰到坏人,结果就不得而知了。如果我妈发现泰德走丢了的话,她一定会发疯的。要搁平常,其他事我可以让我爸帮我说几句好听的哄哄我妈,但如果泰德真的走丢了,我不确定他是否还会这么做。这种事情是很严重的,和"刷碗不认真"或者"做饭难吃"根本就不在一个级别上。过去这六个月,我一直在努力证明自己可以照顾好孩子们,但种种事实却在证明我其实并不够格。

回程的路上,波莉和我说了许多话,她已经很久没有说这么多话了。我能感受到我们之间的关系缓和了一些,虽然后来发生了泰德差点走丢这件事,我今天还是很开心的。开心的同时,我心里也感觉有些沉重,但我知道这不是波莉造成的。

我拐到公交站时,发现爸妈的车也停在了门口。**真是棒**,这意味着我要直接去面对爸妈的说教了。我想过让波莉帮我保守秘密,不要提刚才泰德差点走丢的事(作为回报,我也不会把她照片的事告诉她外公外婆),但我知道我不能这么做,不仅是因为这么做是不对的,更是因为就算波莉不说,泰德也会自己说出来的。他会兴致勃勃地告诉他们,刚才碰到了带着对讲机的女警官。而且让一个四岁的小孩为了我的面子而帮我保守秘密,我心里也过意不去。

我妈已经等在门口了。泰德睡着了,于是我轻轻地把他抱出了车。他的脸上、衣服里都是沙子。

"原来你在这儿啊。"她皱着眉看着波莉,然后对着厨房喊道:"她回来了。"

我听到厨房传来了声响,我妈是在和谁说话?难道除了她和我爸,家里还有别人?是家庭联络官来了吗?但我爸妈怎么知道他要来呢?

"我不知道你们要过来——"我开始解释,但她打断了我,把泰德接了过去。

"你老板来了。"她小声说道。

"什么?**为什么?**"这一天已经够糟糕的了,真是雪上加霜。

"我去照顾泰德,至于波莉,你给我解释一下为什么你今天没去学校。"

我缓缓地走向厨房,绞尽脑汁地想为什么马尔科姆要在我放假的这天来家里,而且这根本都不是我家。他正在餐桌旁和我爸喝茶。我觉得他这么做真的有点过分了。

"贝丝,你去哪儿了?"我爸看了眼表,"马尔科姆找你找好久了,他先去了我和你妈家,因为这是你档案上填的地址,我们就把他带到你姐家来了,我们还以为你在呢。"他又瞄向了波莉:"为什么——?算了,不重要了。"

"我们去海边了。"我有点生气且困惑,因为现在大家看起来都想要责备我,而我还没有跟他们说在海边发生的事。我还以为是警官或是什么人提前联系了我爸妈,把泰德差点走丢这件事告诉他们了。但转念一想,我家里的事和我公司也没有关系啊。"发生什么了?"

马尔科姆看起来很焦虑的样子,我担心是不是我经手的单子出了严重的问题,才让他露出如此表情。

"贝丝,你昨晚离开公司前设定报警代码了吗?"他的声音和往常不太一样,我听不出来他现在是在生气还是担心。可能两者皆有吧。

"我没有吧?"

他呻吟了一声,像是胃痛时会发出的声音。我张着嘴看着他。

他咬牙切齿地对我说道:"我要求你在离开前设定报警代码的。"

"什么时候的事?我都不知道怎么设定。"

"我在和你说电话会议那件事的时候。我交给你两张便利贴,一张写着电话会议的号码,另一张写着报警代码。你还对我说你知道了。然后我给你发了封邮件,里面是会议要用到的销售数额,还有关于设定报警器的提示。"他掏出手机给我看他发给我的邮件,还把手机拿到我爸眼前晃了晃。我爸看到后点了点头,我对他这一反应也有点生气。

海滩上的恐慌刚刚平息,我的心情又急躁了起来。老是这样的话,我下个生日前不得心脏病才怪呢。我盯着马尔科姆的手机,浏览他发给我的那封邮件。我记得他跟我说过电话会议的事,但对设定报警代码却丝毫没有印象了。我回想起昨天,我们对话时,我的注意力集中在电脑上被贷方退回来的那笔单子上。

"我没有听到你昨天对我说设定报警器的事,而且你邮件里写得也**不明显**。邮件的主题都是关于电话会议的,为什么不把主题改为'电话会议和设定报警器'呢?我从来没设定过,也没听到你让我来做,而且我不记得你说没说了。"我结结巴巴地说道。我不喜欢他在办公室以外的场合让我难堪,尤其还是在我爸面前。

"我把报警器的代码写在了便利贴上,我在邮件里又提醒了你一遍,"他提高了音量对我说道,"昨天有人闯入了公司。"

我深吸了一口气:"什么?"其实我听清楚他刚才说什么了。

"有人进来了,但是没有触发报警系统,因为没有设定代码。"

"他们拿走什么东西了吗?"

他摇摇头:"没拿走什么,但这不是重点。贝丝,重点是有人闯入公司,但却没有触发报警系统。为了保护我们的数据,我们虽然也规定了桌面不要留信息,但是……"他把头埋到了手中。

我回想起昨天离开时,我桌面上文件放得到处都是,便利贴上随手写着客户的姓名和电话号码。我隐约记得之前看过一个安全警示片,里面讲的是不要将涉及个人信息的文件留在桌面上。

看这个警示片的过程中我走神了,开始和乔里互发表情包。他发给我一个大卫·布雷特的表情包,我觉得好玩极了,因为我觉得马尔科姆和布雷特长得挺像的。现在我觉得这些一点都不好玩了。

"你们一定是有什么误会,"我爸起身去烧水,然后对我们说道,"如果贝丝说你没有让她设定报警器,那就肯定是你没说。你还喝茶吗?"

马尔科姆挥了挥手,示意他不喝了。"但我的确跟她说过,她一定是走神了没听到。现在我们碰上麻烦了。"马尔科姆说着站了起来。

"抱歉,"我说道,"我没听到你跟我说设定报警器的事,我当时注意力都集中在那笔单子上了。"

他眯起眼睛问我:"你就从来没留意过咱们的报警器吗?你就没意识到你作为唯一一个加班,并且最后一个离开办公室的人,需要承担什么责任吗?"

我摇摇头:"我们都有门禁,我以为门会自动锁上的。我没想过报警器的事。现在怎么办呢?"

他拿起外套挂在胳膊上:"警察会来看昨晚的监控录像,与此同时我们只能祈祷昨晚闯入公司的人没有从我们这窃取什么机密信息。但现在看来,你的桌上会有很多供他们窃取的信息。"

我有点害怕了,不知道还能说什么:"我能帮着做些什么吗?"

"没什么。我来找你是想向你确认昨晚是否设定了报警器,如果你设定了,那可能就是技术故障引起的。要不是紧急的事,我也不会在你休息这天来叨扰。"他看向我爸:"抱歉给你们添麻烦了,帕斯科先生。"

我的脖子突然又痒又热，和之前道格葬礼后，我以为自己恐慌症要发作时的感受一样。很久以来，我都感到身上压力很大，今天发生的事情正好证明了我还没有能力担负起身上的责任，我还不够格。如果以后发生比"忘记设定报警器"或者"泰德走丢"还要糟糕的事情该怎么办？我总是宽慰自己已经做得很好了，但其实我做得一点都不好。

我送马尔科姆走出家门，紧张得手汗津津的。

"贝丝，明天咱们在办公室见吧。"

"不。"我忽然感到耳朵充血。我把事情都搞砸了。

他看着我的眼睛："不？"

"我不能。"我的身体在发抖。

"你明天不能来还是什么？"我们之间的氛围变得很尴尬。

"我不知道。"

"好吧，我不接受'**我不知道**'这种说法。最晚到下周一你要给我个说法。如果你不来找我的话，我只能重新再招一个助理了。我不能一直没有助理。"

"我知道，我很抱歉。"我关上了门。这时我妈过来了，显然她刚才听到了我们的对话。

"你要考虑辞职吗？贝丝，为什么啊？"她问我。

"因为我就是这种人啊，你不是说'**贝丝一遇到难事就退缩**'吗？你说得没错。"

"我没有……"我妈没想到我会"引用"她说过的话，"但你这份工作做得很好啊。"

"不好，我没能做出什么成绩，现在因为我的失误，公司又发生了这种事情。"

"但你没必要因此辞职,警察会把事情调查清楚的。"

"外婆,我看到警察了!"这时泰德向我们跑了过来。

"好棒啊,"我妈抚摸着泰德的头发,给他一个灿烂的微笑,"现在我来给你做午饭吃吧。"

"贝丝小姨和波莉都不在的时候,是一个女警官找到我的。"

我妈的微笑消失了,先看看波莉,又看看我。"他刚才的话是什么意思?什么叫'你们都不在的时候'?"

我感到头疼,捏了捏鼻子,双手还在发抖。"刚才在海边发生了一个小插曲,我正准备告诉你,结果一进家就看到了马尔科姆——"

"不是贝丝小姨的错,"波莉说道,"泰德总是跑来跑去的。"

"我想吃芝士奶酪卷可以吗?"泰德跳上跳下地说道。我妈把他抱了起来,亲吻了他的脸,带他来到了厨房。她给了我爸一个眼神。

"妈?"我在后面喊她。

"贝丝,这事儿我们待会儿再说吧。都快两点了,泰德还没吃午饭呢。"

"但是——"

"我说了待会儿,泰德要吃饭了。"

# 27

现在是周五晚上,我在艾美家看电视。这里不是我家,家里没有别人,我也不需要再照顾谁。我的确是想要拥有属于自己的时间,但不该是现在这个样子。我并没有感到应有的轻松惬意,相反，我只是感到很孤单。

我玩着藏在沙发垫下面的泰德的斑点狗小波玩偶。周三晚上，我妈说要把孩子们带到他们家住几天。她没有征求我的同意，我也没有表示反对。对孩子们来说，待在那边可能会更好吧。我不知道"住几天"究竟是多少天，但我也没有再问。波莉不太想去，但我支持爸妈的决定，说我觉得她应该也一起过去住。泰德对于去外婆家留宿很激动，但他以为我也会一起去。我妈把他带出家门的时候他还说："小姨，你可以睡在我旁边，我们可以一起熬夜到早上。"

"我也很想去，但我要留在这里处理点事情。我们很快会再见面的。"我挥着手告诉他和他的大象先生玩具。然后我关上了门，一个人在门厅哭了好久。他们离开已经两天了，我除了瘫在沙发上漫无目的地刷手机，没开电视，也没做别的事情。我也不去想工作上的事，我认为自己已经离职了，只是还没有给公司发正式邮件来确认。就连看书也成为一种"惩罚"，每次我看到放在冰箱旁的书，就会想起我让阿尔伯特失望了。他家的电视声音很大，隔着墙我也能听到。我能想象到他坐在家中棕色的沙发上，脚上还穿着棕色的拖鞋。他今晚看的应该不是西部片，因为他家电视传来的是罐头笑声，而不像是枪战声。

我妈每天都打电话问候，我爸给我发信息，让我也去他们家和波莉、泰德待在一起。我回复他我在这儿挺好的，虽然我过得并不好，但我不想去爸妈家看到他们失望的面孔。对于泰德走丢这件事，我妈没有多说什么，但她越是沉默，我越感到不安。

我回忆起这一周我都做了些什么事情。周二那天我加班了，下班前忘记了设定报警器；阿尔伯特西装革履地坐在餐厅里等了我一个小时，他告诉我希望一切都恢复到原来的样子；泰德走丢了，后来是警察帮我们找回了他，这真是不幸中的万幸；我还在路上看到了波莉和萝西，她俩应该在游泳馆训练，但是翘课被我发现了，我忘记告诉萝西的妈妈了，因为我当时正急着去找阿尔伯特向他道歉……我不知道现在是否应该再告诉她妈妈我没有处理好。

我今天一天都没吃东西，现在肚子在抗议了。我把两片面包放进了烤面包机里，拿出一罐巧克力酱准备抹在上面。我回忆起事故发生前，每个周五晚上我几乎都是和乔里一起在酒吧度过的。不知道他现在是否和莎蒂在酒吧呢？

我一边吃面包，一边听钟表发出的声响。每隔两秒，厨房的水龙头就会滴下一滴水。**滴答**、**滴答**、**滴答**。厨房台面上放着一摞信件，我打算把它们交给我爸处理，这样能确保房东还有艾美和道格的信件得到妥善的保管。我看了眼表。**滴答**、**滴答**、**滴答**。现在还不是很晚，我可以现在就把信件给我爸带过去。我也挺想孩子们的，我想过去抱抱泰德，这正好可以当作理由。但我又想到了我妈在听到泰德走丢了之后的表情，意思是"我就知道会发生这种事情"。我决定先筛选一下信件，再决定是否要过去找他们。这些信件里估计没有什么有用的。

我打开最上面的一封信，这封信是寄给艾美的，写着她现在符合要求，可以申领额度为五千英镑的信用卡。我把这封信放到了无用信件那一堆里。**五千英镑**，我可从来没收到过这种信件，去年我差点都没钱付我的电话费了。

我把桌上的面包屑清理干净，然后又打开了一封信。这是一封寄给道格的看牙预约提醒信。我看到冰箱上贴着的泰德和道格的照片，他们俩眯着眼睛看向镜头。我伤心地笑了笑："道格，你的牙齿很好看。"我说着，把这封信留下给我爸处理。

第三封信的信封看起来很高级，印着一家高档水疗酒店的名字。我心里想着，这没准是个推销广告，于是便打开了。令我没想到的是，信封里装着一封写给艾美和道格的打印信函。

尊敬的兰德先生和兰德女士：

过去几个月我们一直无法通过邮件或者电话联系到您，故寄出此信。不知您是否还愿意参观鹰园？若您已改变心意请告知我们。若您仍愿意与桑德琳预约时间参观，九月和十月还有合适日期供您选择，但机不可失，请您尽快做出安排。

此致

敬礼

活动助理埃琳娜·麦卡锡

这封信很奇怪，我怀疑艾美是不是赢了个类似下午茶体验之类的礼券，但却没有告诉酒店她无法参加。但信上提到了"预约"，这听起来不像是她中了什么礼券。

我本打算把这封信留给我爸去处理，但又停下来思考了一下。我可以写封邮件或者打个电话和酒店确认，反正我现在也没什么其他事可做，于是我拨通了电话，本想留个语音留言，结果一位女士接起来了。

"这里是鹰园水疗酒店，我是埃琳娜，有什么可以帮助您的吗？"

我又看了眼那封信的落款："埃琳娜你好，你曾给我姐和姐夫寄过一封信，关于什么预约的事情。就是艾美和道格·兰德，你还记得吗?"

"您是想重新预约吗?"

"不是,其实——"我又看向了冰箱上那张泰德和道格的照片,"我姐夫前阵子过世了。"

"天啊,我很抱歉,真是没想到。抱歉这封信给您带来不便。我会在系统上更新这一信息的。"

"这也是你们一直无法与他们取得联系,他们也无法履行预约的原因。"

"谢谢您告诉我,每年这个时候桑德琳都很忙,因为大家都想来这里看看场地,拍些好的婚礼照片。所以她也是想再确认一下。"

我缓缓地呼出一口气,原来艾美和道格是想来鹰园办婚礼,他们一直在期待这场婚礼。我看到这封信最上面的插画,画的是被孔雀环绕着的草坪和喷泉。我姐的确是那种会提前很多年开始计划婚礼的人,但她从来没和我说起过这件事。当然了,她还有很多事都没和我说过。

"但有件很奇怪的事。"埃琳娜说道,像在自言自语。

"什么事?"我一边说着一边把盘子放到水池里。

"我们系统显示,预约日期的前一天您的姐姐和桑德琳通过电话,她还说他们一定会来参观的。所以桑德琳才一直想联系上他们。"

"真的吗?但艾美自三月后就陷入昏迷,没法再和外界沟通了。"

"的确是三月,是三月十五日星期五。实在抱歉,我在更新名单……"

后来埃琳娜说了什么我已经听不到了,脑海里只有那个日期,三月十五日星期五。我刚挂断电话,还没来得及整理这些信息，手机就又响了起来，是我爸妈打来的。

"你们好啊。"我说道。

"宝贝你好，你现在忙吗？"我妈问我。

"不忙，但我正在帮艾美和道格整理信件，有一封——"

"你也没打算出门吧？"

"我出门去哪儿啊？"我又能和谁一起出去呢？

"那太好了，"她的声音听起来怪怪的，"你能马上过来吗？"我还听到了哭声。

"家里还好吗？"

我妈叹了口气："泰德总是坐立不安的。"

她又叹了口气说："他说他要找你。"

# 28

"告诉泰德我这就过去，他的泰迪熊带够了吗？"我问我妈。

"他带着大象先生玩具呢，他也没有要找别的玩具。"

"大象先生玩具是用来抱着玩儿的，他喜欢睡觉时把好多泰迪熊放到头边上。"

"这习惯是从什么时候开始的？"

"我也不知道，但他就是喜欢这样。我应该把照片这个习惯也告诉你的。"

"什么照片？"我妈听起来像泄了气一样。她移开了电话，我听到她对泰德说："贝丝小姨这就过来。"泰德的哭声变小了。

"是艾美和道格的照片。其实不是某张特定的照片，只要是他俩的照片就行，泰德喜欢在睡前对爸妈说晚安。我在家里用的是他们在竞技场的那张照片，你随便拿张照片试一试。"

"他现在正和波莉一起看《玩具总动员》呢。我待会儿用照片试试，反正你过来也还需要一会儿，"她压低了声音接着说道，"他刚才闹得很凶，你爸和我拿他没办法，我从来没见过他这个样子。"

我**倒是**见过，但我没有说出来。其实我很想对我妈说"我早和你说过"这种风凉话，但此刻我更希望泰德是乖巧的。我告诉她我很快就到。

我把车停在爸妈家门口，泰德正透过窗子往外望。我朝他挥挥手，他回给我一个笑容。

"他现在冷静下来了？"我把外套扔到门口的长凳上，泰德朝我跑来，抱住我的大腿。

"他现在没事了。"我妈在回避我的目光。

"那就好，"我脱掉鞋子，把泰德抱了起来，"咱们上楼吧，我去帮你盖被子好吗？你现在睡的不是贝丝小姨的房间吧？"我装出一副对他生气的样子，他被我逗得咯咯笑。

"我睡的就是你的床！"

"什么？你睡在**我的**床上？你这个捣蛋鬼，看我怎么对付你。"我挠他的胳肢窝，他在我怀里扭来扭去地大笑着，我都快要抱不住他了。我还以为我妈会又嘱咐我别让泰德在睡前这么兴奋，但她没有说话。现在已经过了泰德平常该睡觉的时间了。我爸听到了泰德的笑声，他朝我们走了过来。

他亲吻了泰德的额头："晚安，小家伙。"

"外公，我要跟小姨一起睡觉。"泰德说道，但这并不是我的想法。我爸疑惑地看着我。

"我没有——我没打算在这留宿。"我说道。

"你既然已经来了,就在这儿睡吧。你的东西也都在这里,这还是你以前的房间……"我妈说道。

但奇怪的是,这个房间已经不像是我的房间了,这里也不像是我家了。我不知道艾美和道格是否会和我有同样的感觉,没有了泰德和波莉的地方就都不像是"家"。

"你有袜子先生,我有大象先生。"泰德说道。袜子先生是一只玩具熊,也是我唯一还保留的一件儿时玩具了。它就放在我的床边。

"我怎么能拒绝和袜子先生一起睡觉呢?"我看向爸妈,对他们说:"我一会儿就下来,我也有事要跟你们说。"

"好的,宝贝,"我爸说道,"我做点水怎么样?还是说需要'给你俩倒杯红的,我喝威士忌'?"

我本想开口说喝点酒也挺好的,这时妈抢在我前面开口了:"喝酒吧,吉姆,我去拿酒杯。"她看起来很疲惫。

泰德很快就睡着了。我本来想把照片拿过来,让他和爸妈说晚安,结果刚把玩具放到他边上,帮他盖好被子,他就已经含住大拇指开始打呼了。我轻轻地把压在他身下的胳膊抽出来,发现波莉正在门口等着我。她把我拉进原来艾美的卧室,现在这间屋子空出来了,里面放着一辆年头比我岁数都要大的健身脚踏车,过去十五年里这间屋子还充当过办公室和健身房。

"波莉,怎么了?"

"我爸妈那天没有去见那个女人,就是我说的要买手机的那个女人。"她说着关上了屋门。

"不——我知道,"我皱着眉问她,"你是怎么知道的?"

"什么叫我怎么知道的?你是怎么知道的?"她摇了摇头,"这个不重要了,但我很确定那天他们不是要去见那个敲诈我的女人。我发信息问过她了。"

"你这招也不怎么聪明啊。"

波莉用很快的语速小声说道:"那天咱们在海边聊完之后,我想要搞清楚爸妈那天到底是要去哪儿。我从手机黑名单里找出来那个女人,给她发了信息。她说她本来没打算把我的照片发出去,但当我说可以给她钱的时候,她就起了歹念,因为她当时正急需用钱。我觉得她也是铤而走险。"

"这个人倒是挺聪明的。"

"后来她在新闻上看到了那起车祸,看到了我爸妈的名字才想起来。她想给我发信息,告诉我她不是故意要利用那张照片做坏事,但发现我给她拉进了黑名单里。是我妈让我这样做的。他们也从来没想要去找那个人当面算账。"

"那你妈为什么发信息说她都帮你处理好了?"

"他们的确给那个人钱了。我爸给那个人转账了一百英镑,希望她能把照片删掉,也不要再传播了。"

"这个人还真是缺德啊。"

"她把钱退回来了!她没有收。"

"但你现在并不信任她,对吗?她可能把照片偷偷备份了,还是有传播的风险的。"

波莉摇了摇头:"我已经不在乎这个了。这张照片不会再伤害到我了,这几个月以来让我感到难受的也不是这张照片。"

"我懂的。"我看到波莉脸上的表情放松了一些。她知道了爸妈出车祸那天并不是要去帮她处理这个敲诈事件,那起车祸也不是她造成的。她皱着眉问我:"小姨,有件事我还是搞不懂。我把银行那封信藏起来,是因为我知道日期对不上,我以为他们用去银行做借口是为了帮我解决照片的事。如果不是这样,他们那天**是要**去哪儿呢?你知道是怎么回事,对吗?"

我点点头,"我知道,我正准备把这件事告诉你外公外婆。他们就在楼下等着我呢。说实话,我现在不想和你外婆说话,她现在还在生我的气呢。"

波莉做了个鬼脸:"我认为她是因为我们差点把泰德弄丢了而生气。"

"不是'我们',是'我'。那件事我负主要责任。我需要对你们俩负责任。我也在考虑把其他事情也都和他俩交代了。"

"其他什么事情?"

"我知道你不希望我告诉他们关于手机和照片的事情,但这些事情他们早晚要知道的。我没能把你和泰德照顾好,家里也没有打理好,工作上表现得也不怎么样,我不能再继续骗你的外公外婆我把一切都处理得很好。他们应该也都能看出来。"

波莉向前迈了一步,我以为她是要去抓门把手阻拦我,结果她却抱住了我。"我知道外婆对你很生气,我也知道你不爱收拾,家里的吸尘器你也不会用。但是我认为你已经做得很好了。"

"**不是**我把吸尘器弄坏的,"我轻轻地捏了她一下,"咱们一块下楼去面对他们吧。"

我们一起来到楼下。我妈递给我一杯红酒,我坐到餐桌旁。波莉拉出一把椅子坐到我的身旁,头靠在我的肩膀上。爸妈交换了一个眼神,一个我从没看到过的眼神。

我们四个就这么坐在桌前,桌上没有摆着任何食物,看上去我们像是在开会。需要有人先开口来推进这个会议的流程。

"我知道三月十五日那天艾美和道格是要去哪儿了,"我说道,"他们不是要去银行办理贷款,他们是要去参观鹰园水疗酒店。"他们三个一脸困惑地看着我。我爸嘴里反复念叨着"鹰园",好像多念几遍就能想起来是怎么回事似的。我接着说道:"他们是要去考察婚礼场地。"

"哦。"波莉咬了下嘴唇。

"他们以前没去过那里啊。"我爸说道。

我妈小声重复着"婚礼场地"。

我们各有所思地消化着这个信息。我拿出手机,打开鹰园的网站,给他们看酒店的照片。"看上去很高级吧?"

我爸仔细地看着网站上介绍婚礼套餐的图片说道:"我不喜欢这些开口菜。"

"是**开胃菜**。"我妈纠正了他。

"是同一个意思,我不喜欢站着吃饭,没手拿酒杯。这会让我很有压力的。"我妈"啧"了一声,我爸继续说道:"别以为我没告诉过他俩,我和他俩说过我不喜欢这个。"波莉和我点点头,这的确像是他会做的事。

"没想到他们那天是要去这里,"我妈说,"这也就解释了为什么银行那封信上的日期对不上了。他们竟然没告诉我他们在挑选婚礼场地,我可有点伤心。我有**好多**想法想要分享给他们呢,没准能给他们帮大忙呢。"

我爸回避着我的目光,喝了一大口酒,他似乎想通了为什么艾美和道格要瞒着这件事。我对妈妈说道:"妈,电话里的那个人告诉我一次最多只能有两个人去酒店参观，他们也许是想等确定了之后给你一个惊喜呢。"

我妈伤心地点点头："也许吧，这样能说得通。"

"所以……"我清了清嗓子，准备好把其他事情也都一起和盘托出了，"我们再聊聊其他的事怎么样？自从差点把泰德弄丢以及辞掉工作之后我想了很多。"

我妈看看我，又看看波莉："接下来的内容需要波莉回避一下吗？"

"不，"我摇摇头，"我希望波莉也听一听。你们同意吗？波莉已经很成熟了。"

"好吧，"我妈看向我爸，"我们最近也想了很多，你爸昨晚和我聊了聊，然后我就一直想着这些事。"

"有吗？"我爸惊讶地说道，"我都聊什么了？"

"你说我总是不能理解贝丝，因为我觉得她做事的方式方法和我不一样，还有——"我妈摆弄着她的婚戒，"和艾美也不一样。但简单地指出我们做事方法不一样没什么用。"

"外公，你说得很有道理。"波莉说道。我爸冲她挤挤眼睛。

我妈帮我和她自己都添了酒。"我有时不太懂你，"**不懂我**？"这可能是因为我总是在意一些细节，比如收拾屋子或者熨衣服这种小事，而忽略了大局。我总是想着要做什么、怎么去做。我对你的确是有些苛刻了，但我不是有意的。是你爸让我意识到了这一点。"

爸爸还是一脸惊讶的样子。我回想起过去我受到我妈批评的那些时刻，我认为她正是通过保持家中的有序和整洁，来应对生活中的种种变故和压力。

我妈有些微醺了。"泰德今晚吵着要见你，然后你告诉我该怎么让泰德安静下来,这些事情是我从来都不知道的,"她看向我爸,"我一告诉泰德你要过来,他的心情马上就变好了。吉姆,我说的没错吧?"

我爸点点头:"没错。"我听到这些很开心。

"我应该多帮帮你的,"我妈继续说道,"不仅仅是给你们做炖菜或者接送波莉上游泳课,而是在一些大事上,我应该给予你更多支持和鼓励。我很抱歉。"

现在我心里也有些过意不去了:"没事的,波莉和我也有些话想对你们说,波莉,你有什么想说的?"

"没有。"波莉说道。我瞪了她一眼,她举起双手投降了:"好吧,我是有话要说,但首先接下来这些事情都和贝丝小姨无关,不是她的错。"

"什么事情?"我妈把酒杯放下了,紧张地看着我们。

"我撒谎了,我之前和你们说去萝西家过夜,但其实我是去参加聚会了。不过我没有嗑药,也没和高中生发生性行为。"波莉盯着外公,她外公被酒呛了一下。我示意波莉继续讲下去,趁今天把事情都说出来。"我在学校也表现得不好,我的成绩下滑了,我黑进了小姨的邮箱阻止她接收珊德福女士的邮件。"

我妈摇着头问道:"但你们俩都说那次家长面谈进行得很顺利啊?"

波莉接着说:"我总是翘游泳课,那天小姨在路上碰到了我和萝西,就是她忘记和阿尔伯特外出吃饭的那一天。外婆,我最近表现得很差劲,但我不会再这样下去了。你可能不会信我,但我是真的这么想的。"

我妈皱着眉问道:"你在学校的成绩下滑了?"波莉点点头。

"你也和我们撒谎隐瞒了自己的行程?"波莉又点了点头。"可贝丝,这些你都没和我们说过啊。为什么不说啊?"

"因为我想自己把这些事情处理好。而且说实话……"我停了一会儿,"如果我把这些都告诉你的话,这反而会验证你之前对我的评价。你会认为我还没有能力做波莉和泰德的监护人。你会觉得艾美和道格选择我做监护人是一个错误。"

"哦,贝丝,"我妈的眼中充满了泪水,"我从来没有这么想。"

"真的吗?"

"真的!"

"我一直在努力,你知道吗?"我说着眼睛也湿润了,"只是有时候要面对的事情太多了,但这不代表我不想去把这些事情处理好。我知道我总是逃避,但这回不一样。这一次我不会再选择逃避了。"

"听到你说这些,我们感到很欣慰,宝贝,"我爸捏了捏我的手,然后又握住了波莉的手,"你们俩其实很像,你们知道吗?"

波莉咧着嘴笑了:"是很像,但是贝丝小姨如果去参加聚会的话,一定会和别人发生性行为的。"

"波莉!你怎么这么说我!"说完后我也笑了,我们都笑了。笑声,是当下最好的解药。

"爸,你想喝杯咖啡吗?"我系上晨袍的带子走进了厨房。

"好的,谢谢宝贝。"我爸正在揉着太阳穴。

"需要止痛药吗?"我说着把药盒递给了他。

"需要,我是有点不舒服。"他拿出两粒药,然后我俩都笑了。这是我家的一个传统笑话了。

我还是觉得有点晕乎乎的，昨晚我和我妈一共喝了两瓶红酒。我看东西还有点模糊，尽管已经喝了两杯咖啡，嘴里还是一股马尔贝克红酒味，但我没有觉得很难受。"我妈起了吗？"我问我爸。

我爸看表："已经快九点了，贝丝，你觉得呢？"

"有道理。"据我所知，我妈是从来不会赖床的。即便她宿醉了（虽然她不会承认），也会早早起床洗漱收拾。

"她带着泰德去商店了，"他告诉我，"要买点调料。"

"好的，她今早起来怎么样？"我拿着咖啡走到了餐桌旁。

"什么怎么样？"

"就是，我们昨晚聊完之后，她什么感觉？"

"我觉得她看起来放松了许多，"我爸说道，"我俩都觉得轻松了许多。"

"我也是，"我从果篮里拿了一根香蕉，剥掉皮，"今天下午你们是要带着波莉去医院吗？如果你和妈想做点别的事的话，我可以带着波莉去。"

我爸从体育副刊上移开了目光："我和你妈今天要去医院，我们要带着泰德一起去。你妈一直想着鹰园婚礼的事，她想见见艾美。泰德早上说他也想去，等波莉醒了，再问问她什么想法吧。你是也想一起来吗？咱们全家总动员一起出动。"

"我不想去。"他们四个人已经超过医院的人数限制了，我明天再去好了。

他点点头："你要不问问乔里今天有啥安排？"

"呃……"我嘴里嚼着香蕉，我爸看到后笑了。

"有什么好笑的？"

"我真是搞不懂你俩。过去这么多年,你俩就跟连体婴儿一样总是黏在一起,现在他有女朋友了,你俩就几乎不再见面说话了。你也不想当他的女朋友啊,你们到底是怎么了?"

"我们的确不再像连体婴儿一样总黏在一起了,我们现在是连体婴儿的反义词,该怎么说来着?好吧,我想不出来这个的反义词是什么。"

"我只是为你们感到可惜,我知道我是个老头子了,不懂现在这个高科技社会,你们都用一个什么软件来发信息——"

"是即时通信软件。"

"无所谓了,我的意思是你们**为什么**不继续做朋友呢?"

"原因很复杂。"

"真的很复杂吗?如果因为你们的关系比朋友要复杂,所以才无法继续做朋友的话……"

"乔里已经和莎蒂在一起了,爸。他跟我明确说了他和莎蒂在一起很开心,我也为此感到开心。我只是很想念我这个朋友。"

"那就告诉他啊。问问他今天下午有没有空。"

我皱着鼻子说道:"我还是留在家里刷碗吧。"

我爸掀开窗帘,然后又低头在桌子下面找着什么:"没找到。"

"找什么呢?"

"我在找我的二女儿,她和你身高长相都差不多,但她不喜欢在家做家务。"

我忍不住翻了个白眼。我今天还有别的要紧事要做,我没必要折磨自己去给乔里发信息,他明知道我对他是什么感觉,这只是我一厢情愿。我现在就希望我妈和泰德能买点砂糖回来。

我盯着网眼窗帘看,但没看到屋子里有什么动静。忽然间防盗链响了,门开了,我吓了一跳。阿尔伯特通常在开门前会透过窗帘往外看一眼的。

"贝丝。"他看到是我,也很惊讶。

"你好。"我有一肚子话想要说,现在气氛忽然变得有些尴尬。

"你想进来坐坐吗?"他指着身后的走廊问我。

"好的,如果你不介意的话。"

他为我让出一条路,我们一起来到了客厅。我真是想念他这棕色调的家了。我把我妈做的甜点放在咖啡桌上:"阿尔伯特,这是送给你的。"

"给我的?"

"希望你能原谅我。"

他打开包装盒,脸上浮现了一丝微笑。一个不易被人察觉的微笑。"是杏仁果酱塔,你怎么知道我喜欢这个的?"

"我们之前聊到梅薇思的时候你提起过,这个肯定没有梅薇思做的好吃,但我也花了不少工夫呢。"

"这是你做的?太谢谢你了。"

"其实主要是我妈做的,我只是帮她打下手,防着泰德不让他偷吃。他很喜欢吃上面的糖渍樱桃。"我说着坐在了沙发上。阿尔伯特把茶水端了过来,他正在思考先吃哪块。我做了个深呼吸,对他说道:"阿尔伯特,关于上次读书俱乐部的事,我要再次向你道歉。"

他挑好一块馅饼,小心翼翼地放到了茶盘上:"你已经道过歉了。"

"我知道,我希望你了解我心里的感受,我现在依然充满歉意。"

阿尔伯特低头看着他的茶杯:"我已经很久没有在外面就

餐了。"

"我知道,我很抱歉。我希望有机会能和你把这顿饭补上,但我知道这不是你想要的结果,我也知道为什么。换位思考,我也不会愿意再和我这种人一起吃饭了。"

他摇摇头:"你那天没有来,我感到很丢脸。餐厅里的小姑娘们对我都很善良,但我觉得自己就像一个笨老头。我觉得自己真是太异想天开了,梅薇思走了以后,我哪儿还可能再到外面去吃饭呢?我在家看着电视吃速冻食品就很好。"

"别这么说。如果你有机会和一个比我更可靠的人在外面吃饭——其实随便找个人都比我更可靠——你就会发现这不是什么异想天开的事,你值得这一切。是我让你失望了,我真的很抱歉。"

"是你要忙的事太多了,我也有点反应过度了。我只是为自己感到可悲。这甜点很好吃,甜度合适,梅薇思要是在场的话她也会这么觉得的。"

"太好了,我会告诉我妈。他们今天去医院看望艾美了。"我接下来把最近家里发生的这些事都告诉阿尔伯特了,除了波莉照片的那件事。波莉把自己的裸照发给了陌生人——他听到这种事情会大吃一惊的。我说,这一周我已经让很多人失望了,不仅仅是他,所以不希望他把我放鸽子这件事当作是针对他。

"你下周一应该回去上班,"他说道,"振作起来,重新开始。你其实并没有让其他人失望,如果你不给自己一个重新开始的机会的话,你会让自己失望的。"

我知道他说的是对的。昨晚我和爸妈交流之后,我不再那么害怕我所承担的这些责任了,我坦白自己没能把事情处理好,爸妈以后会多帮助我的。"我会给老板发封邮件的,"我说道,"阿尔伯特，你是个非常聪明的人，你现在是我最好的朋友了。你总能看到我身上的优点，即便我总是在做傻事。"

"那个开卡车的乔特也能看到你身上的优点。"

"是乔里，"我怀疑他知道乔里的名字，只是故意说错，"你是从哪儿看出来的？"

"很显然，他非常关心你。"

"是吗？"

"毫无疑问，他迷上你了。"

"他不喜欢我，他有女朋友。"**而我其实也给了他选择的机会。**我给乔里递照片那件事太丢人了，我也就不再提了。

"但你总是在提起这件事。"

"什么叫我总是在提起这件事？他的确有女朋友。再说了，我现在也有别的暧昧对象。"这倒是真的，但我知道阿尔伯特会继续八卦下去追问我的。

"那很好啊，是那个游泳教练吗？我还真是够八卦的，是不是？泰德提起过他。你们俩会互相发小图片吗？"

"你是说表情符号？偶尔会发。"

"真可爱，你喜欢他吗？"

"挺喜欢的，他人很好。"

"和乔里一样好？"

**阿尔伯特，你有话就直接说吧。**"他和乔里不一样。"

"我明白了，"阿尔伯特把茶盘拿了起来，"我在遇见梅薇思之前，也喜欢过一个别的女孩。"

"是吗？"

"是的，她叫莉莉，很可爱的一个女孩。"

"后来发生什么了?"我想象着年轻阿尔伯特心碎了,怀念着他的初恋。

"后来梅薇思出现了。我很爱莉莉,或者说我以为我很爱她。但和梅薇思在一起时,我感觉我们俩好像已经认识很长时间了。我因为这个和莉莉分手,这样做虽然不太好,但我不愿意继续骗她。我的心已经有了新的归属。"

"这和我与乔里的状况不一样。我俩早就是好朋友了,后来也各自有过男女朋友。我们不是新认识的,我一直在他身边。"

"所以你现在这么难受。"

"你这话是什么意思?"

阿尔伯特站起来朝厨房走去:"活得患得患失。"

## 29

我在医院停车场停车时接到了波莉打来的电话。现在肯定是学校的午休时间。我打开了免提:"嗨,波莉,怎么啦?"

"没什么,你手边有笔吗?"我通过电话,听到学生们在聊天。

"**现在**没有,我正准备停车呢。"

"天啊,我妈的另一个保险杠又要牺牲了。"

"你说什么呢?"

"我真的觉得我开车技术会比你好,虽然我从来没开过。泰德要是会开车的话没准都比你强。"

"你真是嘴下不留情啊。你要知道这车很大,停车场的车位又很小,上次还不知道从哪儿冒出来个树篱。"

"外公说那根本不是停车位,你只是把车停到了灌木丛里。"

我笑了:"他是这么说的吗?今天你不需要为我担心啦,我找到一个足够大的车位,可以直接停进去。"我熄了火。"对了,我拿笔干什么用?"电话里波莉正和她朋友在说着什么,听着像是她待会儿再去找她们。

"抱歉啊。对了,我想到了可以写进回忆罐的内容。我不希望我和泰德把这个忘掉。泰德现在还记得这事,因为前两天我们还提起过。"

**哦,波莉**。"你这个想法不错,不过我不需要笔。你记下来就行了,周末我们仨一起写下来。你觉得怎么样?"

"我觉得可以,"她的声音变小了,"这个回忆和'戳一戳挠一挠'有关。"

"啄一啄?"

"是戳一戳,"她笑着说,"我爸之前老做这个,要不我发个视频给你看下吧。"

"好啊,你在学校没什么事吧?"

"没事。不过我得先挂了,萝西还在等我——"

"我可以通过学校软件来确认的,我可不会吝惜使用这个软件的哦。"也许我应该少用这个软件,上周波莉在学校时,我用这软件给她标记了三天缺席。

"你帮我亲亲我妈,告诉她我爱她,好不?"

"好的,一会儿见啦。"

我在门口的机器上取号,站在我后面的人一直用奇怪的眼神看着我,我还以为是我的心理作用。我走到楼上的病房,卡莎护士一**看到**我就狂笑不止。"你为什么用这种眼神看着我?是我脸上有什么东西吗?"

"的确是有东西,"她指着我的额头,凑近看了一眼,"看上去像一只小猪。"

"天啊,我把这个给忘了。"是泰德的贴画贴在我脸上了。有的时候我累了,就会陪泰德玩医生和病人的游戏。我是病人(每次都是),躺着一动不动,他会给我的腿上绑上绷带,还往我的脸上贴贴画。来医院之前,我把泰德送到了我爸妈家,我妈正在花园里等我们,所以我没下车就直接开到医院来了。自从早上刷完牙,我也没照镜子。我把贴画摘了下来。

"是小猪佩奇?"卡莎问我。

"这是克洛伊,佩奇的表姐。"

"好吧,"她微笑着对我说,"哈格里夫医生今天有话要对你说。"

"是吗?发生什么事了吗?"

"不是什么坏事,别担心。"

"那就是好事喽?"

"我也不知道,"她看起来像是知道些什么的样子,但她显然并不打算告诉我,"就等着看医生和你怎么说吧。"

艾美的病床旁放着一束鲜花,还有一张凯特送来的卡片:

艾美,该睡够了吧?希望我的好朋友能快快醒来。鲁宾的妈妈一直在和我说她新开拓的商机,她很犹豫究竟是用胎盘作画还是用来做杯垫。你快来救救我吧。

"凯特这人很可爱,"我在艾美的脸颊上亲了两下,"第二个吻是波莉让我带给你的。我直接来和你分享今天的新闻吧。今天的好消息都十分精彩啊，泰德连续两天没有尿床了，而我准时把垃圾带到了外面，还帮阿尔伯特也收拾了垃圾。"

艾美还是沉浸在睡梦中，她的眉毛微微地皱着，眼皮偶尔会抽动。我捏了下她的手，继续和她说着话。"今天的坏消息是我的额头上贴了个贴画，我忘了撕下来，从家到医院贴了好几个小时。我告诉卡莎，贴画上是克洛伊不是佩奇，因为它们衣服的颜色不一样。这就是我现在的生活状态。对了，我最近在和格雷格发信息，他有很多招人喜欢的地方……他身材很好，就是我们在杂志上看到的那种身材，他人也很好，很风趣。但是……你懂的，我还是放不下我对乔里的感情，太难了。"

波莉发来一个视频，我点了播放键。视频中传来道格的声音，我一下子愣住了。视频里，道格正跪在客厅地板上，泰德坐在他的前面。

"来和我的小朋友们打个招呼。"道格对着拍摄视频的人说。我从笑声辨认出来这个人就是艾美。道格举起一根食指向泰德伸过去："这是'戳一戳'，你好啊。"

"你好，戳一戳。"泰德咯咯笑着。

"这位是——"道格举起另一根食指，"这位是'挠一挠'，你好啊。你如果不跟他打招呼的话，他会生气的。"

泰德笑得话都说不清楚了，但他说的应该是"你好，挠一挠"。

道格一会儿用"戳一戳"逗乐泰德，一会儿又用"挠一挠"咯吱泰德的腋下。拍摄这段视频的艾美也在镜头后面笑得不能自已，我看着也笑出了眼泪。视频放完了，我盯着手机发呆，这是我看过的最好笑，但也是最悲伤的一段视频了。

"你能把视频再放一遍吗?"哈格里夫医生不知道什么时候来到了我身边,吓了我一跳。"抱歉,贝丝,我没想要吓你。"

"没事的,我没看到你过来。"我把视频又放了一遍。

"你把音量调大点好吗?"

我点点头,调大音量,把屏幕对着医生。她并没有在看我的手机,她在观察我姐的反应。

"这是在做什么?"

"你今天发现你姐的眼睛或者嘴动了吗?"

"她的眼睛会有抽动。上周我妈说她的嘴角会微微扬起,像是在微笑,然后又会变回去。但你不是说这些行为都是无意识的吗?"

"把视频再放一遍。"

我按照她说的又放了一遍视频,心中感到一丝激动:"发生什么了?"

"这周我们观察到艾美能做出更多的小动作,和之前不一样的是,这些动作似乎不是随机发生的,她好像是在对某些事物产生反应。"

"天啊,这太棒了。所以你的意思是她能听见我们的声音?"我看着哈格里夫医生的脸,我觉得我的判断是对的。

"一开始我们就说过,我们无法准确预测昏迷状态持续多久,处于昏迷中的病人是否会苏醒,以及苏醒后病人是什么样子。但通过持续的观察,我们发现艾美的病情有好转。自上个月以来,在昏迷指数上,她的表现涨了两分。"

"那你觉得她会醒来吗?"我低声问道。

"现在还不能给你一个定论,但就我们观察到的,之前艾美处于植物人状态，现在她的状态在变好，正慢慢朝着**最小意识状态**发展，这让我们很欣慰。你也知道，我对好消息总是很谨慎，但现在我可以告诉你，以后可以继续给艾美放这种视频，继续跟她聊天，这对于她的恢复都是有帮助的。"

"我高兴得不知道该说什么。"我在努力不让眼泪流出来。

"继续做你现在在做的事情，贝丝，要相信会越来越好的。我先走了，给你们一点时间。"

医生离开后，我哭着抱住我的姐姐，然后把视频又播放了一遍。我回到停车场，给我妈打了个电话，告诉她打开免提让我爸也来听。光这一个步骤就花了好长时间，因为她总是按错键把我给静音了。我复述了医生刚才说的话，**我姐的表现有好转，从植物人状态向最小意识状态发展。要相信会越来越好的。**

"真是令人不敢相信。"我听得出来我妈很震惊。

"这个消息真是太好了！"我爸说道，"明天早上我和你妈去医院看她，我们今晚应该庆祝一下，虽然是个小变化，但也值得庆祝——"

"**这点滴的成功。**"我和我妈两个人异口同声地说道。

"没错，你要去上班吗，贝丝？"我爸问我。

"不了，马尔科姆待会儿要给我打电话，所以我就回艾美家等着了，家里比较安静。接完电话我再回去上班。今晚在你们那儿吃晚饭怎么样？我这儿没有什么食物——"

"你平常不这么说话啊。"我妈说道。

"哎呀，爱你们，晚上见啦。"


马尔科姆打来了电话，他听上去很疲惫。我想先跟他聊聊天气寒暄一下，结果他直接开门见山了。

"贝丝,你快回来上班吧。"

"哦。"

"你想回来上班的,对吧?"

"是的,我没想……"我慢慢走到楼下,"我也不知道,上回出事儿之后你来我家,我其实心里很抵触,但我知道你说的是对的。是我忘了设置报警代码,结果现在给你带来这么多麻烦。"

"我那天应该去参加电话会议的。虽然是你忘了设置报警代码,但我也对你提了太多要求。现在你不在了,我才意识到你之前承担了那么多的工作。回来上班吧,拜托了。我听起来可能很着急,因为我的确急坏了。你工作很有效率,跟客户关系也很好,还能说服贷方。这事儿我都做不到。"

我笑了笑,没想到马尔科姆会来求我,我有点享受这种感觉。"我会回来的,但我想先跟你沟通好,我不想加班,也不想在休息日处理工作的事情。我在岗的时候会努力工作,但除此以外我不会多做什么,因为我还有更重要的事要处理。"我转头看向屋子里泰德的玩具、波莉的衣服、我姐的植物,还有我们在制作的关于道格的回忆罐。"我家里有更重要的事。"

十一月

# 30

"再怎么样也不会比上回还糟糕啦。"我说着把车熄了火,转过身面朝波莉。

她揉了揉鼻子说道:"你真的不懂怎么给别人打气啊。"

"但我说的是对的,是吧?"

"好吧,是对的。"

"那你准备好了吗?"

"没有。"

"振作起来,我们会为你加油的。我知道你不喜欢听这些话,但你爸爸会为你感到骄傲的,你妈妈也是一样。"

她解开了安全带:"好吧,我去了。"

"稍等一下。"我掏出来一只口红,对着车上的镜子往嘴上涂了点。

泰德用奇怪的眼神看着我:"我也想用蜡笔,可以吗?"

"这不是蜡笔,这是口红。口红是给大人用的。"

"你要跟我分享,"他摆着手对我说,"我们轮流用嘛。"

"如果这是蜡笔的话,我会给你用的,但这不是。"泰德噘着个小嘴看着我,我做了个鬼脸才把他逗笑。

我把包放在了自动售货机旁边,这真的不是个明智的选择。泰德正把脸贴在机器上。我把泰德抱过来,让他面朝着外公外婆。格雷格从我们面前经过，他看起来很紧张，今晚的比赛对他们游泳队来说很重要。

"祝你们好运。"我跟他打了个招呼。

"谢谢你。"他轻轻地拍了我的肩膀，我看到爸妈在旁边交换了一个眼神。虽然不明说，但他们现在迫切希望我能尽快交个男朋友。

格雷格问我："波莉怎么样？"

"她挺好的，"我回答他，"当然她还是挺紧张的，但是这种紧张和上次截然不同，所以你也不需要再为她担心。"

"好的，我该去泳池那边啦。"

"**好哒。**"**我为什么要说"好哒"？**

"贝丝小姨把蜡笔涂在脸上，"泰德指着我的嘴唇说，"在车上涂的，她不愿意把蜡笔分享给我。"

格雷格笑了："是吗？涂得还挺好看的。"

我把泰德推到他外公外婆那边。"加油吧，朋友。"我对格雷格说。

我爸妈盯着泳池，而泳池里一个人都没有，显然是在装作没有看到我。

"哦，嗨，我没看到你在这儿。"我妈亲了我的脸颊，我爸也装作惊讶地来到我身边。我朝他俩翻了个白眼。

"你俩装得也太不像样了，波莉出来了吗？"

"她在那儿呢。"我爸指向泳池里面的长凳，参赛者们都戴着泳帽和泳镜，但我一眼就认出来波莉。她穿着藏蓝色的泳衣，衣服侧边有一抹荧光绿。上次我俩在更衣室的时候，我盯着这件泳衣看了很久。我远远地看着她的脸，她虽然很紧张，但还在和同伴们聊着天,和她上一次的表现比已经自然很多了。

在等待比赛开始的间隙,我看了眼手机,发现有一条新信息。

祝游泳盛绘顺利举行我不知道删除键在哪儿所以把盛会打错了阿尔伯特

我很喜欢阿尔伯特发来的信息,我能想象他打出这些字一定花了不少时间。我正在编辑回给他的信息,内容大意是我想要谢谢他,以及希望能尽快和他在花园里见面聊天。这时,我的脸书上弹出一条好友申请,是莎蒂·格蕾丝。

我盯着这条提示看了好久。**莎蒂·格蕾丝**。她没有用自己真实的姓,因为她不希望学生找到她的账户。乔里也是一样,他脸书的用户名是乔里.C,他知道如果他给自己取名乔里·科林,大家(也就是我)会取笑他的。我知道这个莎蒂·格蕾丝就是莎蒂,因为我之前搜索过她的账号,但我不明白她为什么要加我为好友。我怀疑是我之前偷偷翻她账号的时候留下了痕迹。我在"同意"和"拒绝"两个选项中犹豫了很久。我不想添加她为好友,但又不想让她知道。我没有可以拒绝她的理由。我按了同意键,把手机放回了口袋,目光重新投到泳池上。

波莉的第一个比赛项目是个人混合泳。她游得很好,目前排在第二位。我们都在为她加油,又是鼓掌又是跺脚,我激动得差点又要哭了出来。最近我好像很爱哭。这个比赛结束后有一些空档时间,我正好带着泰德去上了厕所。我们回来后,二百米混合接力比赛就要开始了,大家都很紧张,因为上一次波莉就是在这个比赛中情绪崩溃了。游最后一棒的那个小男孩正在和格雷格说着话,这个男孩的爸爸就是上次被泰德叫作"**坏蛋**"的那个人。

"他正指着他的腿呢,"母亲对这个男孩的爸爸说,"他的腿是受伤了吗?"

他沉重地点点头:"我告诉过他别再游蛙泳了,他总是受伤。好多游泳的人膝盖都不好。训练了这么久,他今天可能没法参赛了。"格雷格又转过来对波莉说话,波莉低头听着,交流过程中做了很多手势,也经常向对方点头示意。我爸在一旁说道:"他打算让波莉游最后一棒,但愿波莉不会像上次那样表现。"

我爸听上去很紧张,我揉着他的胳膊告诉他:"波莉上次有些不舒服,但现在她的状态没问题。"

我看到波莉皱起了眉头,有点担心她是否会压力过大。但很快,她仰起头对我们竖起了大拇指,我顿时安心了。比赛就要开始了。

第一棒登场的是一个候补队员,他没想到自己今天能上场。他首先要游仰泳。刚才那个小男孩的爸爸一直嘟囔着说,这个候补队员游得慢,最好退出比赛,这样其他队友才能赶上。波莉虽然擅长仰泳,但如果她最后一棒出场,就只能游自由泳。我们很担心她。

发令枪响,比赛开始了。"小伙子,加油啊!"我爸在为这个小男孩加油打气。这位候补队员的入水速度比其他三名对手慢,但也没有落后太多。第二位蛙泳选手入水时只比其他人慢一点点。她游得很好,可以算是和对手们并驾齐驱。但第三位蝶泳选手就稍显逊色了,等他游回来时,我们已经落后对手很多了。到了波莉登场的时候了,她入水时,对手已经都游出几米了。但波莉游得很快，她带起的水花也比其他人要少，每一次的动作幅度不大，但速度很快。她与对手之间的差距在缩小。我的心跳加速，忍不住叫了出来："波莉，加油啊！"

就连我妈，这个平常最不想在公共场合出丑的人，也激动得跳来跳去的。泰德正捂着自己的耳朵，看来他不喜欢这些尖叫声。等到波莉转身往回游的时候，她已经超过了两名对手，但距离游在最前面的那个女孩还有一定距离。

"这个距离波莉应该是追不回来了。"我爸探身看向泳池，我都担心他会掉下去。

波莉离第一名越来越近，现在她们之间只有一臂的距离了。赛程只剩下不到五米了。**加油啊，波莉！**

比赛的冲刺阶段十分胶着，我不知道发生了什么，周围的人也都一头雾水。泳池里四个戴着泳帽的队员手抓着浮标，把泳镜放到额头上，抬头看着岸上的人，等待最终结果。忽然间响起一阵震耳欲聋的欢呼声，我看到格雷格和他的队员们都挥舞着双手跑向了波莉。我知道他们赢了。

"她真的做到了！"刚才那个一直在担心的孩子爸爸拍着我爸的肩膀说道，"最后一棒游的真好啊。"

波莉从泳池出来，转过来看向我们。我为波莉感到骄傲，她真的做到了。

泰德已经睡了，波莉正在洗澡，我才打算点开脸书上莎蒂发来的信息看一看。今晚我的心情很好，近来被压抑的心情得到了释放，我不想有什么事再来破坏它。也许我不该点开信息。我把手机放在腿上，打开电视，自欺欺人地看了十分钟电视台放的电视剧。没用。结果我还是点开了信息。

贝丝你好,

抱歉突然给你发信息,但希望我们能聊一聊。

莎蒂

天啊,这是什么意思?她想聊什么呢?为什么她发信息说要聊一聊,却不直接把想说的话写在信息里?我认真地想着该怎么回复她,来回修改了三次才发出去。

莎蒂你好,

我很乐意和你聊一聊。是发生什么事了吗?

贝丝

我去拿了瓶饮料回来,屏幕上显示她正在输入中。很快她的信息就过来了。

我们见面聊可以吗?

和莎蒂见面聊?这可是噩梦一般的存在。我想拒绝她,但又想知道她想跟我说什么。

可以,你想来我家吗?我现在就在家,或者咱俩周末再找个时间也行。

莎蒂回复我：

我半小时就到。

我有一种奇怪的感觉，我觉得莎蒂是发现了什么，想要过来当面指责我。很快我又打消了这个想法，她不可能过来指责我。我又没做错什么。我花了十分钟才从沙发上坐起来，然后突然陷入了焦虑。我飞奔到楼下，把玩具都放回到篮子里，又把座椅靠垫拍了拍。我以前从来没有拍过靠垫，但感觉今天这个场合需要我这么做。我又花了十分钟来决定要不要换衣服，最终我还是决定就穿着睡衣了，我不想让她觉得我是要刻意怎么样。但我还是在外面套了一个外套，梳了头发，捏了捏脸颊让自己看起来不是那么疲惫（我其实表现得还是很刻意）。波莉洗完澡裹着浴巾出来了，我告诉她莎蒂一会儿要来，她靠着楼梯对我说："格林纳维小姐要来？这好尴尬啊，别担心，我就在楼上待着。"三十分钟后，我正焦虑地咬着指甲，忽然听到了敲门声。我数到十才去应门，这样显得我不是没有事做，只是在等着她到来。

"你好，快进来吧，"我打开门向后退了一步，"我帮你放外套好吗？"

"好，谢谢你。"她脱掉驼色的风衣递给了我。我看到这衣服是瑞斯牌的，尺码是八码，只有成熟的人才会穿这样的衣服。我猜这衣服肯定只能干洗。

我把她的衣服挂在衣架上，上面已经挂了很多泰德和波莉的衣服。"你想喝点什么吗？茶、咖啡还是酒？我冰箱里放着一瓶白葡萄酒，红葡萄酒也有。你要是开车来的话咱们就不喝酒了。

我猜你是开车来的。你是开车来的吗?"贝丝,**你说太多了,快闭嘴吧**。

她跟着我来到客厅。"那就喝杯酒吧,随便拿一瓶就行,不想太麻烦你。我没开车,我一会儿要走着去乔里家。"

"你要去乔里家?"**我为什么要问这个**?"抱歉,这个问题很多余。你是要去他家,所以你喝酒是没问题的。他知道你过来了吗?"

"不知道。"

"好吧,别紧张,随便坐。"我给她指了沙发的方向,她坐了下来,背靠着我刚拍松的那两个靠垫。

我拿着一瓶白葡萄酒和两个酒杯回到客厅,莎蒂正在看着艾美他们一家四口的照片。"这张照片拍得真好,艾美现在怎么样了?乔里说她有好转的迹象。"

好奇怪,我最近没跟乔里说过艾美的事,没准他是从我妈那儿知道的消息。"是的,她的状态很好,谢谢你的关心,"我递给莎蒂一支酒杯,跷着二郎腿坐到了沙发另一侧,"其实不能说是很好,但她的确出现了好转的迹象,虽然变化不大,但对我们来说意义重大。"

"我懂的,你这一年真不容易啊,真不知道你是怎么挺过来的,"她停了一会儿继续说道,"贝丝,突然来打扰你我很抱歉,我只是——"我认真地看着她,然后喝了一口酒。

"我只是想问你件事。你其实没有义务来回答我,但如果你能给我个回复就太好了。"

"好的,你问吧。"

"这事跟乔里有关。具体来说,跟你们俩有关。"**我的天啊**。"你们俩现在为什么不联系了?"

"我们没有啊。"我想都没想就脱口而出了。

"乔里也是这么告诉我的。"

"这样不就没问题了吗?"我的喉咙忽然变得很干。

"但我知道你俩曾经是很亲密的朋友,你们经常见面,每天都在聊天、发信息。你俩经常晚上在一起疯玩。"是我看错了,还是莎蒂在说"经常晚上在一起疯玩"的时候移开了目光?乔里不会把那张照片给她看了吧?我的天啊,照片后面还有我写的话呢。乔里应该不会这么做的。"现在你们也不见面了,电话也不打了,但他还是总会提起你。真的,他总提起你。所以我不明白你们为什么不再一起玩了?我知道你们俩和泰德在森林里一起散步来着,乔里也说那次和你一起出来他很开心。但每当我建议咱们一起出去喝杯酒,或者你们俩出去喝一杯谈谈心的时候,他就跟我说你不会愿意去的。这很奇怪啊,你不觉得吗?你为什么不想去呢?"

"我现在挺忙的,没有什么时间出去喝酒。我总得想着照顾泰德和波莉。"

"但乔里愿意来家里找你,就像我现在一样。或者至少你俩像以前一样视频聊天也可以啊。贝丝,现在不只是这一件事在困扰我。还有别的事我也想不明白,"她低下头看着自己的大腿,"每次他一谈起你,话就变得很少。"

"这是什么意思?"

"有一个周六晚上,我们俩出去吃晚饭,每隔五分钟他的手机就响一次。"这应该就是泰德生日聚会后的那天,我给他发了好多信息。莎蒂看过这些信息了吗?我的脸在发烫。"其他人也和我说过——虽然不是什么大事——说你们俩的关系不仅仅是朋友。

那天晚上我借着酒劲儿问乔里这是不是真的,他很生气。他一向好脾气,但那天他肯定是生气了。他说是我一直揪着你不放,后来我们俩在餐厅吵了一架。自从看了你的信息之后他就变得好奇怪,整个人都变了。"

"莎蒂,我——"

"我不是想让你难受,也不想破坏你们之间多年的友谊。如果乔里真的对你有感情,我不想把我的感情倾注在一个错的人身上。"

我的心跳得飞快,估计莎蒂都能听到我的心跳声。"我们俩已经是二十多年的好朋友了,仅此而已。我们之间有很多故事。"

"我明白,所以我想不通为什么你们不再见面了?"她看着我的脸,"你们难道不想再像以前一样去酒吧玩吗?"

"我们之间没有别的感情,"我说的是实话,"那个晚上我不该给他发那么多信息。那天我心情很糟糕,没想到导致你们产生不和。我很抱歉。"

莎蒂慢慢地点头,似乎在消化我说的话。"所以是我误会你们了?"

我也学着她的样子点了点头:"是的,其实我现在也在和别人约会,**我告诉她这个干吗?**"不过还在交往初期。"

"哦?"她看起来很惊讶,但也有些开心,"这太好了,我没想到——我现在觉得自己是个笨蛋。"

"你不是笨蛋,这一年发生了太多事,我和乔里没能经常见面,我也很难过,但我们之间的关系不是你想的那样。"

我们聊了一会儿,莎蒂把杯中的酒喝光了。气氛有些尴尬,但也还算愉快。莎蒂说不想再续杯了,因为乔里还在家里等她。

她告诉我，她不打算跟乔里说她来见过我了。我也简单地确认了乔里告诉她的事，她没必要担心什么。

"今天和你聊天我很开心，"莎蒂拿起她价格不菲的外套，"乔里总说是我多虑了，我也不想让他知道我背着他做了这种事情。我没做错什么吧？还是说你觉得我应该告诉他我见过你了？你会和他说吗？"

我摇了摇头："我什么也不会说的。"

"那就好，谢谢你，贝丝。希望你和格雷格进展顺利。"

"谢谢。等会儿，你是怎么……？"我刚才没有说我在和谁交往啊——其实也不算是交往。

莎蒂捂住嘴："是我多嘴了。是乔里告诉我的。"她羞涩地看着我："是在我俩吵架的时候他告诉我的。我们说到你发的那些信息，他告诉我你在和格雷格交往。我那时还以为是他编出来糊弄我的。现在显得我就像个神经病。我平常不这样的。相信我。晚安，贝丝。"

"晚安。"

莎蒂离开后，我回到沙发上继续看电视。天气预报播到一半时，我把电视关了，拿着酒杯走到了厨房。我想象着莎蒂来到乔里家门口，她应该感到十分轻松，因为她不必再担心她的男朋友和他朋友之间的"绯闻"。我也应该感到轻松，因为我以后不用再刻意避开莎蒂了。但是我想不通为什么乔里要跟她说我有男朋友？他是基于什么得出的这个结论？泰德生日聚会后的那个早晨，他才在我家门口碰到的格雷格，在此之前他们并不认识，为什么他会提前知道格雷格的事？这讲不通啊。而且莎蒂反复提到我和乔里去酒吧的事，还问我是否想重温一下。她说这些话有别的用意吗？

也许这些都不重要了，因为乔里已经表明了自己的态度，所以现在在他家的是莎蒂。而我，还在我姐家的厨房里刷着杯子。过去这些年，我一直怕说错话而失去他这个好朋友，但现在我还是不可避免地失去了他。

# 31

风好大，我的头发胡乱地飞，还跑进了嘴里。我在口袋里没找到发带，又回头看了一眼格雷格的宝马车，估计他车上储物箱不会有这玩意儿。

他指向卵石滩远处的一个角落，对我说："风还真是大啊。我们在那儿避避风吧。真抱歉啊，我没想到今天风会这么大。"

我笑了笑："没关系的，那边看起来风会小一点。"

我们把东西都放下后，格雷格拿出一个保温杯和一包棉花糖："想喝热巧克力吗？"

"好呀。"我不是很喜欢棉花糖，但他都提前准备好了，现在拒绝他也不太好。他倒了两杯热巧，一直盯着我看。

"你看起来很美，是因为脸上涂了蜡笔吗？"

"是的，每当在大风天来沙滩的时候，我都会往脸上涂。"

格雷格皱眉："你冷吗？我带了条毯子。"

"不冷，我没事。别误会我啊，我不是那种只有好天气才出来玩的人。"我伸手去拿热巧，格雷格把杯子递给我时，我俩的手指碰到了一起。

"我知道你不是那种人。在约你出来喝东西的时候，我还以为咱们是去喝酒呢。"

"不好意思啊，因为我还要照顾孩子们。"

"没事的，"他在包里继续找着什么，"该死，我忘了带勺子了，没法吃棉花糖了。"

"真是糟糕啊，"我说，"这次的约会算是完蛋喽。"

他笑了："别取笑我，帕斯科。你知道吗，我其实很怕你会取笑我。"我们目光交汇。大风天里，格雷格手握一杯热巧克力，这画面还蛮好看。

"是吗？什么时候？"

"在我们参加游泳训练的那段日子，你经常会开玩笑，而其他那些女孩却不这样。"

"我可能的确是爱取笑别人，抱歉。这也许也是我和你调情的方式。我对其他人挺刻薄。"

"这要是在二零零二年我会求之不得的。你当时退出了游泳队，我心里还挺难受的。"

"嗯，我的仰泳还是挺厉害的。说实话，看到波莉现在游泳的样子，我有点后悔当时放弃了。每当遇到困难，我总是轻易放弃。我自己也不喜欢这样。"

"胡说，是你对自己要求太严格了。"

"乔里也是这么说的。"*我为啥要说这个？*我提到乔里的时候，格雷格的嘴颤动了一下，这动作很细微，但我们之间的气氛明显变得尴尬了。*贝丝，你真是个笨蛋。*

"啊，还真像是回到了二零零二年啊。"

我不好意思地说："对不起啊。"

"你为什么要说对不起?"

"我也不知道。"因为我提到了乔里,让气氛变得尴尬了。

格雷格疑惑地望着我:"我一直以为你会和克拉克结婚呢。"

"哼,这怎么可能呢。"我的这声"**哼**"太夸张了,格雷格扬起了他的眉毛。

"是吗?你知道吗?他讨厌我,因为我喜欢你。"

"他才没有**讨厌你**,"我放下了手中的热巧,"他都不认识你。"

"他对我一直都是一副爱答不理的样子。"

"这倒是。"乔里不是对谁都这样,但之前他和格雷格在屋门口的那次碰面可算不上是友好。"我们今天不是来聊乔里的。"

我们都不说话了,气氛又变得尴尬了。格雷格把手中的热巧倒在了石头上,问我:"你想走走吗?"

我们收拾好东西朝海边走去。风小了一些,但浪还是很大。我和乔里上次来海边时浪也很大。我斜眼看着格雷格,他正把保温瓶放回包中,给书包拉上拉链。他是一个好人,应该和一个喜欢他的女孩一起来沙滩约会。他值得的。

"格雷格,今天的事……"

他举起了手:"不用再接着说下去了。这才是我们第一次约会,而且还是在白天。我很喜欢你,但你不用跟我说什么'问题出在我身上'。"

"我知道,但是说真的,不是你不好。我也很喜欢你。你很风趣,自上学时起身材就很好,肌肉都是**货真价实**的。你有很多优点。"

"谢谢,没想到你会提到我的身材,我听到很开心。但是,光身材好也不够,对吗?"

我摇摇头:"这的确是我们第一次约会,但在这之前我们也发了很长时间信息了。如果我让你误会了,我要向你表示道歉。我想要多了解你,但是……"我叹了口气。"这太复杂了。"

"是吗?我觉得这事情没有那么复杂,"他看着我的脸,"拜托,贝丝。克拉克很喜欢你,他一直都喜欢你。他很幸运,因为你也很喜欢他,对吗?"

我望向海平线沉思着。最近我慢慢意识到了我对乔里真实的感觉,它潜藏已久,但现在变得愈发清晰,就好像一台模糊的相机忽然对上了焦。但一切为时已晚,我虽然和乔里明确表示过我想和他更进一步发展,他还是选择了和莎蒂在一起。

格雷格捡起一块石头扔进了海里。他再次弯下腰时,我也和他一起捡了块石头,同时扔出去,溅起了浪花。

"谁要是能当你女朋友,就是撞大运了。"

"但不是你。"

"是的,不是我。对不起。"

"没关系,我现在也长大了,不会再像之前你退出游泳队那时一样哭了。"

"你才没有哭呢,"我拾起一颗鹅卵石,"我说得没有错吧?"

"呃,好吧,我没哭。就算我哭了,也是因为你离开队伍之后,我们的二百米混合接力项目就没法比了。你真的很讨厌。"

我笑了,但心中还是有些难过。我也很希望我和格雷格能发展成为情侣,但问题是,我心中还有别的期待。

十二月

## 32

马尔科姆留给我的单子还有两笔没有处理,处理完这些我这周的工作就都完成了。但他的第一笔单子上有个错误。我看了一眼时间,然后对马尔科姆说:"我用中午吃饭时间把这两个单子审完,下午我能早点走吗?"我把图表拿给他,指着他多写的那个"0":"这有个错误。"

"啊,该死。抱歉,贝丝。如果你有事的话就早点走吧。是有什么安排吗?"

"是耶稣诞生日,"我说着把正确的数字输进电脑里,"三四岁的小孩都管圣诞节叫耶稣诞生日。"

"好吧,我给你带杯咖啡过来吧?"

我竖起大拇指:"那就太好啦。"

我把单子都处理好,喝完了咖啡,打开了手机。我收到了三条信息,分别来自凯特、阿尔伯特和波莉,我按顺序点开了。

**凯特**
蕾拉有一个亮片光环可以借给泰德今晚用,不知道你还需要吗?我很喜欢看"圣婴降生"。我也很愿意一起去看望艾美。

**阿尔伯特**
贝丝你好我是阿尔伯特你有一个包裹要查收快递员对着我的

拖鞋照了张照片我不知道是什么意思你不用着急

波莉

萝西的外婆说一个餐厅服务员从另一个餐厅服务员那里听说克拉克先生和格林纳维小姐分手了……就是告诉你有这么个事儿,虽然你其实"并不在意"。一会儿见啦。

我盯着波莉的这条信息,**克拉克先生和格林纳维小姐分手了?** 这是什么意思?难道……?不可能。如果他俩是因为我而分手的,乔里会告诉我的,而不是让我通过小道消息知道。他不会这么做的。

教堂里挤满了人,我妈坚持要早点过来占座位,此刻我很感激她的聪明决策。她在第二排给我们留了座位,我和波莉坐了过去。

我爸笑着走了过来,手里拿着一张"**快乐小鸡耶稣诞生日**"的传单:"你妈刚才坐在第一排,后来有位女士告诉她第一排的座位是留给演员们的,她才挪过来。你们能相信吗?这些还不到五岁的小孩都成了**演员**了!"

"小点声,吉姆。"我妈笑着摇了摇头。我也笑了,但这笑容有些勉强。她侧过头来问我:"宝贝,你还好吗?"

"我还好,"我看向周围的家长们,发现我妈的目光还停留在我身上,"就是一想到艾美和道格今天不在这儿,有点难过。"

她点点头:"道格很喜欢这种表演的,对吧?他会特意请假过来参加这种活动。"她揉着我的胳膊。"我们今天是为了泰德而来,看泰德的表演才是最重要的。"

我妈说的是对的。艾美和道格最挂念的就是他们的孩子们，而现在我们把这两个小孩照顾得还不错。

"手机静音了吗？"波莉指着我的手机问，"我可不希望上次家长谈话时那种情况再发生了。"

"你提醒我了。"我把手机调成静音，然后看向舞台。孩子们还没登场，我还有时间发条信息，我已经构思两个小时了。我凑向波莉："关于乔里和莎蒂的事，你说的消息可靠吗？"

波莉耸耸肩："餐厅服务员说得挺像这么回事的。最近我在走廊里碰到乔里，他看上去都郁郁寡欢的。就像这样。"波莉学着摆出一副严肃的表情。"你现在是打算要追他吗？"

我拍了她的大腿："不，我不是要追他。我只是想发信息问问他现在感觉怎么样。"

"你是要追谁啊？"我妈突然凑了过来，我爸也在她身后露出了头。

"没谁，你们放过我吧。"

"乔里和莎蒂分手了，"波莉告诉他们，"贝丝小姨马上要出手了。"

"出手干吗？"我爸问道。

"真是服了你们了。"我对着他们摇了摇头，写完了信息。

听说了你和莎蒂的事，你还好吗？只想告诉你，如果你需要找人聊聊的话，我一直都在。我知道自从我给你写了那则留言之后，我们之间的关系就变得比较尴尬，我的自尊心也受到了伤害，但我希望咱们还能继续做朋友。希望咱们能尽快见一面。

贝丝

忽然间，大家都安静了，看来表演要开始了。我把短信发了出去。幼儿园的小朋友们一个个都来到了台上，我伸长了脖子想找泰德在哪儿。看到他后，我不自觉地露出了微笑。泰德身上穿的像是一个枕套，头上戴着从凯特那儿借来的亮片光环。我凑近了一看，发现他穿的就是枕套。泰德也看到了我们，他跳来跳去地大喊："我是天使！"我们面带笑容地朝他挥了挥手。我用余光瞄到我爸给我妈递过去一张手帕。

小朋友们一起唱着《马槽圣婴》，舞台上的马槽里出现一个被棉布包裹着的娃娃。扮演耶稣父亲耶和华的小朋友错过了耶稣的诞生，因为他着急要去上厕所。接下来智者开始分发礼物："我送给你一个科学怪人。"这是节目的亮点。之后，小朋友们合唱最后的赞歌，一起鞠躬致谢。这是我见过的最混乱、最有趣的十分钟。当孩子们表演完之后，我们都站起来为他们鼓掌，眼里泛着泪光。当我明天见到艾美时，我要告诉她泰德的表现，我相信这会让她和道格都感到骄傲的。他的外公外婆，他的姐姐，还有他的小姨贝丝，都为他感到骄傲。

泰德表演完后不肯脱掉他的枕套和光环，坐着外公外婆的车一起回家了。我一会儿要去阿尔伯特家取包裹，这样就不用担心泰德会提前偷看他的礼物了。送到阿尔伯特家的包裹应该是我从玩具店买的圣诞礼物。

一辆拖拉机堵在了路上，后面的车开得很慢，一点一点往前挪动着。这时，我的手机收到了乔里的短信。我的手机连着车上的蓝牙，车里音响传来手机语音助理的提示："您收到一条来自乔里的短信，您是否想要收听？"

我的手指敲打着方向盘，心里犹豫是否准备好了。不管他了。我对着音响说道："是的。"

稍微停顿了几秒之后，短信被念了出来："什么留言？"

他这是什么意思？**什么留言？**就是我写给你的那则留言啊，乔里。

语音助理继续播报："您是否想要重新收听？"

"是的。"

又停顿了几秒之后，音响说："什么留言？"

我对着语音助理发出指令："给乔里打电话。"

"正在接通乔里的电话。"

电话响了两声就接通了："你好啊。"

"你刚才是啥意思？什么留言？你知道我说的是什么留言。除非你的意思是希望咱俩都装作压根就没有什么留言。如果是这样的话——"

他打断了我："贝丝，我听不懂你在说什么。"

"我写在那张照片背面的留言啊。"那辆拖拉机停进了车位，后面的车终于能开起来了。

"什么照片？"

现在他在骗我了。"咱俩的照片，我戴着那个傻帽子，那一晚咱们拍的……"

"我知道你说的照片，贝丝，但我已经很久没见到那张照片了。"

"我把照片塞到你的门缝里了。我在照片背面写了点东西。"

"这是什么时候的事？"

"我忘了，有一阵子了。其实仔细想想的话，应该是你来我家给泰德送完礼物之后。"

"你的留言是什么内容?"

"就一些关于咱俩的,有的没的。"

"有的没的?"

"是的,你真的没看到吗?"

"没有,"他慢慢地呼了一口气,"但我觉得莎蒂看到了。我有种感觉,她最近好像看到或听到了什么。"

"天啊,我也有这种感觉。"

"你这话是什么意思?"

"她来找过我,盘问我关于咱俩的事。她不想让你知道她来找过我,所以我也没和你说。"我还是把这事说出来了。但现在看来,莎蒂一定是看到过那张照片,并且确定乔里不知道。

"所以照片后面写了什么?"

我不好意思地说道:"你就别问了。"

"稍微给我透露一点也不行吗?"我能听出来乔里在笑。

"写着我一直在怀念那个晚上。"

他咳嗽了两声:"是吗?我也很怀念那个晚上。"

"真的吗?"我把车停在了阿尔伯特家门口,我的双腿不停地抖。

"是的,几年不遇的大雪。"

我们俩都笑了,虽然我不知道接下来会怎么发展,但我觉得我已经找回了我的好朋友。


阿尔伯特在复述那个快递员给他的拖鞋拍了张照片:"然后他说:'往后站一点。'他就是这么说的。你看到了吗?"他透过眼镜在打量我。

"看到什么?"我还在消化刚才我和乔里的对话。他没有看到我的留言。他不是看到了然后选择无视掉,而是根本就不知道我给他写了留言。

"我拖鞋的照片啊。"阿尔伯特指着他的双脚。

"哦,我没看到。但照片应该在网上,我查下物流信息应该能看到。"

"真有趣,"他把纸箱子推给我,"这箱子好沉啊。"

"这是给泰德的圣诞礼物。"

"真不错,他的表演怎么样?"

"嗯?"我又走神了,我心里想着莎蒂一定是把照片藏起来了,或者扔了。我猜她可能把照片给烧了。

"我说泰德的表演。贝丝,你还好吗?"

"抱歉,这一下午发生了太多的事。"

"咱们喝杯茶聊聊怎么样?我去把水烧上。"

"好吧,如果你不觉得我烦人的话。"他打开了门,我绕过大箱子走了进去。"我不能待太久,我答应泰德要把《亚瑟少爷救圣诞》看完。"

"没问题。"他走进厨房,我打开手机邮箱找到有快递物流的那封邮件,然后便看到了有阿尔伯特袜子和拖鞋的那张签收照片。我把手机拿到他面前,他瞪圆了眼睛:"贝丝,我的拖鞋出现在了网上。真是不可思议。"我看着他的样子开心地笑了。

阿尔伯特倒完茶后,我简要地跟他叙述了我和乔里刚才的对话。他认真地听着,沉思了一会儿,然后俯身对我说:"你要是早点跟我说这事就好了。我就能告诉你,他的确没见过这张照片。"

我笑了笑:"我说这话没有别的意思啊,阿尔伯特,但是你俩的关系没有这么近,他只不过是用车轮压过几次你的草坪。"

"是没有那么亲近,但我最近见过他几次。"

"在村子里?"我知道他曾在商店里碰到过乔里。

他摇摇头:"他来过这儿。"

"**这儿**?什么时候?他为什么来?"

"放学后,在你上班的日子。抱歉,现在听起来可能显得神秘兮兮的。"

"但他为什么要过来?"

"他想知道你过得怎么样。我虽然不明白你们为什么会不和——你俩都坚持认为你们**没有**不和——但是他会经常过来,还让我不要和你说他来过,"阿尔伯特做了个鬼脸,"贝丝,我不知道是不是说错话了。有一天我问他,你俩都有约会对象了,为什么不能再继续做朋友了?"

"但我没有——"

"是的,我现在才知道。但泰德和我说你经常和波莉的游泳教练发短信,我就理解为你是在和那个人约会。如果我说错话了,希望你能原谅我。我希望你和乔里能擦出火花,这也是为什么我会和你讲梅薇思还有我和莉莉的故事。乔里说起莎蒂的时候,我心里很清楚莎蒂就相当于他的莉莉,而你才是他的梅薇思。"

我在努力消化他说的这些话。我想起莎蒂和我说,乔里告诉她我正和格雷格约会,但说这话的时候他和格雷格还没有碰过面。莎蒂还告诉我,她为艾美的病情好转而感到高兴,还说这都是乔里告诉她的,而我没有和乔里说过这些。我感觉这些信息乔里都是从别的地方获取的,现在看来的确是这样。我只是没想到乔里会在学校忙了一天后,还来找阿尔伯特喝茶,了解我的近况。

"信息量好大啊,我也希望我们之间能擦出火花,所以才给他写了那则留言。"

"但他没看到?"

"没有,但我觉得莎蒂看到了。"

"啊,那现在你告诉他之后,他说了什么?"阿尔伯特露出了一个调皮的微笑,我也回给他一个微笑,我知道他想要听什么。

"我还没告诉他,其实,也就是跟他透露了一点点吧。"

"他是个聪明人,但他不懂读心术。亲爱的,你该向他表明心意了,"阿尔伯特把茶杯放到茶盘上,"再给我看看网上有我拖鞋的那张照片。"

# 33

护士台上放着两盒巧克力,医院走廊广播里放着《希望每天都是圣诞节》这首歌。上周哈格里夫医生又向我们通报了艾美最新的进展,她告诉我们今天可以全家一起来看望艾美。这个消息让我们精神振奋。虽然在病房里过圣诞感觉很奇怪,但即便我们待在家里,身边少了艾美和道格的陪伴,气氛也不会和之前一样了。

"你们穿得很有节日氛围啊,"卡莎温柔地笑着朝我们打招呼,"吉姆,你的上衣不错哦。"

我爸也很喜欢他这件针织衫,这其实不是圣诞款,但衣服的底色是红色和金色。而且泰德强烈要求我们都戴上圣诞帽，这才显得我们都很有节日氛围。波莉从萝西那儿借了一套新的化妆品，她化完妆后看起来像是十九岁的少女。她手里拿着帽子，告诉泰德"过一会儿"再把它戴上。

"圣诞老爷爷在我睡觉的时候来我家了。"泰德说道。

"真的吗？"卡莎做出一副吃惊的样子，"你这一年都会有好运气的。"

我妈头上的帽子一直在往下掉，她用一只手来调整帽子，另一只手上拿着给艾美的圣诞礼物。"亲爱的卡莎，圣诞快乐，"我妈说道，"你下班后来得及回家吃饭吗？"

卡莎摇摇头："今天是没戏啦。我们家晚一天再过圣诞，也一样会有礼物、聚餐、游戏，只是晚一天。"她向我们挥手告别，哼着小曲离开了。

我们五个人现在都挤在艾美的病房里，这感觉有些尴尬。我们之前总是轮流来看她，每个人都有各自与艾美交流的方式。现在我们穿着节日的衣服，手上拿着礼物，样子看起来都有点好笑，仿佛我们是来给隔壁邻居送礼物，而不是来探望一个已经昏迷快一年的病人。泰德倒一点都不觉得尴尬，他穿着雪人图案的衣服，衣服上别着圣诞树的徽章。他一碰这个徽章就会自动响起《铃儿响叮当》的音乐。他爬上艾美的病床，跟着调子唱："比利叔叔，在路上，丢掉了他的小鸡鸡。"

我爸的目光扫过泰德和波莉，最后又回到泰德身上。波莉咳嗽了两声，用手指指我。

"哦，贝丝，"我妈摇着头，"为什么歌词这么粗俗？"

"这歌词一点也不粗俗啊。再说了,波莉听的歌比这个还要过分呢。泰德以后会听到更多奇奇怪怪的歌词。"

"你没有听什么R&B音乐吧?宝贝,"我爸轻轻推了波莉一下,"你小姨的音乐品味很差。你妈在你这个年纪的时候听的音乐都很高级。"

"说实话,艾美的音乐品味也不怎么样,"我靠近了艾美的床边,抚摸着她的手,"我买了Mis-Teeq的专辑,阿丽莎·迪克森的歌词我也烂熟于心,我对这些并没有感到多自豪。但是我觉得你更可悲,你喜欢Steps组合,还总幻想着要嫁给成员李。"

我网上搜了Steps组合成员李的照片给波莉看,她做了个痛苦的表情:"好恶心。"

"**可悲啊**。"我做出舞蹈里的手势,波莉看到后吓坏了。看到波莉的反应我笑了,同时我觉得自己也老了,虽然还没有李那么老。下个月李就四十五岁了。

"我们把礼物打开吧,"我妈指指礼物袋,压低了声音,"该怎么把礼物拿给艾美看呢?"

我拿出第一个礼物,说道:"我们轮流把礼物打开展示给艾美。艾美,你觉得行吗?如果你不同意的话,就动动手指或脚趾告诉我们,我们就把礼物给你留着不打开啦。"我虽然是在开玩笑,但大家都把目光汇聚在了艾美的手指和脚趾上。她没什么反应,但感觉她今天睡得很浅,让人以为她可能只是打个瞌睡,过一会儿就会醒来打哈欠或伸懒腰。如果真是这样该有多好。

我们轮流把礼物打开,给艾美念礼物卡片上的留言。波莉拆开的礼物是泰德在幼儿园画的一幅画,用相框裱起来了。我爸打开的礼物是艾美最喜欢的杂志,他告诉艾美,他们为她订阅了一整年的杂志，这样就可以在病房里念给她听了。泰德（在波莉的帮助下）打开了波莉的礼物，这是一个精致的染色玻璃提灯，提灯上有一个小门，门里是一个小圆蜡烛。波莉说在事故发生前，艾美闲逛时曾留意过这盏小灯。我们都很怀念以前和艾美一起逛街闲聊的那些日子。接下来我打开了我妈送给艾美的礼物，这是一件蓝色的晨袍，上面有白色云朵图案。吊牌上写着：**等你身体好了，回到家穿上这件衣服，你会感到很舒服的。爱你的妈妈。**它没有什么特别的，但看到这件礼物我便心碎了。我不知道自己为何会心碎，是因为我妈为女儿写的这句话吗？艾美还不能亲自读到这句话，但她还是写下了这美好的祝愿。还是因为我已经能想象到艾美穿着这件衣服的样子了？到了告别的时候，我们都和艾美说了再见，并亲吻了她的脸颊。此时，除了泰德，我们的眼里都噙着泪水。泰德没看到我们哭了，因为卡莎吸引了他的注意力，让他在病房外挑了几块巧克力吃。

走向停车场的路上，我看着爸妈相互搀扶的样子，感慨他们两人就是一个整体，是一个团队。我想到了艾美和道格，如果没有发生车祸，他们也能一起白头到老，相濡以沫。我又想到了自己，不知道再过三十年，或者等我到了阿尔伯特这个年纪的时候，我身边是否有人陪伴。我以前总觉得畅想未来很困难，但最近发生的这些事，以及节日带来的温馨的感觉，让我开始觉得这一切好像也没有那么难。我从口袋里拿出手机，对着屏幕上显示的信息露出了微笑。

"你笑什么呢？"我爸凑到了我身边。

"我没笑。"好吧，我的确是在笑。

回到艾美和道格家中，厨房热得就像蒸炉。烤箱正在工作，炉灶上的锅具也冒着烟，窗户上布满了哈气。我打开后门，放进来一些冷空气，把我妈放在院子里的普罗赛克白葡萄酒拿了进来。我们以前取笑她为了给冰箱节省空间，总是把酒和罐装饮料放在外面，但白葡萄酒像平常一样凉。晚饭还是由我妈来主要负责，我们插手的话反而会给她添乱。我爸负责刷碗，他想帮我妈做好准备工作，但总是好心办坏事，我妈每隔一会儿就朝他喊："我还在用呢，你就给刷了，吉姆！"然后把抹布甩到他身上。所以后来我爸也罢工了，帮着泰德来拼乐高。

我妈从厨房大声喊："贝丝，你的客人今天还来吗？"

"来啊，我都跟你说过好多次了。"

我爸帮泰德拼好了一个冰激凌车，花费的时间比想象中长，因为泰德总是在搞破坏。我爸朝波莉眨眨眼说道："贝丝一直在保密她的这个约会对象啊。"

波莉点点头："我猜是德雷珀教练，不过这样的话我会觉得有点尴尬。"

"我倒是觉得可能是乔里。"我爸盯着我的脸说道。

"乔里不在城里，他去别的地儿过圣诞了。"我难掩失望地说道。他答应母亲要去和他的阿姨一起过节，那时他很迫切地想要离开城里，换个环境。现在他改了主意，没那么想离开这里了，但又不能让母亲失望。

"那是谁呢？如果真的是德雷珀教练……"波莉拿起另一块巧克力。

"叫他**格雷格**吧，你现在又不是在上游泳课。"

"都行，如果是他的话，我可不愿意坐他旁边，他会一直跟我说我仰泳的问题。"

"好吧，要来的这个人不是格雷格，所以你就不必为这个担心啦。"我给格雷格发了条节日祝福短信，他也礼貌地回复了我"节日快乐"。他是波莉的游泳教练，我们以后肯定还要再见面的，我希望能和他继续做朋友。

厨房传来了我妈气喘吁吁的声音，她要开始发脾气了。她发脾气的原因通常是最后一道菜已经进了烤箱，要开始准备摆盘了。摆盘是最难的一个环节。我没亲身经历过，因为我没烤过东西，也没做过需要算时间的饭，但我相信她的话。果然没过多久，我妈就从厨房焦急地对我们发号施令了。

"吉姆，你负责把火鸡切成片，好吗？贝丝，你来摆桌子，摆得**好看**一点，不要像平常似的把餐具就往桌子上那么一放。把好看的杯子都摆出来。"

"收到，大厨。"我俩异口同声说道。我妈朝我俩骂了句脏话，显然她现在压力很大。我俩听到后都乐了。

"你的神秘客人一定会来吗？准备了这么多，如果最后他不来的话我可会生气的。"

"我知道，那后果会很可怕的。"

我刚把餐具摆好，门口就传来了敲门声。

"我来开门。"波莉说着跑到了我前头。

"你这个臭小孩。"波莉听到后，朝我做了个鬼脸。

"这位先生来了吗？"我爸站起身，把拼好的冰激凌车放到一边，避免被泰德踩到，"还是说你的客人是位女士？"

我听到门口波莉的声音："哦，你好。"

我整了整裙子："看来我的客人已经到了。"

爸妈站在我身后，眼睛盯着门口。当这位客人进来之后，我才发现他比我们穿得都要隆重：衬衫外面套了一个针织背心，背心印有驯鹿和雪橇的图案。这是我见过最好笑又最可爱的圣诞节衣服了。

"我没晚吧？但愿我没有错过你最拿手的烤土豆，莫莉亚。"

我妈一脸惊讶，她很高兴见到这位客人，但我能感到她同时有些许失望，因为我的圣诞约会对象是这位耄耋老人。"阿尔伯特，见到你很高兴。我做了很多烤土豆，别客气。"

晚饭十分丰盛。我们全家都很感激阿尔伯特今天愿意过来。缺少了艾美和道格两位家庭成员，圣诞聚餐的气氛让我们感到些许不自在，但好在阿尔伯特来了，让这顿饭变得更加轻松惬意。开动之前，我们为了艾美和道格共同举杯。吃饭时，波莉跟我们分享有一年圣诞艾美送给道格一个高级爽肤水，却错买成美黑霜的故事。道格往脸上涂了很多，结果等到新年的时候，发现他的肤色变得像《查理与巧克力工厂》里黑黑的奥帕伦帕人。这个故事让人感到既有趣又伤感。

晚饭结束后，我陪阿尔伯特走到门口（我坚持要送他，因为我担心在喝了四杯酒之后，他本就不利落的腿脚会更不利落）。他把手放到我的肩膀上，对我说："谢谢你，今天我很开心。真的很开心。"

我抱住他，这让他有点措手不及。"我也很开心，我不忍心让你一个人闷在家里，而我们却在隔壁聚餐。我们大家都很欢迎你，所以你也不要觉得是我们在特别关照你似的。你反倒帮了我们一个大忙，如果你不在的话，我们全家人都会沉浸在思念道格和艾美的悲伤气氛里。"

他点点头:"我其实很怕过圣诞节。去年圣诞我看了一整天电视,然后为了让这一天尽早结束,我很早就去睡觉了。你姐每年都来邀请我一起过圣诞,你知道吗?"

"我还真不知道,那你为什么不——"

"我不想承认我很孤独。我们总能在电视广告上看到志愿者给孤寡老人打电话问候,我不想变成那种老人。我不想过圣诞节,比起平常,这一天我格外孤单。"

"我要告诉艾美,今年我成功邀请到了你。和艾美比,我没有什么能赢得了她的,所以逮到机会我就要好好地显摆一下。"

阿尔伯特笑了。"你和你姐挺像的,不同的是你说话声音比较大——"他小心翼翼地措辞,"有一点**吵**,但你和她一样都是善良的人。你还很有冲劲儿。我给你挑选的书里,主人公都是十分优秀的女性。你不会觉得这些书是我随便挑的吧?"

我摇摇头:"我以为是这些主人公让你想起了梅薇思。"我这才意识到,阿尔伯特一直以来都在鼓励我。"我跟你说点话行吗?"我回过头,确认我妈没有跟出来。

"只要不是再为上次那件事道歉就行。"

"不是的,虽然我还是很过意不去。其实这件事跟艾美有关。"我结结巴巴地说道,我还没想好是否应该把这事讲出来。阿尔伯特对我点点头,在他的鼓励下,我开口了。"我总担心艾美永远都不会再醒过来了。我知道我爸妈也有同样的感觉,波莉其实也有心理准备。我们都很害怕这种情况真的会发生。但最近,艾美出现了好转的迹象,现在我有时候会在睡觉前思考,如果她**真**的醒来了,她会想些什么呢?我担心我是否把家里都帮她照顾好了？我知道今年我已经办砸很多事了，尽管她如果知道我和你成了好朋友，会很开心的。但无论如何，我希望明年你也能来我家参加圣诞聚餐，还有新年夜你能来我爸妈家一起聚聚。"

"我最好先洗个头再去，"他的眼中泛着光，"我会尽量去的。"

"好的，现在你回家看会儿西部片，就可以准备睡觉啦。我的老朋友。"

"收到。"他走回他家棕色的走廊，转过头对我说："贝丝，我觉得你姐会对你所做的一切感到钦佩的。我知道今年对你来说很困难，但是——希望我这么说你不会介意——这一年让你瞬间成长了。"

我不知道该如何接这句话，于是便点点头告别，回了家。泰德趴在窗台上，圣诞树上的灯泡一闪一闪的，点亮了他的房间。他看到了我，朝我挥了挥手，兴奋地向我炫耀手中的新直升机玩具，他外公帮他装上了电池。我做出"哇"的嘴型，他开心地笑了，让我从心底感到温暖。我很少受到别人的夸奖，但我觉得阿尔伯特对我的评价是十分中肯的。自从事故发生那天起，我的确经历了许多事情。三月十五日早上的贝丝会对现在这个贝丝刮目相看的。我真诚地祈愿，我姐和道格也会为我感到骄傲。

# 34

要去参加新年夜聚会了——其实都不能算是个聚会，只是亲朋好友们聚聚。我不知道该穿什么，正对着我的衣服发呆。我在爸妈家，我爸正陪着泰德看《帕丁顿熊》，所以我有了一个小时的自由时间，但现在我已经在衣柜前站了有十分钟。

夹在圣诞节和新年之间的这一周过得很诡异，我在节礼日这一天差一点又要犯恐慌症了。我突然意识到这一年就要过去了，而在新的一年里，道格将不在我们身边，艾美依然在医院里，这样的想法让我恐惧。我不知道自己是否准备好了告别有道格陪伴的这一年。过几天就是新的一年了，再聊起那场车祸时，我们就会说那是发生在去年的事了，这让我感觉好遥远。我不知道自己是否准备好面对这一切，但我对新年还是充满期待、满怀信心。

我把亮闪闪的连衣裙和短裙都从选项中排除了，今天晚上我就待在爸妈家，没必要穿得这么隆重。我最终决定穿祖母绿色露肩上衣，搭配黑色小皮裙和裤袜，还戴上了金耳环。我还给自己化了个精致的妆容，涂了点腮红。我难得有这个时间，而且自去年新年夜之后，我又长了几条鱼尾纹。

泰德今晚和我一起睡，所以我把他的睡衣也准备好了。波莉正待在之前她妈住的那个房间，我下楼前敲了敲她的房门："你还好吗，小波莉？"

"我很好，萝西马上就过来了。我们今晚喝点酒可以吗？"

我叉着腰说："**喝酒**？你们才十四岁，这肯定不行啊。"

她眯起眼睛："但你不是说过有可能的吗……"

我举起手指："你们不能喝酒，但我给你们买了果汁酒。我现在就给苏西打电话，问问她同不同意萝西也喝两杯果汁酒。如果她同意的话，你们才能喝。"

"有必要给她打电话吗？"波莉可怜兮兮地看着我。

"有必要，这叫作对你们负责任。我承认我不是个很有责任心的人，但我想从新的一年开始做一个负责任的人。而且你之前还骗过我，让我给苏西发短信而不是打电话，你还记得吗？再说了，我也很喜欢苏西。要是你妈在的话，她肯定也会打个电话问一下的。"

波莉露出一个微笑："不，她不会这么做的。为了招待客人，她会让我们喝低度伏特加，加99%的鲜榨柠檬汁。这酒没什么劲儿，就像商店里不需要身份证就能买到的柠檬汁啤酒。"

"好吧，你说得有道理。"

波莉打量着我的穿着："你这身衣服很好看，阿尔伯特今晚要来吗？"

"是的。"

"天呢，你今天戴了耳环，还喷了香水，所以还有人也要来，对吧？"

"我说不好。"

"有意思了。"

"一会儿就见分晓了。"


趁我妈没注意的时候，我把歌单从八十年代经典歌曲换成了聚会舞曲，因为她的选曲《心之全蚀》根本不符合聚会的气氛。

"玛丽，再来杯酒吗？"我妈把妇女协会的大部分成员都邀请过来了，她们都是很擅长喝酒的。

"再添一点点就可以了。"我还是给玛丽倒了一大杯，但她也没拒绝。

波莉和萝西正在客厅里喝着司木露伏特加，听着用萝西手机播放的德雷克的歌。苏西在电话里同意了让孩子们喝酒，说她们喝一点果汁酒也无妨。我妈把我拉到一边，跟我说果汁酒是很容易上瘾的。我向她解释，这两个小女孩今晚在她家小酌两杯，不会因此就染上什么酒瘾的。我还跟我妈说，我和艾美在波莉现在这个岁数时，经常喝多了和学校里足球队的小男生卿卿我我。我妈后来听不下去了，双手捂住耳朵回到了厨房，去看餐前小吃准备得怎么样了。我爸还是不喜欢站着用手拿着吃，执意要用盘子和刀叉。

晚上八点半，阿尔伯特系着领结出现了。我不知道这个领结是否就是上次我们约着吃饭时他系的那个。我之前还担心我妈家那么远，阿尔伯特会不会觉得不方便，但后来我看到玛丽和她的伙伴们都很照顾阿尔伯特，他还在客厅里和别人一起玩牌，顾虑便打消了。

聚会进行得很顺利。泰德到处跑来跑去，现在正赖在凯特和蕾拉身边。爸妈看起来很享受。我在刷杯子的时候，突然又想到艾美还在医院里，便有点内疚。我们今天都不能和她一起在医院庆祝新年夜，道格也已经不在了，而我们还在举杯热闹地迎接新年，像是在庆祝什么似的。这么做是不对的。我用抹布擦拭脸上的眼泪，发现有个人悄悄来到了我的身边。

"我知道凯莉的歌很难听，但也不至于这么难听吧？"

"乔里，你来了。"我还是呜咽着。

他轻吻了我的脸颊，问我："你还好吗？"

"真没想到，"我半哭半笑地说道，"我今天还化了全套。"

他用起瓶器打开了一瓶啤酒："我没听懂你在说啥。"

"我今天化妆了，"我指着我的脸，但现在应该被睫毛膏蹭黑了，"我想打扮得精致一点，变变样子。"

乔里笑着说："精致？"

"然后你一出现，我的脸就花得跟个小狗似的。"

"但是我喜欢。"乔里对我说。

"贝丝，家里还有桃红葡萄酒吗？"玛丽来到厨房问我，"乔里，你好啊，我不知道你也来了。"

我把整瓶酒递给了她："都是你的啦，阿尔伯特还好吗？"

"他玩得很开心。他们正在玩拉米纸牌，贝瑞还赌了点钱。都是为了玩儿嘛。我就不打扰你俩啦。"她眨眨眼，撞到了门框上，然后走出了厨房。

我和乔里都没再说什么。自从他出城，我俩每天都在打电话、发信息，这还是自我跟他说过那则照片留言之后的第一次见面。我最终打破了沉默："乔里——"

"泰德要喝水，"我爸又闯了进来，倒了杯水，"我觉得泰德吃糖吃太多了，他一边吃糖一边跳霹雳舞。你觉得是不是糖吃多了？用不用给他吃点别的？"

"他是累着了，"我说道，"他现在这么兴奋不会马上就去睡觉的，但也不会熬到太晚。他的确不能再吃糖了，给他喝点热牛奶吧，帮他安安神。需要我帮忙照顾泰德吗？"

"不用了，我来就行了。小伙儿，看到你很高兴。"我爸说着捏了捏乔里的肩膀。

"我也是，你穿这件衣服显得很年轻，吉姆。"乔里等我爸走远了，对我说道："现在这是什么情况？"

"什么'什么情况'？"

"你爸竟然在问你如何照顾泰德。"

"是啊，还真是这样，"我还没意识到这点，但乔里说的是对的，"但他们还是觉得我在收拾垃圾和做饭方面不让人省心，我只会反复做三样菜。"

"你已经会做三样菜了？都是啥啊？"

"青酱意面，炒辣椒，是用辣酱做的，但是我妈并不知道。还有墨西哥肉卷。"

"真不错啊，没想到你也有这么一天。"

"是啊，我自己也想不到，"我们俩相视而笑，"你今天能过来，我很高兴。"

"我也是，"乔里撕着啤酒上的标签，"我来的时候看到阿尔伯特了，我问他是不是以为神秘人要来。"

"你是说伏地魔？"

"不是啦，是肌肉先生。"

我笑了："哦，我明白了。不，格雷格不会来的。你也知道这一点，就别再犯傻啦。"

"我觉得阿尔伯特并不了解你和格雷格之间发生了什么。"

"找一个八十多岁的老人当你的线人，现在问题出现了吧。你收到过阿尔伯特发来的短信吗？"

乔里笑着拿出手机，翻出一条显然是阿尔伯特发来的短信，他用大写字母发来"传奇"二字。

"传奇，"我又重复了一遍，看向窗外，"你想去花园里走走吗？我爸正在点火。"

他皱皱眉："我没带外套，我要不回家拿一件去？"

"不用了，我的大衣也在艾美家呢。我去找我爸借一件，他有好多外套呢，我帮你也借一件。"

"你什么时候开始穿大衣了？"他跟着我来到了杂物间。

"说起这个，我想起来昨天我让波莉在车上把外套脱了，要不然她下车的时候就该热了。"我拿出两件我爸的抓绒卫衣,问乔里:"你想穿这件绿色的,看起来像乡村节目主持人的衣服,还是这件棕色的,像树林里观鸟人的衣服?"

他接过来棕色的外套。乔里比我爸高,所以袖子有点短。我穿上绿色的外套,衣服大到把我的裙子都包住了,看起来我好像就穿了一件外套和长袜。我摆了一个造型:"这套和我还挺搭的。"

"其实还真挺不错的,"乔里把拉链拉上,"我很好奇你会穿哪双鞋。"他指着放在后门旁的我妈的园艺鞋问我:"如果要穿这几双洞洞鞋的话,我可就不奉陪了。"

我俯下身去拿雨靴,感觉短裙往上跑,但还是弯腰把雨靴拿了过来。

"贝丝,你注意一下。"

"怎么了?"

"你懂的,我穿着你爸的外套在这儿看着你走光,现在感觉怪怪的。"

我扬起了眉毛,但没说什么。我俩已经做了快二十年的朋友,有的时候一些无心的玩笑听起来会像是在打情骂俏。但除了那一晚,我们的玩笑都是点到为止。经过了数周的互表心意,今晚我们挤在这个小小的房间内,气氛也变得有些不一样了。也许我们之间的那层窗户纸已经被捅破了。

我穿上了雨靴,我俩一起往花园走去。我和波莉早上把花园好好布置了一下,白天看不出来有什么不一样,但到了晚上,缠绕在篱笆和我妈那棵苹果树树枝上的小彩灯让花园熠熠生辉。我爸在一个金属桶里生了火,平常他都是用这个桶来烧花园里的废弃物。天台上，他从棚子拉出一根延长线，插上一个小扬声器。他不知道怎么用这个放音乐，于是波莉和萝西盘着腿坐在毯子上，正用波莉的手机放着歌。泰德总是点歌，所以她们只好交替播放儿童歌曲和流行歌曲。上一首还是比莉·艾利什的歌，下一首就换成了《嗨，道奇》的主题曲，这样的搭配真是有点怪异。我没告诉波莉，其实我更喜欢听后面那首。

泰德朝我们跑了过来，把手放到我的腿上说："贝丝小姨来跳个小丑舞吧。"

"我不跳。"泰德噘着小嘴，我只好又改口告诉他"我一会儿再跳"。但愿过一会儿他就把这事忘了。

乔里用肩膀轻轻碰了我的肩膀，对我说："墨西哥肉卷，穿大衣，跳小丑舞……我都快要不认识你了。"

"不不不，我觉得你还是很了解我的。"我对波莉喊道："波莉，你能帮着照看一会儿泰德吗？"泰德坐到波莉的腿上，说出一长串歌名，想要继续点歌。波莉朝我比了个大拇指。当我把乔里从临时搭建的舞池中拉走时，还能听到波莉对泰德说，听完德雷克的歌之后就给他接着放儿歌。我和乔里走过苹果树，来到了房子侧面的角落，这里比较安静。

"失策了，我应该带点酒过来。"

"要不我去取点酒过来？"他指向屋里对我说。

"不用了。"我的语气有点强硬，我俩都吓了一跳。"抱歉，我只是想着你再回去一趟的话，又会被玛丽或者阿尔伯特或者我妈或者邻居家的狗给截住，然后波莉就会告诉我泰德要去上厕所。我们的对话总会被打断。先不说酒的事了，一会儿咱们再喝。"

"好的，那咱们聊聊吧。"乔里坐在我爸用枕木搭的苗床上，我坐到他的旁边。

"我不知道该从如何说起。"我说道。

乔里低头看着自己的鞋子，是他一直在穿的匡威。"我看到你的留言了，莎蒂把那张照片还有一些其他东西放到一个包里了，她后来把这个包交给了我。我从来没问过她这张照片的事。"

"天啊，她真的看到这张照片了，我有点内疚。这张照片也是导致你们分手的一个原因吧。"

"我倒没觉得太难过，我俩早晚都得分手。"

"是吗？"

"哦，贝丝，贝丝，贝丝，贝丝。"他每念一次我的名字，就用手掌拍一下自己的头，然后他转过身来面向我，手伸到我的手旁，碰到了我的手指头。"自从她知道我其实对别人有好感那时起，我俩就注定不会长久。"

我笑了："抱歉，我知道这是个严肃的对话，但是你刚才说'对别人有好感'，我就想到了咱俩之前在公交车上听着随身听，聊咱俩的暗恋对象。"

"是**你**总是聊你的暗恋对象，"乔里又看向屋里，"你每次聊这个的时候，我都觉得很烦。"

"是吗？我觉得不是这样啊，你也总是告诉我你对哪个人有好感。你最开始说的是金柏莱·威廉姆斯喔。"

乔里摇摇头："我从来没喜欢过金柏莱·威廉姆斯。她是还不错，但我没那么喜欢她。那时我之所以这么说，是为了参与你的这个话题，不然你能一个人喋喋不休地说好久，你都列出一个名单来了。"

"我那会儿也就才十三岁吧，我当然会列出一个名单了。"

"好吧，我没有这么一个名单。我只喜欢你一个人。"

我突然意识到我的小拇指碰到了他的，指尖有看不见的电流流过。"你从来没说过你喜欢我。"

"我想告诉你，有好几次我都想告诉你。但你总是把我归为你的朋友，我便觉得没必要再和你说了。你总是和别人说我就像是你的哥哥，我也就不再想告诉你我的真实想法了。咱们大了一点之后，有好几次我觉得你对我也开始产生同样的感情了，但那多是发生在你喝多了或是心情不好的时候。我们总是开玩笑地提起二零一五年冬天的那件事，但是你我都清楚——在我们即将越界之时——我们不该这么做，我也不想跟你说出我的真实想法。我不想失去你这个朋友，这是对我来说最重要的事。"

"我也不想失去你。"我们坐得很近，但不敢看对方的眼睛。我只好抬头看着月亮。

"我从来不知道你是怎么想的。"乔里小声说道。这不是问句，而是个陈述句，但我觉得我需要给他一个答案。

"那你就问我啊，问我是怎么想的。"

他摇着头说："我问不出口。"

我把头靠在他的肩膀上："好吧，那我给你一点提示。我每天都在偷看你的社交媒体，看莎蒂穿着你的外套的照片，故意让自己难受。我这种行为叫什么？"

他也把头低下来，靠在我的头上："我会觉得你精神失常了。"

"我怀疑你无视掉我的留言，并且选择继续和莎蒂交往。之后我试着去和格雷格约会，但当他把热巧克力递给我，我们的手指碰到一起，我却没有心动的感觉。对于这种行为你又会做何评价呢？"

"我不喜欢他碰你。"

我笑了："在事故发生前，我也会出去约会，乔里，我会精心打扮自己，对人露出微笑。有时我的约会对象也真的很迷人，但也不是总是这样。我碰到过一个男的，他说自己二十九岁，但实际上他都快五十了。"

"还有个男的在你吃饭的时候给你发了张他的私密照片。"

"这种人就算各方面都不错，还是对自己不满意。我说的不仅仅是他们的私密部位。"

乔里抬起了头，问我："你听到什么声音了吗？"

耳边传来了咳嗽声，是我妈过来了，她正站在墙角处往这边探头："原来是你们俩啊，我不知道你俩上这儿来了，我还以为有外人闯进花园。抱歉打扰到你俩了。"她扫视着我俩。

"为什么会有人闯到花园里参加新年夜聚会呢？"

"现在的年轻人干啥都不为过嘛。"

泰德也跑了过来，坐到了我的腿上："终于找到你了。"

"我又没有藏起来。"

"外公说你藏起来了。"

"好吧。"我无力地说道。

"马上就到十二点了。"

"早过了你该睡觉的时间了喔。"

"我们可以一起数到十。波莉放了一首叫作《有地酒》的歌。"

"是《友谊地久天长》，"我妈抚摸着泰德的头发，"他还不懂什么叫倒数，总是不按照顺序来，他还老觉得只有在火箭发射的时候才需要倒数三二一。所以我们决定来个顺数，你们俩要一起参与吗？"

"真的已经要十二点了吗?"我把手机从口袋里拿出来。已经十一点五十分了,我站起身去找泰德,对着乔里做了一个"抱歉"的口型。

"没关系。"乔里也跟着我们一起来到了天台。大家都来齐了,我环抱着波莉,问她:"我们是要从零数到十吗?"

"外婆是这么说的,我们要配合泰德。然后我还要放《友谊地久天长》这首歌。我还挺紧张的。"

"你能做到的,你这一年表现得都很好,你爸妈一定也会为你感到骄傲的。我也是。"我对波莉说完,又来到了阿尔伯特身旁,他也从我爸那儿借了个外套穿上了。

"我还以为你被玛丽拐走了呢。阿尔伯特,祝你新年快乐。"

"贝丝,新年快乐。希望在新的一年里,你们一家人能感受到更多快乐。你们值得。"

"谢谢你,也感谢你这一年来一直做我的好朋友。"

他点点头。我爸这时用勺子轻敲酒杯,吸引了我们的注意力,他想要讲两句。他说希望我们为今天不在场的家人们敬一杯酒,我们都含泪举起酒杯:"敬艾美和道格。"

我看向站在我身旁的这帮家人和朋友们。我爸妈正略带醉意地在天台中间跳着舞。波莉和萝西正对着一个视频学习舞步,泰德跟在她们身后一起模仿。阿尔伯特身旁站着三位妇女协会的女士,他还朝我调皮地眨了眨眼。

这样真好啊。我们的生活中虽然没有了道格,艾美也暂时无法回到我们身旁,但我们在悲伤与担忧的同时也感受到了友情、希望与生机。毫无疑问,过去这一年是我人生中最糟糕的一年;但我的生活也随之发生了巨大的改变,而且是一些积极的改变。

一只手搭到我的腰上,我转过头,看见了穿着棕色外套的乔里。我微笑着对他说:"你想听我真实的想法,现在我来告诉你。我没有把你当作我的哥哥,可能以前我这么想过,或者强迫自己这么想。但是最近我对你产生了别的想法,你要真的是我的哥哥的话,我这么想就很危险了。"

乔里笑了:"就这些吗?"

"我觉得你很帅,真的很帅。但是你现在打扮得很像我爸,这可给你减分了。"

他的另一只手也搭上我的腰。我爸妈正看着我们,但我并不在意。乔里把脸凑了过来:"我保证不会再这么穿了。其实,我也有想要对你说的话。我觉得你也很美——你穿这件外套和长袜让我很心动,这很奇怪——不过这不是我最想说的。我想说的是,在我心中,你是最好的。我爱你,我一直都很爱你。"

我不自觉地扬起嘴角,笑意写在脸上:"抱歉,你最后说的是什么?我好像没听清。"

波莉向我爸点头示意,我爸随即喊道该开始数数了,还提醒我们要顺着数。他抱起泰德,把他的手举起来。

零

乔里的嘴唇贴近我的耳边,我浑身汗毛都立了起来。

一

"我**说**的是我爱你。"

二

"听到这个我很开心,谢谢你。"

三

"我想和你约会。"

四

"朋友间的那种……？"

五

他摇摇头："是情侣一起的那种。忘掉一切规则，就像二零一五年冬天那样。"

六

我靠得离他更近了一些："我绝对不会再把你当作哥哥看待了。"

七

"绝对不会。"

八

我将双手放在他的脸上，一直咯咯笑个不停。我们终于越过了那道我以为不该越过的门槛，还是在我爸妈的花园里，反倒更好笑了。我亲吻了他的下嘴唇，对他说："我也爱你。"

九

乔里回吻了我，我身体里流过一股暖流。

十

"贝丝，新年快乐。"

我们身旁响起了欢呼声，我不知道大家是在为新年而欢呼，还是为了我俩。也许两者皆有吧。我将双臂环在他的脖子上，这时喇叭里传来了《友谊地久天长》的曲调。泰德在大喊大叫，因为他希望我们能一起数到四十七，而且他也不喜欢这首《有地酒》。他外公把他抱起来转圈，直到泰德的抱怨被笑声取代。夜空中的星星一闪一闪的，我抬起头看着，点了点头。但愿道格能够感受到，我们大家都很想他。

每次我想起艾美的时候,心中都会充满期待。我相信,明年,艾美也会和我们一起站在这片星空下。我不敢说这情景一定会实现,但我满怀希望,希望会给予我信心,越来越坚定的信心。当她发现我和乔里终于成为情侣时,她一定会不厌其烦地跟我说"我早就告诉过你",而我也准备好了去迎接她的啰唆。

我看向波莉,她正朝我们微笑着。我们的目光对上时,她把手指放在嘴里做出恶心呕吐的样子。

我把头靠在乔里胸上,对他说:"新年快乐。"

# 致谢

首先,我要感谢本书编辑,弗兰奇·格雷和伊莫金·尼尔森,他们工作特别认真负责。在编辑过程中我收到你们发来的反馈意见,我感到十分荣幸,感谢你们的帮助和付出。感谢我的经纪人,汉娜·弗格森,是你让我迈出了写小说的第一步。这一步并不简单,我之前也没有想到,但好在我们还是成功地迈出了这一步。我还要感谢环球出版社参与到本书设计和营销工作以及支持这本书的每一位员工(有个玩笑话是说嘉士伯不参与出版,因为一旦他们参与的话可能就会做到最好)。我还要感谢我的文字编辑,玛丽·罗伯茨,她让我的文字变得更生动。

我想对我可爱的老爸说,感谢你一直鼓励我、为我提供忠告,我受益匪浅。你一直支持我写作,我还记得那天我把整个故事情节都与你分享,你后来还把你对二稿的反馈意见亲自写出来寄给我。我就知道你虽然退休了,还是大有可为的。我还要感谢缇娜、恩娜和安德鲁,感谢你们对我的支持和关心,当然最重要的是,感谢你们帮我带孩子。

感谢我的朋友们,无论是老朋友还是新朋友,无论是自我上学时就认识的朋友还是其他作家朋友,感谢你们一直以来为我加油打气。我要特别感谢杰登、贝丝（本书原型贝丝）、艾玛，还有我的小帮派成员们（你们知道我是在说谁）。感谢凯蒂·玛什，你在我最需要的时候发短信告诉我要"继续加油"。我跟你抱怨过我写的东西太烂了，根本就不宜出版，你依然鼓励我一切都会变好。

感谢在发电机共享办公室里的伙伴们——人太多了我不能一一列出（但我还是要特别感谢汤姆、琼和马丁，你们陪伴我经历了最痛苦的那个阶段）——感谢你们开的玩笑还有带来的鸡翅。你们和我一起见证了这本书的成长，让我的每一个工作日都不再苦闷。

感谢我的儿子们——亨利、裘德和威尔弗。在我埋头写稿的时候，你们依然陪伴在我身边。新冠肺炎疫情发生后，你们停课在家，我居然能做到一边给你们补习功课一边编写本书，现在想来这真是个奇迹。这段回忆我们就珍藏在心里，别再拿出来讲啦。

感谢我的丈夫，詹姆斯，感谢你一直信任我，并且允许我借用"戳一戳，挠一挠"这个故事，感谢你对《摇滚明星》的喜爱。我爱你。

最后，我要感谢每一位读者。感谢你们选择了这本书。如果没有你们，我是无法从事我梦寐以求的这份工作的。